KB251664

혈비도무랑

혈비도 무랑 8

김종휘 新무협 판타지 소설

초판 1쇄 찍은 날 § 2004년 3월 9일
초판 1쇄 펴낸 날 § 2004년 3월 19일

지은이 § 김종휘
펴낸이 § 서경석

편집장 § 문혜영
편집책임 § 유경화
편집 § 장상수 · 김회정 · 김민정
마케팅 § 정필 · 강양원 · 이선구 · 김규진 · 홍현경

펴낸곳 § 도서출판 청어람
등록번호 § 제1081-1-89호
등록일자 § 1999. 5. 31
어람번호 § 제2-0345호

주소 § 경기도 부천시 원미구 심곡1동 350-1 남성B/D 3F (우) 420-011
전화 § 032-656-4452 팩스 § 032-656-4453
http://www.chungeoram.com
E-mail § eoram99@chollian.net

ⓒ 김종휘, 2003

값 8,000원

ISBN 89-5831-037-5 04810
ISBN 89-5505-774-1 (SET)

※ 파본은 본사나 구입하신 서점에서 교환하여 드립니다.
※ 저자와 협의하여 인지를 붙이지 않습니다.

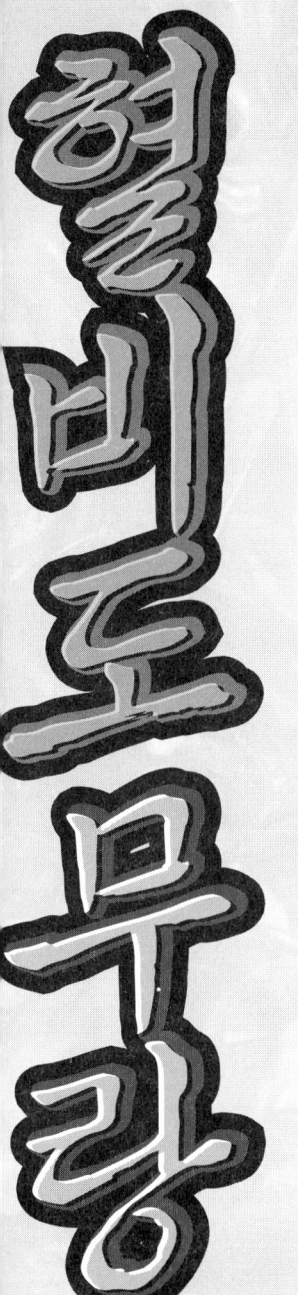

김종휘 新무협 판타지 소설

8

정무맹(正武盟)

도서출판
청어람

제46장

구궁의 함정

간신히 구궁의 화살을 막을 수 있었던 진형은 몸을 일으키려 했지만 역시나 구궁은 그것을 놓치지 않고 여섯 개의 화살을 날렸다.

"마종아(魔宗牙)!"

도저히 피할 수 없는 순간이었으나 그때 하나의 강기가 여섯 발의 화살을 튕겨 버렸다.

카가강.

진형의 목숨을 구한 인물은 바로 탈혼살부 유강이었다.

"거기까지다, 구궁."

"음……."

유강이 진형의 앞을 가로막자 구궁은 침음성을 내뱉었다.

진형이나 유강 모두 구궁과 비슷한 무공 수준, 그 때문에 그까지 나서면 승리는 장담할 수 없었기 때문이다.

"아무래도 본문으로 돌아갈 생각이 없는 듯하니 너를 죽일 수밖에……."

그 말과 함께 유강이 그대로 귀혼부를 머리 위로 들어 올려 내려치자 엄청난 강기가 대지를 부수며 구궁을 향해 밀려들어 갔다.

"지귀섬멸(地鬼殲滅)!"

구궁은 지귀섬멸의 초식이 밀려들어 오자 급히 몸을 날려 피하려 했으나 강기는 그를 쫓아 움직였고 구궁은 급히 강기를 향해 화살을 날렸다.

"공허시(空虛矢)!"

그의 손에서 벗어난 화살이 그대로 지귀섬멸의 강기에 꽂히자 맹렬하게 밀려들어 가던 강기가 꺼지듯 사라져 버렸다.

"과연 진천벽력궁이로구나!"

무림십대신병의 하나인 진천벽력궁의 위력에 탄성을 내지른 유강은 몸을 날려 그를 향해 쇄도해 들어갔다.

"귀곡시(鬼哭矢)!"

끼아아아악!!

구궁은 그런 그를 보며 귀곡시를 날렸고 일대의 모든 것을 쓸어버릴 듯한 고음의 귀곡이 울려 퍼지자 유강은 고막이 찢어지는 고통을 느끼며 쇄도해 들어가던 것을 멈추곤 급히 귀를 막을 수밖에 없었다.

"흥! 칠성광쇄!"

하지만 유강이 멈춘 것으로 끝난 것이 아니었다. 어느 순간 구궁의 뒤쪽으로 돌아갔던 진형이 그를 향해 칠성광쇄의 초식을 시전하자 일곱 개의 빛이 구궁을 향해 밀려들어 갔다.

구궁은 급히 몸을 피하기는 했으나 유강에게 신경 쓰고 있었기에 어깨에 큰 부상을 입을 수밖에 없었다.

"크크크······."

유성신창에 피가 묻어 나오자 진형은 웃음을 흘렸고 구궁은 시위를 당기는 쪽 어깨에 부상을 입자 미간을 찌푸렸다.

하지만 이대로 물러설 수는 없는 일, 발로 활을 고정시킨 그는 열두 개의 화살을 꺼내어 하늘을 향해 내쏘았다.

"천개난시(天蓋亂矢)!"

하늘 위로 치솟아오른 열두 개의 화살이 잠시 후 하늘에서 폭음과 함께 폭발하자 이내 공중에서 비가 내리듯 무엇인가 내리꽂히기 시작했다.

"젠장!"

천개난시는 화살 내부에 수백 개의 작은 침들이 있어 그것이 허공에서 폭발하며 넓은 범위의 공간에 있는 적들을 공격하는 기술이었다. 그 때문에 진형과 유강은 머리 위에서 쏟아져 내려오는 작은 침들로부터 몸을 피해야만 했다.

그사이 구궁은 두 사람에게서 빠져나갈 수 있었으니 진형과 구궁은 이를 갈 수밖에 없었다.

"으드득··· 구궁······."

"녀석이 진천벽력궁을 지니고 있다지만 이런 기술이 있으리라고는 생각지도 못했군."

"다시 만난다면 절대 이런 실수는 없을 것입니다."

그러나 두 사람이 자신을 노리고 있다는 것을 아는 구궁이 두 번 다시 혼자 모습을 드러내는 일은 없을 것이 분명하기에 그들로서는 이번 기회를 놓친 것이 아쉬울 수밖에 없었다.

혈비도 무랑이 거느리고 있는 자들, 구궁, 노진, 유강, 진형은 멸천사대호법(滅天四大護法)으로 불리고 있었고, 이들 네 사람의 무공은 비슷했다.

이런 이유로 구궁이 혼자라면 유강과 진형이 충분히 처리할 수 있겠지만 만약 노진과 같이 있다면 오히려 권기에 능한 노진과 진천벽력궁을 지닌 구궁의 원거리 공격의 조합에 패할 위험이 크다고 할 수 있다.

한편 유강과 진형의 위협에서 벗어난 구궁은 그들에게서 완전히 벗어나자 안도의 한숨을 쉴 수 있었다.

'아무래도 일을 서둘러야겠군.'

혈비도 무랑이 자신에게 손을 쓴 이상 이제 더 이상 시간을 지체할 수 없다고 생각한 구궁은 계획대로 서둘러 움직여야겠다고 결정하고는 급히 항주의 하오문 총단으로 향했다.

무림에서 최하류의 무리들이 모인 문파라 할 수 있는 하오문이나 첫째, 둘째를 다툴 수 있는 것이 여러 가지가 있다.

첫 번째는 문도의 수이다. 거지들이 모인 개방이 현재 무림 문파에서는 가장 사람이 많다. 사실 무공을 사용할 수 있는 문도의 수는 하오문이 개방에 뒤지지만 세상의 모든 소매치기나, 도둑은 물론 매춘녀까지 모두 하오문의 문도라 할 수 있으니 그 수는 개방과 비교할 수 없다

하겠다.

두 번째는 한꺼번에 사용될 수 있는 자금력으로 하오문의 문도들이 보호하고 있는 주점이나 객잔은 중원 전체에 걸쳐 그 숫자를 헤아릴 수 없으며 거기에 도박장이나 기원 등도 있어 마음만 먹으면 중원을 살 수 있을 정도였다.

세 번째는 바로 지하로 유통되는 빠른 정보망이었다. 하오문의 인물들은 무림 어느 곳에서나 볼 수 있는 자들이었기에 그들을 이용한 정보망은 개방과 비교해도 앞서면 앞섰지 뒤지지 않는다 할 수 있다.

이런 이유로 정, 사, 마 모두에게 배척을 받는 문파이기는 하지만 그렇다고 어느 누구도 하오문을 무시하지는 못했다.

항주에 위치한 하오문 총단은 상주 문도의 숫자만 해도 이천여 명에 달하고 매일 드나드는 사람들의 숫자를 헤아린다면 하루 육천 명 이상의 사람들이 이곳에 머무르고 있다 해도 과언이 아니었다.

총단의 북서쪽에는 다른 곳과는 달리 아름답게 꾸며져 있는 곳이 있었는데, 그곳은 하오문에 온 귀빈이 머무르고 있는 접객관이었다.

현재 이곳에 머무르고 있는 인물은 현 하오문 문주의 절친한 친구이기도 한 쌍도문의 양우생이었다.

정원 연못의 한쪽에 위치한 정자에 세 사람이 자리하고 있었으니 이들은 양우생과 하오 문도의 도움으로 무사히 적에게서 벗어난 무미미와 장소천이었다.

"꺄르르!"

"허허허, 그놈 힘 한번 좋구나."

양우생의 품에는 장천의 아들 소천이 안겨 있었다. 아이는 그의 수

염을 잡아당기며 놀고 있었고 양우생은 그런 아이의 행동에 귀찮아하기보다 즐거워하고 있었다.

"녀석, 조금만 나이를 먹어도 지 아비의 미동계를 전수받겠군. 허허허."

"어머, 미동계라니요? 그건 또 뭐죠?"

"허허허, 그런 것이 있소이다. 본노 역시 그 녀석의 미동계에 한두 번 당한 것이 아니라오. 허허."

무엇인지는 모르지만 무미미는 소천과 그의 모습에 미소가 절로 나올 수밖에 없었다.

그때 두 사람이 그들 쪽으로 걸어왔는데 한 사람은 하오문의 문도였고 다른 한 사람은 양우생 역시 잘 알고 있는 이었다.

"사부님!"

"궁아!"

구궁이 온 것을 본 양우생은 반가운 목소리로 말했다. 사제지간이라고는 하나 그동안 문 내에 여러 가지 일이 있었던지라 제자들을 못 본 지도 상당히 오랜 시간이 지났기 때문이다.

"이 아이가 바로 장 사제의?"

"그래, 소천이라 한다."

"아! 과연 장 사제를 빼다 박은 것 같습니다."

"그래, 본문에선 너 혼자 왔느냐?"

"아닙니다. 가까운 곳에 문도들이 있으나 일단은 저 혼자만 이곳에 온 것입니다."

구궁의 말에 양우생은 고개를 끄덕였다. 멸천문의 일로 시국이 시끄러운 데다 과거 쌍도문이 멸문의 끝까지 몰렸었기에 흉수가 아직 처리되지 못한 상황에서 외부로 많은 이들이 모습을 드러내는 것은 아직 이르다 생각했기 때문이다.

하지만 이때 이런 두 사람의 모습을 보고 있던 무미미는 왠지 그에게서 알 수 없는 거부감이 들었다.

쌍도문의 문도라는 것은 알 수 있었지만 이전에 그를 어디선가 만나 본 적이 있는 것 같은 느낌이 들었기 때문이다.

'언제지……?'

좀처럼 생각나지 않았지만 소천이 다시 문파로 돌아갈 수 있다는 생각에 고개를 저으며 생각을 떨쳐 버렸다.

"사부님, 옆에 계신 분은?"

"너도 전에 본 적이 있을 것이다. 이 소저는 사파십대거두의 일인이셨던 흑철돈녀 무삼랑 여협의 손녀로 무미미라 한다."

"아! 그렇군요."

그녀를 소개받은 구궁이 정중히 인사하자 그녀 역시 미소를 지으며 포권하고 인사를 올렸다.

무미미는 막연히 상대를 의심하기에는 상대의 신분이 너무 확실해 불안감을 애써 지우고 있었다.

다음날 구궁과 함께 소천이 떠나는 것을 배웅하는 무미미였지만 이상하게 불안한 마음을 떨칠 수 없었고 그런 그녀의 표정에 양우생은 이상하다 생각해 물어보았다.

"무슨 일인가?"

"그게… 아무래도 불안해서요."

그녀의 말에 양우생은 오랜 시간을 같이 보내 왔던 아이라 그런 것이 당연하다 생각하고는 고개를 끄덕이며 말했다.

"무 소저가 걱정하는 것은 이해하나 안심하게. 소천이와 함께 떠난 제자는 내 둘째 제자로 강호에서는 신궁이라 불리는 아이라네. 무공은 그리 높지 않지만 숲길에서는 상승의 경공을 익힌 무인과 겨루어도 뒤지지 않고 궁술 또한 백 보 밖에서 버드나무 잎을 맞출 정도로 뛰어난 아이지."

"예? 궁술이요?"

"그렇다네."

그 순간 무미미는 그 불안했던 마음의 원인을 찾을 수 있었다. 과거 흑철돈녀 무삼랑과 함께 도망 다닐 때 들었던 그 차가운 목소리의 주인공과 목소리가 똑같았던 것이다.

숙부인 기련삼마는 물론 자신의 증조모까지 죽인 상대였으니 그 목소리를 잊지 못하는 것은 당연한 일이 아니겠는가.

물론 목소리야 비슷한 사람이 많겠고 기련삼마와 무삼랑을 죽인 자가 구궁이라 확답할 수도 없었지만 신기에 가까운 활 솜씨라는 말에 그녀의 의심은 더욱 커질 수밖에 없었다. 일단 그가 적이 아닐까 하는 의심이 들자 그녀로서는 가만히 있을 수 없었고 급히 양우생에게 그것을 말하려 했다.

하지만 자신의 제자를 의심한다는 말을 어떻게 할 수 있겠는가? 구궁을 믿고 있는 양우생에게 자신의 조모를 죽인 사람이 그 같다는 말을 할 수 없었던 무미미는 할 수 없다는 생각에 급히 그를 보며 말했다.

"양 대협님, 급한 일이 생각나서 이만 하오문의 총단을 떠날까 해요."

"떠나다니, 그게 무슨 말이오? 하오문에 의하면 적도의 습격을 받고 있다 했는데?"

"이곳에서 어느 정도 몸을 숨겼기 때문에 이제 위험은 사라졌으리라 생각합니다."

"음……."

양우생은 무미미가 갑자기 총단을 떠나겠다는 것을 이해할 수 없었지만 그동안 같이 지냈던 소천이 떠난 탓도 있으리라 생각했고 또 그녀의 선택에 자신이 왈가왈부할 수가 없기에 떠나는 것을 막을 수 없었다.

무미미가 바쁘게 하오문을 떠난 후 일주일 정도가 지났을 때 양우생은 또 다른 쌍도문의 문도들이 총단에 왔다는 말을 들었다. 그리고 접객당으로 들어온 사람의 모습을 확인하고는 크게 놀랄 수밖에 없었다.

"요 사질과 장 조카 아닌가?"

"사숙님께 인사드립니다."

양우생에게 두 사람이 포권을 하며 인사 올리자 그는 이상한 표정을 지으며 말했다.

"너희들의 얼굴을 보니 반갑기는 하다만 천아, 넌 왜 이곳에 있는 것이냐?"

"예?"

양우생의 말에 장천이 이해하지 못하고 반문하자 오히려 양우생이 모르겠다는 표정을 하며 말했다.

"일주일 전에 궁이가 와서 네 아들을 데리고 갔는데 궁이와 같이 온 것이 아니었더냐?"

"예? 구궁 사형이요?"

전혀 들어본 적이 없는 일이라 요운과 장천 두 사람은 모두 어리둥절한 표정을 지었다. 물론 후에 소식을 듣고 왔을 가능성도 없지 않지만 그렇다면 자신들을 기다렸을 것이 분명했기 때문이다.

구궁 정도의 인물이 문파의 윗사람에게 아무 말도 하지 않고 이런 일을 했을 리 없어 이상하게는 생각했지만 한참 생각하던 요운이 무엇인가 깨달았는지 손바닥을 치며 말했다.

"혹시 사숙모님의 명령을 받은 것이 아닐까?"

"아! 그럴 수도 있겠군요."

두 사람 모두 임아란과 유능예의 소식을 찾으며 움직였지만 드넓은 천하에서 쉽게 찾을 수가 없었고 일단 이곳에 오면 무슨 소식이 없을까 해서 걸음을 재촉하여 온 것이었다.

하지만 전혀 예상 밖의 말을 양우생에게 들은 두 사람은 사숙모의 명령으로 구궁이 소천이를 데리고 갔다고밖에 생각할 수 없었다.

"그나저나 이곳으로 오면서 무 소저를 보지 못했는가?"

"무 소저라면… 무미미 소저 말씀이십니까?"

"그래, 지금까지 소천이를 보호했던 사람이 바로 무 소저인데, 아무래도 심상치 않은 생각이 드는구나."

"심상치 않다니 무슨 말씀이십니까?"

요운의 물음에 양우생은 구궁이 아이를 데리고 갈 때 그녀의 낌새가 이상했고 그가 떠나자 그녀도 무엇인가 화급한 일이 있는 것처럼 하오문의 총단을 떠났다고 했다.

양우생의 말에 두 사람은 무슨 일이 있을까 고심해 보았지만 자세한 것을 알 수 없는 상황이라 유추 또한 불가능할 수밖에 없었다.

"음… 양 숙부, 일단 하오문의 사람에게 어머니의 소식을 수소문해 주십시오. 소천이를 찾기 위해 떠나셨는데 아무래도 걱정이 되는군요."

"그래, 알겠다."

하오문의 문도들에게 정보를 받을 수 있는 표식을 받은 두 사람은 더 이상 지체하지 않고 구궁과 무미미가 향했다는 방향으로 걸음을 재촉했다.

한편 구궁은 진형과 유강이 근처에 도사리고 있다 생각하고는 길을 돌아가 오 일 정도가 지난 후에야 간신히 임아란과 유능예가 거처하고 있는 곳에 도착할 수 있었다.

객점에 도착하자 노진이 문 앞에서 버티고 앉아 있는 것을 확인할 수 있었다. 아이와 함께 그의 앞으로 걸음을 옮긴 구궁은 미소를 지으며 말했다.

"나의 부탁을 들어주니 고맙군."

"왔는가."

구궁의 말에 천천히 고개를 들어 말한 그가 무뚝뚝한 표정으로 자리에서 일어나 객점 안으로 들어가자 구궁 역시 그의 뒤를 따라 안으로 들어갔다.

객점은 저녁 시간임에도 불구하고 한적하기 그지없었는데, 구궁은 그동안 노진 때문에 아무도 안으로 들어서지 못해 그렇다는 것을 알 수 있었다.

객점의 주인은 노진이 안으로 들어서자 흠칫 놀란 표정으로 숨는 모습을 보였다. 그동안 어떤 일이 있었다는 것을 안 구궁은 품에서 은원보 두 개를 꺼내어 그의 앞에 내밀며 말했다.

"이 정도면 그동안 받지 못한 손님 정도의 액수는 될 것이다."

"아이고, 감사합니다요."

주인은 구궁이 은원보를 내밀자 잽싸게 그것을 받아 쥐고는 또다시 숨어버렸다. 그는 품에 안겨 있는 소천이와 함께 사숙모가 있는 곳으로 걸음을 옮겼다.

"사숙모님, 구궁입니다."

"아! 궁이냐, 들어오거라."

"예."

아직 이른 시간이라 두 사람 모두 깨어 있었다. 임아란의 들어오라 하자 구궁은 문을 열고 안으로 들어섰다. 그의 품에서 아이가 곤히 자고 있는 것을 보고 임아란은 크게 기뻐하는 표정을 지으며 물었다.

"궁아, 그 아이가 소천이냐?"

"예, 그렇습니다."

"아! 얼른 이리로 데리고 오너라."

"예."

임아란이 급히 자리에서 일어나자 구궁은 그녀에게 소천을 안겨주었다. 곤히 잠을 자고 있는 아이를 보니 그동안 앓고 있던 그녀의 입에서 미소가 흘러나왔다.

"귀엽기도 하지. 능예야, 이 아이가 정녕 천이와 너의 아이더냐?"

"예, 어머님."

"천이를 꼭 빼닮았구나. 호호호."

그동안 앓고 있었다고는 믿어지지 않을 정도로 생기 넘치는 표정을 보여주는 임아란의 모습에 능예는 마음을 놓을 수 있었다.

오랜 시간 객점에 누워 있었던 탓에 혹시 시어머니가 잘못되는 것은 아닐까 걱정이 많았는데 표정이 밝아지는 것에 한숨을 놓을 수 있었던 것이다.

한참을 그렇게 아이의 모습을 보던 임아란은 구궁을 보며 말했다.

"네가 수고했구나."

"해야 될 일을 했을 뿐입니다."

"그래, 이제 들어가서 쉬도록 해라."

"예."

임아란의 말에 구궁이 인사를 하고는 물러나다 문 옆에 노진이 서 있는 것을 볼 수 있었다.

"무슨 일인가?"

"멸천문의 문도가 이 마을로 온 적이 있다. 만약의 경우를 생각해 몸은 숨겼다만 무슨 일이 생긴 것 같더군."

"음……."

멸천문의 문도가 마을로 왔었다는 말에 구궁은 미간을 찌푸렸고 그런 그를 보며 노진은 무표정한 모습으로 계속 말을 이었다.

"무슨 일인지는 모르겠지만 네가 하고 싶은 일을 하도록 해라."

“……”

“멸천문과는 언젠가 인연을 끊어야 함을 자네도 알고 있지 않았는가.”

“음… 각무 대사의 죽음 때문인가…….”

각무 대사는 과거 노진이 소림에 있을 때 그를 아껴주었던 장경각주로 그가 소림 금기의 무공이었던 달마삼검을 익히는 것까지도 묵인해 주던 사람이었다.

그것이 원인이 되어 냉혈검까지 이어져 파계승이 되었지만 노진은 단 한 번도 각무의 은혜를 잊은 적이 없었다.

그런 각무가 혈비도 무랑에게 죽임을 당하자 겉으로는 내심을 보이지 않는 노진이었지만 분노가 그의 가슴속에 자리 잡고 있었다. 그리고 이번에 구궁이 멸천문을 배신하려는 것을 알고는 그 뜻을 같이 하려 한 것이다.

“항주로 가는 길에 진형과 유강을 만났다. 이미 문주는 나를 제거하라는 명령을 내렸더군.”

“진형과 유강이라 했는가?”

“그래.”

“그자들은 내가 처리하지.”

노진은 냉혈검에 관계된 일만 없었다면 지금쯤 소림 제일고수라는 각무를 넘어섰을 정도의 무공을 소유할 사람이었다.

지금까지는 멸천사대호법과 동률로 알려져 있었지만 구궁은 아직 그의 무공이 전부 드러난 것이 아님을 알고 있었다.

구궁이 이런 생각을 더욱 확실하게 하는 것은 지금까지 노진이 무공을 시전할 때 단 한 번도 달마삼검을 시전하지 않았다는 것을 알기 때문이다.

"알겠네, 자네에게 두 녀석의 처리를 맡기도록 하지."

구궁의 말에 노진은 고개를 끄덕이고는 객점 안으로 들어갔고 구궁은 한시름 덜었다는 생각에 입가에서 미소가 흘러나왔다.

자신의 방으로 돌아온 구궁은 휴식을 취할 겸 차를 마시고 있었는데, 그때 인기척이 방문 밖에서 느껴졌다.

"들어와라."

구궁은 이미 자신에게 올 사람이 누구일지 잘 알고 있었다. 잠시 후 문이 열리며 한 사람이 방 안으로 들어왔는데, 그 사람은 놀랍게도 바로 임아란을 간병하고 있던 유능예였다.

방으로 들어온 그녀의 표정에는 불안감이 가득해 있었다.

유능예는 망설이는 표정을 짓다가 천천히 고개를 들어 떨리는 목소리로 말했다.

"이… 이제 해약을 주세요. 이러다가… 잘못되기라도 한다면……."

"크크크……."

그녀의 다급한 말에 구궁은 조소를 터뜨리더니 잠시 후 품에서 약재를 싼 종이를 건네주고는 말했다.

"무골산의 해독약이다. 며칠 후면 떠나야 하니 움직이게는 해야 되겠지. 크크크."

놀랍게도 그녀가 달라고 했던 해약은 무골산의 해약, 무골산은 그것을 먹게 되면 몸에서 힘이 사라져 제대로 걸음을 옮길 수도 없는 독약 중의 하나였다.

사람을 죽이는 것은 아니지만 장기 복용하게 되면 전신불수가 되는 독약인데 능예가 왜 그것의 해약을 구궁에게 달라고 했는지 알 수 없는 일이었다.

해약을 받아 든 그녀는 한참 망설이다가 떨리는 목소리로 말을 이었다.

"조… 조부께서는……."

"…걱정 말아라. 나만이 알고 있는 곳에서 편히 있을 테니 말이다."

"……."

유능예의 아버지는 과거 홍련교의 교주였던 유문영, 그녀는 왜 구궁에게서 조부의 소식을 묻고 있는 것일까?

구궁의 암계는 어느 누구도 알 수 없는 사이에 교묘하게 이루어지고 있었고 혈비도 무랑은 물론 장천 역시 그가 꾸민 암계에 빠져들고 있었던 것이다.

다음날 누워 있던 임아란은 건강이 많이 좋아져 삼 일 정도면 다시 길을 떠날 수 있을 정도의 몸이 되어 있었다.

능예가 그런 어머니의 모습을 보며 자신도 모르게 눈물을 흘리자, 며느리가 우는 것을 보고 임아란은 미소 지으며 말했다.

"네 아이가 돌아온 것이 기쁜가 보구나."

"아! 아닙니다, 어머니……."

하지만 그녀의 눈물은 기쁨의 눈물이 아니었다. 그리고 그 눈물의 진의를 아는 것은 당사자인 그녀와 구궁뿐이었다.

두 여인이 이렇게 소천이와 함께 있을 때 구궁은 비밀스럽게 멸천문에서 자신이 끌어들인 수하들과 연락하고 있었고 그들에게서 진형과 유강의 소재를 알아낼 수 있었다.

"노진, 부탁하네."

소재를 알아낸 구궁이 자신의 옆에서 무표정하게 서 있는 노진을 보며 말하자 그는 고개를 끄덕이고는 진형과 유강이 있다고 알려진 곳으로 경공술을 시전하며 빠르게 움직였다.

항주의 북쪽에 위치한 작은 마을의 객점에서 진형과 유강이 거처하고 있었다. 벌써 수백이 넘는 멸천문 문도가 나서고 있었지만 구궁의 소재를 알 수 없어 답답한 심정이었다.

"도대체 어디로 사라진 거지? 분명 항주로 향했다 생각했는데……."

진형은 가만히 앉아 있는 것이 답답한지 방을 이리저리 돌아다녔고 그런 그의 모습에 유강은 고개를 저으며 말했다.

"아무래도 아랫것에게 맡긴 것이 실수인 것 같다. 구궁이라면 본문의 문도들조차 쉽게 움직일 수 없는 곳에서도 평지와 같이 움직일 수 있으니 말이야."

"으드득……."

유강의 말에 진형은 노기 어린 표정으로 이를 갈았다. 전에 놓쳤던 것이 아직까지도 아쉬움으로 남았기 때문이다. 하지만 계속 그것을 생각하는 것은 가치없는 일이란 걸 알기에 그는 이내 고개를 저었다. 그때 문이 열리고 한 남자가 숨을 헐떡이며 안으로 들어왔다.

"무슨 일이냐?"

"헉헉, 노, 노진 대사가 나타났습니다."

"노진이?"

"예. 그, 그것도 객점 앞에!"

"뭐?"

구궁과 노진이 같이 다닌다는 것을 알고 있는 두 사람은 그가 발견됐다는 말에 기쁜 표정을 짓다가 객점 앞에 나타났다는 말에 다시 놀랄 수밖에 없었다.

그들로서는 노진이 자신들의 앞에 나타난 이유를 알 수 없었기 때문이다. 하지만 일단 찾고 있던 인물이 나타난 만큼 가만히 앉아 있을 수는 없기에 진형은 세워두었던 유성신창을 들고 멸천문의 문도와 함께 밖으로 나섰다.

아니나 다를까, 이들이 머물고 있던 객점 앞에선 노진이 자리에 앉아 불경을 외우고 있었고 그 주위에는 멸천문의 무사 십여 명이 검을 빼어 들곤 당장이라도 공격할 자세를 취하고 있었다.

"노진 대사, 무슨 일로 자네가 우리를 찾아왔는가?"

유강이 자신들을 찾아온 이유를 묻자 노진은 불경을 외우던 것을 멈추고는 천천히 자리에서 일어나 그를 보며 말했다.

"유성신창과 탈혼살부의 목을 베기 위해서."

"뭣이?!"

그의 말에 유강은 황당함으로 입을 다물 수가 없었다. 멸천문의 무사들이 검을 겨누고 있는 것도 모자라 사대호법의 두 사람이 버티고 서 있는데도 당당하게 자신들을 죽이기 위해 왔다는 말을 하고 있었기 때문이다.

"크하하하! 정말 재밌어! 재밌다고!"

하지만 놀란 유강과는 달리 유성신창 진형은 박장대소를 터뜨리고는 노진을 살기 어린 눈으로 노려보며 말했다.

"구궁이나 땡중 녀석이나 주제를 모르고 설쳐 대는 것은 똑같군!"

진형은 당장이라도 녀석을 창으로 꿰어버릴 기세로 말했지만 노진은 전혀 두려움을 보이지 않고 옆에 두었던 선장을 들어 올렸다. 유강은 더 이상 볼 것 없다는 생각에 그에게 검을 겨누고 있는 무사들을 보며 손짓했다.

유강의 명령을 받은 무사들 십여 명이 노진을 향해 검을 내질렀으나 다음 순간 유강과 진형은 크게 놀랄 수밖에 없었다.

녀석의 몸에 박힐 것이라 생각한 검이 크게 휘어져 버렸기 때문이다.

"금강불괴신공?!"

그가 소림의 무공을 익히고 있음은 알고 있었지만 설마 금강불괴신공까지 연성하고 있으리라고는 생각지도 못했기 때문이다.

노진은 자신의 몸에 닿아 있는 무사들 검을 보며 가볍게 기를 끌어 올렸다.

그 순간 몸에서 호신강기가 일렁이며 십여 명의 무사들이 비명을 지르면서 나가떨어지고 말았다.

"이런!"

무사들이 튕겨지듯 나가떨어지자 유강은 미간을 찌푸리며 탈혼살부를 들어 몸을 날렸고 노진은 그를 향해 선장을 내질렀다.

챙!

자신을 향해 밀려오는 선장을 보며 유강은 탈혼살부로 두 동강 낼 요량으로 강하게 휘둘렀는데, 강한 내경이 오히려 그의 탈혼살부를 튕겨 버렸다.

"큭!"

십대신병의 하나인 탈혼살부를 튕겨낼 정도의 내경이라면 범상한 것이 아니기에 유강은 상대의 내공에 크게 놀랄 수밖에 없었다.

그동안 노진을 몇 번 보아왔지만 초식 면에서는 밀릴지 몰라도 내공은 자신이 앞선다고 생각했는데, 방금 전의 일합으로 그것이 자신의 오산임이 밝혀졌기 때문이다.

"뭐하는 게냐! 쳐라!"

유강이 밀려나자 진형은 미간을 찌푸리며 주위에 있던 무사들을 향해 소리쳤고, 그들은 검을 들어 노진을 향해 빠른 속도로 쇄도해 들어갔다.

이들이 시전하고 있는 검술은 무당의 현허칠성검법(玄虛七星劍法)으로 첩자들을 통해 입수하여 일반 문도들에게 익히게 했던 검법 중 하나였다.

이와 함께 이들은 진무칠성진을 이루며 노진을 공격해 들어갔는데, 무당의 무사들이 보았다면 이들의 완벽한 진법에 입을 다물지 못하였을 것이다.

하지만 이런 그들 역시 지금의 상대에게는 무력하기 그지없었다.

노진은 진무칠성진을 이루며 멸천문의 무사들이 공격해 들어올 때마다 마치 몸이 꺼지듯 사라지는가 싶다 그들의 뒤에 나타나 선장을 휘둘러 쓰러뜨리고 있었기 때문이다.

진법으로 가두기도 전에 빠르게 움직이며 상대를 제압하는 그의 신법은 바로 소림의 금강부동신법(金剛不動身法)이었다.

"젠장!"

무사들이 쓰러지자 진형은 앞으로 몸을 날려 유성신창을 내질렀다.

"유성일광!"

은빛의 유성이 뻗어나가는 듯 유성신창이 밀려오자 노진은 선장을 회전시키며 유성일광 공격을 막고는 발을 박차 그대로 왼발을 사용하여 진형을 공격해 들어갔다.

"젠장!"

크게 놀란 진형이 뒤로 몸을 날려 피하려 했지만 노진은 금강부동신법을 운용하며 그대로 거리를 좁혔고 왼발은 진형의 관자놀이를 노리며 들어갔다.

"어디를!!"

하나, 노진의 공격이 적중하기 전 유강이 탈혼살부로 상대를 압박해 들어갔고 그 때문에 노진의 움직임이 약간 흐트러지며 진형은 공격에서 간신히 벗어날 수 있었다.

"조심하게!"

"예."

유강의 말에 진형이 고개를 끄덕이고는 옆으로 몸을 날리자 노진은 두 사람 사이로 몰리게 되었다. 그러나 전혀 두려움을 보이지 않는 그였다.

"음……."

두 사람을 보며 잠시 생각에 잠기던 노진이 천천히 손을 움직여 선장의 한쪽을 잡고 힘을 가하자 선장이 나누어지며 하나의 검이 모습을 드러냈다.

시퍼런 칼날이 모습을 드러내자 진형과 유강은 이상할 수밖에 없었다. 소림 출신으로 권장술에 능하다고 알려져 있는 노진은 자신들의 앞에서 검을 드러내 보인 적이 없었기 때문이다.

검을 뽑아 든 노진이 천천히 오른발을 앞으로 내딛자 유강은 몸을 날려 녀석의 허리를 향해 도끼를 휘둘렀다.

"귀명부살(鬼鳴斧殺)!!"

귀곡성을 내며 날아가는 도끼는 단참에 노진의 허리를 두 동강 낼 정도의 기세로 뻗어나갔고 이에 노진은 손에 들린 검을 가볍게 돌려 도끼를 튕겨낸 후 유강의 어깨를 향해 검을 내질렀다.

"흥! 난형혈성창!"

이에 진형은 난형혈성창의 초식을 노진에게 날렸고 핏빛의 기운이 빠른 속도로 노진의 어깨와 허벅지를 향해 밀려들어 갔다.

채재쟁!!

진형의 공격이 밀려오자 노진은 가볍게 왼쪽 발을 박차며 뒤로 몸을 날려 공격을 피한 후 그의 이마를 향해 검을 휘둘렀다.

그 순간 강한 검기가 일렁이며 밀어닥치니 진형은 창을 빠르게 회전시켜 검기를 튕겨낸 후 그 기세를 몰아 정수리를 향해 창을 내려쳤다.

카강!

하지만 유성신창의 타격을 노진이 오른팔을 들어 막자 금강불괴신공에 의해 마치 쇠에 부딪치는 듯한 충격에 진형은 손이 얼얼할 지경이었다.

'미치겠군!'

금강불괴신공을 깨뜨리지 못한 이상 노진을 쓰러뜨릴 수 없다는 것을 알고 있던 진형으로선 답답할 수밖에 없었다.

'할 수 없군! 그것을 쓸 수밖에!'

더 이상 시간을 허비할 수 없다 생각한 진형은 내력을 끌어올려 자세를 취하기 시작했다. 유강이 그가 어떤 것을 사용하려는지 알고는 급히 뒤로 물러서자 노진 역시 기세가 범상치 않기에 진형을 향해 고개를 돌렸다.

"음영살의(陰影殺意) 파성섬광격(破星閃光擊)!"

음영살의는 유성신창에 서려 있는 음과 양의 기운 중 음의 기운을 극성으로 적에게 쏘아 보내는 초식이었다. 그의 신창에서 강한 냉기가 어리기 시작했고 다음 순간 눈에 보이지도 않는 창격이 노진을 향해 빠른 속도로 밀어닥쳤다.

슈슈슈슉!!

음기가 서려 있는 창격은 쉴 새 없이 노진을 향해 밀려들었고 그 위력에 손에 들려 있는 검은 군데군데 이가 빠지기 시작했다.

하나, 창격은 계속되고 있음에도 공격은 번번이 노진의 검에 막혔고 진형은 음영살의 진기도 거의 고갈되어 가기에 할 수 없이 뒤로 물러설 수밖에 없었다.

"으드득, 젠장!"

파천섬광격의 초식에 지금까지 제대로 버틴 이가 전무하다는 것을 감안하면 음영살의까지 끌어올렸음에도 상처 하나 입지 않은 노진의 무공은 대단하다 할 수 있었다.

하지만 노진 역시 검을 잡고 있는 손이 음기에 의해 시퍼렇게 물들어져 있었으니 상황은 그리 좋지 않았다.

[진 아우! 양일살의(陽日殺意)를 나에게 보내주게!]

[양일살의를 말씀이십니까?]

[귀혼부로 그 힘을 끌어들인다면 음양격이 가능할 것이라 생각되네!]

[음… 알겠습니다.]

유강의 전음에 진형은 고개를 끄덕이고는 양일살의의 기운을 끌어올리니 유성신창에서는 강한 열기가 일렁이기 시작했다.

"양일살의 천개멸화격(天蓋滅火擊)!"

유강이 손을 내뻗자 열기는 강렬한 힘과 함께 노진을 향해 뻗어나갔다. 그 속도가 그리 빠르지 않았기에 노진은 가볍게 뒤로 몸을 피했는데, 유강은 그것을 기다리고 있었다.

"흡혼!"

그의 귀혼부가 가지는 능력 중의 하나인 흡혼이 순식간에 진형이 보낸 열기를 흡수하자 그의 도끼에 강한 열기가 일렁이기 시작했다.

[진형, 음영살의를 끌어올려라!]

[예.]

유강의 생각을 눈치 챈 진형은 다시 음영살의를 끌어올렸고, 유성신창에선 냉기가 휘몰아치듯 올라갔다.

유강은 귀혼부로 흡혼한 양일살의의 뜨거운 열기와 함께 음영살의의 냉기를 합쳐 음양의 공격을 노진에게 행할 생각인 것이다.

아무리 내공이 강하다 하더라도 양쪽에서 열기와 냉기가 한꺼번에 밀어닥친다면 막기 어려울 것은 분명했던 것이다.

"파혼풍!"

"파성섬광격!"

두 사람이 일시에 공격해 들어오자 노진은 양쪽에서 냉기와 열기가 한꺼번에 밀려오는 것을 느꼈다. 하지만 위기에 처해 있었음에도 그의 안색은 전혀 변함이 없었고 좌수로는 대반야장을 끌어올림과 동시에 우수의 검으로는 진형이 날린 파성섬광격을 막기 시작했다.

쿵!!

대반야장은 유강의 파혼풍과 충돌해 굉음과 함께 크게 폭발했고 열기는 사방으로 밀어닥치고 있었다.

유강은 열기를 견디지 못하고 급히 몸을 피했으나 노진은 자리에서 한 발자국도 움직이지 않았다. 그가 입고 있던 승복은 불이 붙어서 타오르기 시작했다.

하지만 뜨거운 열기가 밀어닥침에도 노진은 전혀 평상심을 잃지 않았다. 유강은 뒤로 물러나던 것을 멈추고 태산압쇄의 초식을 사용하여 그의 머리를 향해 도끼를 내려쳤다.

강한 화기가 서려 있는 귀혼부로 공격하나 노진은 그것을 기다리고 있었던 듯 아슬아슬한 순간에 금강부동신법을 사용하여 몸을 피했다. 그러자 진형이 내지르던 음기의 창격이 유강을 향해 밀려들어 갔다.

"이런! 흡혼!!"

도저히 피할 수 없는 일격에 놀라 유강은 할 수 없이 흡혼의 수법을 사용하여 음기가 서려 있는 유성신창의 진기를 빨아들였고 이로 인해 유강의 귀혼부에 서려 있던 양기는 사라지고 말았다.

지금까지 노진이 제대로 된 공격을 단 한 번도 하지 않았음에도 불구하고 상대를 쓰러뜨리지 못하자 유강의 진형은 긴장할 수밖에 없었다.

'과연 소림인가……'

그만큼 노진의 무공은 두 사람과는 큰 격차를 가지고 있었기 때문이다. 이런 자가 왜 자신들과 같이 사대호법의 한 사람이었는지 이해할 수 없는 일이었다.

하지만 이대로 물러선다는 것은 자존심이 허락치 않았다.

[진형, 태상문주님이 내리신 신병상의 무공으로 협공하세.]

[알겠습니다.]

진형과 유강은 멸천문의 태상문주, 즉 혈비도 무랑에게 자신들이 소유하고 있는 신병에 맞는 무공을 하나 전수받았다. 그리고 지금 그것으로 노진을 처리하려 하는 것이다.

유강이 귀혼부와 함께 혈비도 무랑에게 얻은 무공은 탈명천귀공(奪命千鬼功).

하지만 이 무공을 얻은 후에도 유강은 함부로 사용하지 않았는데, 그 위력이 약했기 때문이 아니라 너무 강맹했기 때문이었다.

단 한 번 적을 상대로 이 무공을 썼을 때 주화입마까지 몰린 적이 있을 정도로 그 자신조차 감당하지 못할 무공이었기에 노진을 상대로 목숨을 걸었다 할 수 있는 것이다.

"탈명천귀공!"

유강이 탈명천귀공을 끌어올리자 강한 기도가 몸에 서리는가 싶더니 주위로 귀기가 흘러나오기 시작했다.

"음……."

귀기가 자신의 주위로 퍼지자 노진은 불문의 심경을 외우며 몸을 보호하기 시작했다. 유강의 몸에서 흘러나오는 귀기가 범상치 않았기 때문이다.

"합!"

귀기가 주위로 완전히 퍼지자 유강은 빠른 속도로 몸을 움직였고 그와 함께 진형도 빠른 속도로 몸을 움직였다.

'이런!'

탈명천귀공으로 주위에 깔린 귀기가 놀랍게도 유강의 기척을 지워버렸으니 노진은 당황하지 않을 수 없었다.

"유부귀살(幽府鬼殺)!"

그런 그가 한순간 유강의 기운을 느꼈을 때는 그의 신형은 어느새 머리 위로 솟구쳐 있었다.

유강이 강하게 귀혼부를 휘두르자 강기가 노진을 향해 밀려들어 갔고 이에 노진은 급히 몸을 옆으로 돌려 강기를 피하려 했다.

하나, 그의 뒤로는 유성신창의 진형이 버티고 있었고 그가 창을 들어 바닥에 강하게 꽂자 유강이 날린 강기는 창의 유연함에 튕겨 그대로 노진의 등 쪽을 향해 뻗어나갔다.

"헉!"

유성신창의 유연함이 설마 강기마저 튕겨내리라고는 생각지도 못한 노진은 미처 피할 사이도 없이 등에 강기를 적중당하고 말았다. 그래서 큰 충격과 함께 그의 몸은 앞으로 튕겨져 나갔다.

노진이 자리에서 일어나기도 전에 유강은 귀혼부로 상대를 압박해 갔고 노진은 몸을 일으키지도 못한 채 상대의 공격을 막아야 했다.

채쟁!!

하지만 십대신병의 하나인 귀혼부의 예리함을 당할 수는 없었고 검은 날카로운 소리와 함께 두 동강 나고 말았다.

이미 자신의 검이 견디지 못할 것을 예상하고 있었던 노진은 도끼의 기세를 타고 그대로 뒤로 몸을 날렸기에 상처를 입는 것은 면할 수 있었다.

하지만 뒤에선 또다시 진형이 기다리고 있었다.

"칠성광쇄!"

일곱 개의 창영이 번뜩이며 노진을 향해 밀려들어 오자 급히 몸을 돌려 피하긴 했으나 상처를 입는 것은 피할 수 없었다.

"끄윽!"

등 쪽으로 날카로운 창이 스치고 지나가자 피가 솟구쳐 승복은 붉은 피로 순식간에 물들었다. 상처에서 상당량의 피가 흘러나와 시간을 지체하면 오래 버티지 못할 것이라는 걸 알 수 있었다.

검조차 반검이 되어 있는 상태니 유강과 진형은 자신의 승리를 의심하지 않는데, 상처를 입었음에도 노진은 전혀 긴장하는 얼굴이 아니었다.

자신의 상처를 한번 돌아본 노진은 천천히 손에 들린 반검에 내력을 집어넣고는 유강을 향해 몸을 날렸다.

"합!"

카가강!!

유강은 녀석이 쇄도해 오자 귀혼부를 휘둘렀다. 놀랍게도 반검이라 생각했던 그의 검에는 투명한 검기가 서려 있어 반검의 잘려진 부분을 대신하고 있었다.

"달마삼검!"

그 순간 그의 검은 마치 춤을 추듯 움직이는가 싶더니 유강의 어깨를 향해 빠르게 밀려들어 갔고 그는 크게 놀라 뒤로 물러섰지만 순간 공기 중에 강한 진동이 일어나는가 싶더니 어깨의 살점과 함께 피가 사방으로 뿌려졌다.

"큭!"

급히 뒤로 물러선 유강은 놀란 입을 다물 수가 없었다.

설마 소림 출신의 노진이 무형 검기를 만들 정도로 검에도 뛰어나리라고는 생각지도 못했기 때문이다. 유강이 밀려나자 진형이 급히 유성신창을 내질러 그의 목을 노렸지만 노진은 반검으로 창을 옆으로 밀어낸 후 미끄러지듯 진형을 향해 몸을 날렸다.

"헉!"

"대력금강조(大力金剛爪)!"

그의 앞까지 밀려들어 간 노진은 왼손을 들어 대력금강조의 수법을 펼쳤고 진형의 앞가슴으로 파고들어 간 손은 그대로 가슴의 살을 뜯어버렸다.

"끄악!!"

노진의 대력금강조에 당한 진형은 비명과 함께 쓰러졌고 놀란 유강은 그의 이름을 부르며 급히 몸을 날렸다.

"진형!"

하지만 이미 진형은 숨이 끊겨져 있는 상태였다. 유강은 분노에 찬 표정으로 노진을 노려보며 소리쳤다.

"네… 네 이놈!!"

분노에 찬 유강은 내력을 극성으로 끌어올려 그대로 노진을 향해 몸을 날렸고 그의 패도적인 공격에 노진은 뒤로 물러설 수밖에 없었다.

하지만 이미 침착함을 상실한 유강의 공격은 노진에게 전혀 위협이 되지 못했다.

이에 노진은 상대의 공격을 피하며 기회를 포착했고 유강의 허점을 발견하고는 반검에 검기를 주입하며 빠른 속도로 그를 향해 몸을 날렸다.

"크윽!!"

노진의 공격을 피할 수 없다고 생각한 유강은 크게 당황한 표정을 지었으나 그것은 잠시, 한순간 유강의 표정에서 조소가 흘러나왔다.

"가소로운 놈!"

"끅!"

유강의 조소에 이상한 생각이 든 순간 등 뒤로 뜨거운 기운이 밀려왔고 노진은 신음을 지르며 앞으로 쓰러지고 말았다.

급히 몸을 피한 노진은 심각한 부상으로 무릎을 꿇고 말았으나 그의 눈은 자신의 등을 공격한 자에게 가 있었다.

"살아 있었는가……."

놀랍게도 그를 공격한 이는 유성신창의 진형이었던 것이다.

진형은 노진에게 심장을 적중당했으나 그는 다른 이와는 달리 왼쪽이 아닌 오른쪽에 심장을 가진 이형의 체질, 그 때문에 목숨을 부지할 수 있었던 것이다.

진형은 이대로는 노진을 쓰러뜨리기가 어렵다는 것을 깨닫고는 전음을 통해 유강에게 자신이 죽은 척하며 습격할 것임을 알렸다. 이에 유강은 노기에 평정심을 상실한 것과 같은 모습을 보인 것이다.

"콜록콜록… 유 대형, 이제 저 땡중을 처리하시오."

하나 대력금강조에 당한 상처가 가벼운 것이 아니기에 진형은 유강에게 마지막을 장식하게 했고 이에 고개를 끄덕인 유강은 귀혼부를 들고 몸을 날렸다.

"이젠 목을 내놓아라!"

노진은 자신의 죽음을 예감하고 조용히 눈을 감고 죽음을 기다렸다.

하지만 그때 유강을 향해 무엇인가가 빠른 속도로 날아오는가 싶더니 이내 큰 폭발을 일으켰다.

콰과아앙!!

"끄악!"

유강은 폭발과 함께 피를 뿌리며 나가떨어지고 말았다. 그리고는 이 폭발이 무엇 때문인지 알아챈 그는 폭발로 인하여 찢어져 날아간 다리를 부여잡곤 소리쳤다.

"구궁! 이 빌어먹을 자식!!"

"크크크크, 다시 보게 되는군."

"큭……."

설마 구궁이 자신들의 앞에 모습을 드러내리라고는 생각지도 못한 그들은 승리를 바로 앞에 두고 어이없게 당하고 말았으니 분통이 터질 수밖에 없었다.

"노진 대사가 처리했다면 내가 나서지 않으려 했는데, 아무래도 어쩔 수 없더군."

"큭… 구궁… 도대체 네 녀석이 왜 태상문주님을 배신하려 하는 것이냐? 넌 그분의 아들이 아니었느냐!!"

유강의 말에 구궁은 미간을 찌푸리더니 몸을 날려 그의 앞으로 와서 말했다.

"자네의 말대로 난 그의 아들이다. 그런데 말이야, 그 아들이라는 것으로 내가 얻은 것이 무엇인가?"

"……."

"명문가의 규수였던 어머니는 돌아올 것이라던 아버지를 기다리다 범의 밥이 되어버렸고 사냥꾼이 되어 아버지를 찾아갔더니 본단이 아니라 글쎄 쌍도문으로 보내 버리더군."

"음……."

유강은 구궁이 태상문주의 아들이라는 것은 알고 있었지만 그의 과거에 대해서는 알지 못하였다.

"또 어이없게 아들에게는 비도문의 무공을 일초반식도 가르쳐 주지 않으면서 장천이란 놈에게는 모든 무공을 전해주더란 말이다!"

구궁은 점점 노기가 치솟아오르는지 언성이 높아져 가고 있었다.

"그렇다면… 자네, 장천을 죽일 생각인가……."

"후후후. 녀석을 위해 만든 기반을 내가 가로채기에 지금보다 좋은 때가 없지. 후후후후."

"음……."

유강은 구궁이 자신의 계획에 상당한 자신감을 가지고 있음을 알 수 있었다.

한편 진형은 노진에게 당한 상처로 이미 반탈진 상태로 들어가 있었고 그런 그의 앞으로 천천히 걸음을 옮긴 구궁은 가볍게 손을 들었다.

다음 순간 두 개의 인영이 그의 곁으로 빠른 속도로 날아왔다.

"크크크크, 죽여라!!"

구궁의 명이 내려지자 두 개의 인영은 순식간에 진형과 유강에게 쇄도해 들어가 그대로 그들의 머리를 밟아 부수어 버렸다. 두 사람은 비명 한마디 지르지 못하고 죽임을 당할 수밖에 없었다.

두 사람의 죽음을 보며 노진은 천천히 몸을 일으켜 그를 보고 말했다.

"저 둘이 자네가 만들 것이라 했던 것인가?"

"그래, 아버지를 상대할 수 있는 수단이니 조금 신경을 썼지."

노진이 보고 있는 두 인영의 모습, 그 얼굴은 놀랍게도 한 때 쌍도문의 문주 직에 있었던 등평과 그의 대사형인 광무자였다.

하지만 두 사람의 눈동자는 전혀 흔들림이 없고 피부가 푸르스름한 것이 살아 있는 사람이라고는 생각할 수 없었다.

살아 있을 적 강한 무공을 지녔던 두 사람은 놀랍게도 구궁의 명을 받는 강시가 되어 있었다. 구궁은 멸천문에 있는 혈교의 비전서를 입수하여 두 사람이 살아 있을 적보다 수 배는 강한 몸으로 만들어 시술자가 죽기 직전까지 싸우는 무적 강시로 만들었다.

구궁은 자신들의 힘으로는 비도문의 계승자인 장천과 혈비도 무랑을 상대할 수 없음에 방법을 찾았고 그것이 바로 무적 강시였다.

천하제일고수인 무랑을 상대로 무적 강시가 통할 것이라 장담할 수는 없지만 구궁은 마음이 여린 장천이라면 이 두 구의 강시로 처리할 수 있다고 생각했다.

"이젠 어찌할 생각인가……."

혈도를 짚어 지혈을 한 노진이 묻자 구궁은 진형이 가지고 있던 유성신창을 그에게 던져 주며 말했다.

"무적 강시로 장천을 죽이고 비도문 계승자의 자리를 뺏아야겠지."

"아미타불."

한편 요운과 장천은 항주로 가는 길에서 행방불명된 임아란과 유능예를 찾기 위해 헤매고 있다가 일주일 정도가 지났을 때 드디어 하오문에서 두 사람의 소식을 들을 수 있었다.

"그런가, 알겠네."

"그럼 이만 물러가겠습니다."

하오문의 문도는 장천에게 두 사람이 있는 곳을 알려주고는 물러갔고 장천은 서둘러 말에 올라탔다.

"너무 서두르지 말아라."

"하지만 어머니가 객점에서 병을 앓고 계시다는데……."

"물론 알고는 있다만 아직 확실하게 사숙모라는 것이 확인된 것도 아니다. 또 성급하게 일을 진행하다 본파를 위해하려는 무리들이나 멸천문의 무리들에게 우리의 목적이 알려지면 사숙모에게 해가 갈 수도 있지 않겠느냐."

"그렇군요."

경험이 많은 요운의 말에 장천은 고개를 끄덕였고 요운은 소식을 전해준 하오문의 문도를 불렀다.

"자네, 잠시만 기다리게."

"아! 시키실 일이라도?"

"잠시만 기다려 주게나."

그에게 기다리라 말한 요운은 품에서 붓과 종이를 꺼내어 무엇인가를 적은 후 그에게 건네주며 말했다.

"이것을 총단에 있는 양 사숙께 전해주게."

"양 대협 말씀이십니까? 알겠습니다."

하오문의 문도가 그에게서 서신을 받고는 고개를 끄덕이며 물러가자 장천은 서신의 내용이 궁금해 요운을 보며 물었다.

"방금 전 서신에는 무엇을 적은 것입니까?"

"양 사숙께 사숙모의 위치를 적은 것이네. 이렇게 한다면 우리에게 무슨 일이 생겨도 안심할 수 있으니 말이야."

"그렇군요."

현재 두 사람의 위치를 알고 있는 사람이 거의 전무한 시점이라 목적지를 밝혀두는 것이 중요하다 생각한 것이다.

임아란과 유능예의 위치를 알아낸 장천은 사흘 만에야 간신히 두 사람이 머물고 있다는 객점에 도착할 수 있었다.

"주인장!"

"예, 무엇을 드릴깝쇼."

"이곳에 두 명의 여인이 거처하고 있다 들었네. 지금도 이곳에 계신가?"

"예?!"

두 여인에 관해 묻자 객점 주인의 얼굴이 사색이 되기에 장천은 무엇인가 있다는 생각이 들었다.

쾅!!

"이곳에 계시는지 묻고 있지 않은가?!"

그때 뒤에서 장천을 따라오던 요운이 주인의 얼굴을 보고는 노한 목소리로 근처에 있던 탁자를 후려쳤고 굉음과 함께 탁자는 산산조각으로 부서지고 말았다.

그 때문에 객점의 주인은 크게 놀라 뒤로 자빠졌다. 요운이 이렇게 과격하게 나온 이유는 주인의 표정으로 보아 무엇인가 알고 있다는 생각이 들었기 때문이다.

무림인들을 상대로 평범한 객잔 주인이 버텨내지 못할 것은 당연한 일이었으니 그가 거짓을 고하지 못하게 하기 위함이었다.

"묻지, 이곳에서 두 여인을 본 적이 없는가?"

"그… 그것이 그런 분들이 계시기는 했는데……."

"계시기는 했는데?"

"삼 일 전에 이곳을 떠나셨습니다."

"삼 일 전에 떠나셨다고?"

"예."

객점 주인의 말에 장천은 실망할 수밖에 없었다. 그때 한참을 생각하던 요운이 무엇인가 생각났는지 그를 보며 물었다.

"그분들이 아이를 데리고 있지 않던가?"

"예. 두 분이 한참 머무르시다가… 활을 메고 있던 장정 한 사람이 왔습니다. 그 장정이 두 분을 만나고는 며칠 나갔다가 아이 하나와 돌아왔고 그 후에 모두 떠나셨습니다."

"음……."

"그분들이 어느 쪽으로 갔는지 알고 있는가?"

"화, 활을 들고 있던 장정과 함께… 서, 서쪽 길로 향, 향했습니다."

"그래?"

주인의 말에 장천은 은원보를 그의 앞에 내려놓고는 요운을 보며 말했다.

"요 사형, 활을 들고 있는 남자라면 구 사형이 아닐까요?"

"그럴 수도 있겠지. 일단 서쪽으로 향하자."

"예."

주위의 사람들에게 수소문하며 임아란들을 찾던 장천은 객점에서 백 리 정도 떨어진 마을에서 그녀들의 소식을 들을 수 있었다.

"다, 다시 말씀해 주십시오."

"그러니까 아리따운 여인 두 사람이 아이와 함께 저기 북문산으로 가더라니까요."

장천에게 말하는 사람이 가리키는 북문산은 그리 큰 산은 아니었지만 척 보기만 해도 산세가 상당히 험할 것 같은 느낌이 드는 곳이었다.

대로가 뻔히 보이는데도 왜 두 사람이 그곳으로 향했는지 이해할 수 없는 장천이었으나 일단 이 사람의 말을 믿어보는 수밖에 없었다.

왜 임아란은 쌍도문의 사람들이 있는 은원방으로 가는 길에서 갑자기 북문산으로 발길을 옮긴 것일까?

어느 정도 몸이 나아 소천을 데리고 은원방으로 가던 임아란은 한시라도 빨리 문파로 돌아가야겠다는 생각에 걸음을 서두르고 있었다.

"어머니, 몸도 아직 안 좋으신데 천천히 가시는 것이 좋을 것 같습니다."

걸음을 재촉하는 그녀를 보며 능예는 걱정스러운 목소리로 말했으나 임아란은 고개를 저으며 말했다.

"아니다. 생각보다 일이 지체되었으니 문파 사람들이 크게 걱정할 것이 분명한데 어찌 천천히 갈 수 있겠느냐. 풍문으로 보아 중원의 상황도 그리 좋지 않은 것 같으니 한시라도 빨리 문파로 돌아가는 것이 좋을 듯하구나."

"…예."

걱정은 되었지만 능예는 그녀의 말을 따를 수밖에 없었다. 한참 길을 가던 세 사람은 잠시 작은 마을에서 휴식을 취하게 되었다.

급히 길을 서두른 탓으로 상당히 지쳐 있었기에 다점에서 차를 마시며 잠시 휴식을 취하였다. 그런데 임아란은 다점에 앉아 있다 누군가를 보고는 크게 놀랄 수밖에 없었다.

"아주버님?"

"무슨 일입니까?"

구궁은 임아란의 놀란 표정에 물어보았더니 그녀는 길 쪽을 가리키며 말했다.

"저분은 등 백부님이 아니시냐."

"예?"

그녀의 말에 구궁은 다점 창문 쪽을 쳐다보았지만 그녀가 말하는 사람은 볼 수 없어 고개를 저으며 말했다.

"잘못 보신 것이 아니십니까? 등 백부님은 본문의 혈사 때……."

"아니다, 분명 큰아주버님이셨다."

임아란은 참지 못하고 다점을 나와보았지만 방금 전 보았던 등평의 모습은 보이지 않았다. 그녀는 한참을 그렇게 망설이다 한숨을 쉬며 다점으로 들어왔다.

"어머니……."

"아무래도 몸이 좋지 않아 헛것을 본 모양이구나."

"……."

그녀의 말에 능예는 아무 말도 하지 못하고 고개를 숙이고 말았다. 어머니를 속인다는 것에 마음이 아팠기 때문이다.

하지만 그렇게 하지 않으면 조부의 목숨이 위태로웠다.

다점에서 약간의 휴식을 취한 임아란은 다시 길을 걸었는데, 그때 또 멀리서 등평의 모습을 볼 수 있었다.

"궁아!"

"예, 사숙모님."

"저분이 등 백부님이 아니시더냐?"

"예?"

구궁은 그녀의 말에 다시 한 번 멀리 가고 있는 사람을 보았다. 등평과 비슷한 것 같아 그는 고개를 갸웃거리며 말했다.

"비슷하기는 합니다만……."

등평은 죽었다고 말하려는 구궁이지만 임아란은 고개를 저으며 말했다.

"일단 저분에게 가보도록 하자!"

물론 그녀 역시 등평이 죽었다는 것은 알고 있었으나 지금 눈앞에 보이는 사람을 확인해 보지 않고는 견딜 수 없는 심정이었기에 급히 그에게로 뛰어갔다.

기껏해야 일 리도 되지 않는 길이었지만 그들은 등평이라 생각되는 자를 따라잡을 수 없었다. 세 사람 모두 무공을 익힌 사람들이었기에 경신술을 사용하여 뒤쫓아가고 있음에도 거리는 좁혀지지 않고 있었던 것이다.

그러다 그 사람은 산 쪽으로 걸음을 옮겼고 임아란은 아주버님을 만나야겠다는 생각에 북문산으로 향하게 된 것이다.

이런 일을 알지 못하니 장천과 요운이 임아란들이 왜 북문산으로 향했는지 이유를 알 수 없는 것은 당연한 일이었다.

어찌 됐든 마을 사람들의 말에 따라 장천과 요운은 북문산으로 올라갔다. 한참을 오르자 산 중턱의 암자에서 누군가 바둑을 두고 있는 것을 볼 수 있었다.

"잠시 말씀 좀 묻겠… 헉!"

장천은 바둑을 두는 두 사람을 보며 말을 건네다 소스라치게 놀랄 수밖에 없었다. 무표정한 모습으로 앉아 있는 사람들은 바로 과거 쌍도문의 문주였던 등평과 두 사람의 대사형인 광무자였기 때문이다.

"드, 등 백부님… 광무자 사형!"

요운의 놀란 목소리에 등평과 광무자는 천천히 고개를 돌렸다. 그들의 눈동자에는 전혀 흔들림이 없었다.

마치 무엇인가에 홀린 듯한 모습이었는데 두 사람은 천천히 자리에서 일어나 장천 쪽으로 걸음을 옮겼다.

"등 백부님!"

장천은 죽었다고만 알려져 있던 등평이 자신에게 다가오자 감격으로 눈물까지 글썽일 정도였다. 죽었다고 알려져 있던 친인을 만났다는 생각에 도저히 참을 수가 없었던 것이다.

하지만 잠시 후 장천은 가슴에서 뜨거운 기운을 느끼고는 크게 경악할 수밖에 없었다. 등평이 도를 빼내어 장천의 가슴을 향해 휘둘렀던 것이다.

제대로 방비하지도 못한 장천은 가슴에 길게 도상을 입었고, 어이없는 상황에 멍한 표정이 되어버렸다.

"드, 등 백부님?"

하지만 그의 떨리는 목소리에도 아랑곳하지 않고 등평은 도를 휘둘러 장천의 목을 베어버릴 듯이 휘둘렀고 놀란 요운이 급히 장천의 몸을 뒤로 끌어당긴 덕에 목이 달아나는 것은 면할 수 있었다.

"요, 요 사형……."

"젠장!"

요운 역시 난데없는 상황에 놀란 것은 마찬가지였지만 강호에 대한 견식이 많은 요운은 행여나 이들이 면구를 쓰고 있는 것이 아닐까 하는 생각이 들었다.

"감히! 장인어른의 모습으로 변장을 하다니! 살려둘 수 없다!"

이에 요운은 크게 노한 표정으로 쌍도를 들어 그대로 녀석들을 향해 쇄도해 들어갔다. 그때 등평의 인피면구를 썼다고 생각한 자가 갑자기 두 개의 도를 하늘로 치솟아오를 듯 휘두르자 강한 도풍이 일대를 일렁이며 요운을 향해 밀려들어 갔다.

"청풍도법!"

급히 청풍도법을 사용해 도풍의 날카로운 기류를 이용하여 뒤로 물

러선 요운이었으나 장천의 곁까지 밀려들어 간 그는 떨리는 목소리로
말했다.

"…파운심공에… 쌍룡승천도법이다……."

"설마……?"

"진짜 장인어른이야……."

"말도 안 돼요!"

요운의 말에 장천은 가슴의 상처를 쥐어짜며 소리칠 수밖에 없었다.
등평이 자신을 향해 도를 휘두를 리가 없었기 때문이다.

하지만 오랜 시간을 등평과 같이 보냈던 요운이 사부이자 장인의 무
공을 알아보는 것은 너무나 쉬운 일이었다.

"젠장! 도대체 뭐가 어떻게 된 거야!"

"…혹시 …강시?"

"강시?"

요운은 혹시나 하는 생각에 강시를 언급하기는 했지만 등평의 움직
임에는 강시 특유의 딱딱한 움직임이 없이 부드럽기만 했기에 요운은
이내 고개를 젓고 말았다.

그러는 사이에 등평과 광무자는 쌍도를 뽑아 장천과 요운을 공격해
들어왔다. 두 사람의 무공은 과거 문파 내에서 첫째와 셋째를 가리는
실력이었기에 초식 하나하나의 날카로움은 결코 범상치 않았다.

채재쟁!!

차마 공격은 하지 못하고 방어에 정신을 쏟는 두 사람이었는데, 그
때 등 뒤에서 강맹한 기운이 밀려오는 것을 느낀 장천은 급히 뒤돌아
서 일각을 내질렀다.

쿵!!

그 순간 강한 타격음과 함께 장천의 일각에 한 승려가 뒤쪽으로 크게 밀려갔는데, 그는 바로 구궁과 손을 잡은 소림의 파계승 노진이었다.

"네 녀석은 누구냐!!"

난데없이 나타나서 등 뒤를 공격한 승려를 보고 장천은 노기를 드러내며 소리쳤다.

한편 장천의 등을 향해 대반야장을 시전한 노진은 자신의 일장이 그의 일각에 무너진 것은 둘째 치고 자신이 십 보 이상 밀려나자 상대의 무공에 크게 놀랄 수밖에 없었다.

태상문주에게 무공을 전수받았다고 들었지만 이 정도로 무공이 강해지리라고는 생각지도 못했기 때문이다.

"넌 누구냐고 묻지 않았느냐!"

"……."

하지만 장천의 외침에도 아무런 답도 하지 않고 다시 몸을 날린 노진은 그를 향해 용조수를 시전했다.

"용조수?!"

상대의 무공이 소림의 용조수라는 것을 안 장천은 그대로 오른발을 앞으로 올려 치며 승룡파천각의 초식을 시전했고 강한 강기가 위로 솟구치듯이 올라갔다.

"합!"

자신을 향해 날아오는 강기를 보며 노진은 용조수의 회룡파미(廻龍破尾)의 초식을 사용하여 몸을 회전시키고는 장천의 아랫도리를 향해 용조수를 내질렀다.

"흥! 낙룡파천각!"

하지만 이대로 상대의 용조수에 당할 장천이 아니었으니 그대로 낙룡파천각으로 노진의 손목을 부러뜨릴 기세로 일각을 내리꽂았다. 하나 애석하게도 장천을 노리는 사람은 그 하나뿐이 아니었다.

등 뒤에서 파공음이 들려오자 장천은 뒤에서 등평이 공격해 오고 있음을 알고는 낙룡파천각의 기세를 타고 그대로 몸을 앞으로 날렸다.

"젠장! 미치겠네!"

등평과 광무자를 공격할 수 없는 노릇이라 노진을 대할 때와는 달리 몸을 피할 수밖에 없는 장천이었는데, 그러다 문득 하나의 생각이 떠올랐다.

'무적 강시?'

혈마에게서 강시에 대해 많은 것을 들었던 장천은 혈강시 외에도 혈교에는 살아 있을 적 고수인 사람들을 이용하여 강시로 제조하는 무적 강시란 것이 있다는 소리를 들은 적이 있었다.

혈교 특유의 비법으로 제조한 무적 강시는 생전의 무공을 모두 사용할 뿐 아니라 그 무공도 몇 배로 늘어난다 했다. 장천은 죽었다고 알려져 있는 등평을 보자 혹시 무적 강시가 아닐까 하는 생각이 떠오른 것이다.

제47장
광무자의 마지막 가르침

'혈마는 분명 무적 강시에는 한 가지 특징이 있다고 했단 말이야…
음…….'

일단은 자신의 눈앞에 있는 등 백부가 진실로 무적 강시인지 알아봐
야겠다 생각한 장천은 용천혈에 진기를 보내 빠른 속도로 움직였다.
이에 등평이 무적 강시가 되어 그 무공이 몇 배로 늘었다고는 하지만
장천의 재빠름은 따를 수 없었다.

등평의 등 뒤로 돌아선 장천은 급히 검지손가락을 들어 옥침, 천주,
심유혈에 진기를 집어넣었는데, 그 순간 그의 움직임이 잠시 멎는 듯하
다가 장천을 향해 다시 쌍도를 휘둘렀다.

"핫!"

가볍게 쌍도를 피한 장천은 미간을 찌푸릴 수밖에 없었다.

장천이 진기를 주입한 세 가지 혈은 무적 강시를 만들 때 많은 내력이 주입되는 곳인 바 이곳에 이종의 진기가 스며들어 가면 잠시간 움직임이 멎어지게 되는 것이다.

"천아, 무엇을 한 것이냐?"

"휴… 혹시 등 백부님이 혈교의 무적 강시가 된 것이 아닐까 하는 생각에 살펴보았더니… 아무래도 누군가가 백부님의 시신으로 강시를 만든 것 같습니다."

"그런. 으드득……"

그의 말에 요운은 이를 갈 수밖에 없었다. 자신의 부덕함으로 아내는 물론 장인어른까지 잃었다고 생각하는 그는 장인이 악도의 손에서 강시가 되었다는 말에 노기가 치솟아오른 것이다.

그런 그의 노기는 승려에게 향할 수밖에 없었으니 그가 그들을 강시로 만들었다는 생각이 들었기 때문이다.

"이 간적 놈! 죽여 버리겠다!!"

쾌쌍도라는 이름이 있을 정도로 그의 쌍도는 쾌속하기 그지없었다. 청량한 바람이 불어오는가 싶더니 수십 개의 칼날이 자신을 향해 밀려오자 노진은 제대로 공격도 하지 못하고 뒤로 물러설 수밖에 없었다.

"음……"

하지만 노진과 요운의 무공 차이는 상당했으니 요운은 전 공력을 다해 노진을 쓰러뜨리려 했지만 그는 공격도 못하고 피하고만 있었다.

요운과 노진이 싸우고 있을 때 장천은 무적 강시가 된 등평과 광무자를 상대하고 있었다. 마음만 먹으면 공격할 수 있었으나 차마 손이 앞으로 나가지 않았다.

이미 명을 다해 강시가 되었다고는 해도 한때 문파의 어른들이었기에 공격할 수가 없었기 때문이다.

'미치겠군!'

어찌해 볼 도리가 없는 장천은 처음 등평에게 당한 상처에서 쉴 새 없이 피가 흘러나와 현기증까지 밀려오고 있었다.

만약 아버지인 장춘삼이라도 있다면 모를까, 어느 곳보다 존장에 대한 예를 중시하는 무가에서 자란 장천이라 시신을 훼손할 수 없었기에 그저 피하기에만 주력하고 있었다. 그러던 그가 현기증으로 잠시 발을 잘못 디뎌 이번에는 광무자의 도에 어깨에 상처를 입고 말았다.

"장 사제!"

그것을 본 요운은 크게 놀라 소리쳤지만 장천은 아무것도 아니라는 듯이 손을 내저으며 말했다.

"전 괜찮습니다. 명령을 내리는 사람을 쓰러뜨린다면 무적 강시는 움직임을 멈출 것입니다. 제가 그쪽으로 향할 것이니 그 땡중을 잠시만 잡고 계십시오."

"알았다!"

장천 역시 무적 강시를 조종하는 이가 노진이라 생각하고 있었기에 요운은 그의 말에 고개를 끄덕이고는 더욱더 빠르게 공격했다.

"홍!"

하지만 장천의 말에 노진은 콧방귀를 뀌고는 기공을 끌어올렸고 그 잠깐의 순간을 포착한 요운의 도가 그의 허리에 적중했다. 그러나 놀랍게도 도는 날카로운 소리와 함께 튕겨나고 말았다.

챙!!

"헉! 설마 금강불괴?!"

"나한십팔권!"

도를 팅겨내는 것은 물론 손이 저릴 정도의 충격에 요운이 크게 경악하고 있는데 노진은 나한십팔권을 사용하여 권장을 내질렀다.

강맹한 권이 자신에게 밀려오자 요운은 급히 발을 박차고 뒤로 몸을 날렸으나 마치 팔이 길어진 듯한 일격이 그대로 명치에 적중되어 비명을 내지르며 뒤로 넘어지고 말았다.

"큭!!"

"요 사형!"

요운이 쓰러지자 장천은 그를 도와주려 했지만 무적 강시에게 잡혀 있어 몸을 움직여 그를 도와줄 수가 없었다.

"크헉……."

단 일 권에 큰 내상을 입은 요운은 각혈을 하며 피를 쏟았고 장천은 크게 걱정이 되어 앞뒤 볼 것 없이 오른손에 내력을 끌어올려서는 무적 강시들을 향해 방출했다.

"홍염만화!"

화의 무공의 홍염만화가 시전되자 뜨거운 양강의 기운이 일대를 감쌌고 무적 강시들은 위기를 깨닫고는 급히 뒤로 물러섰다.

그리고 그 틈을 탄 장천은 그대로 몸을 날려 노진을 향해 백영각을 시전했다.

"백영각!"

장천이 백영각을 시전하자 수백 개의 각영이 하늘을 뒤덮듯 노진을 향해 밀려들어 갔고 상대는 각공을 두 팔로 방어하며 뒤로 물러섰다.

“요 사형!”

노진이 뒤로 물러서자 내상약을 꺼내 요운에게 먹인 장천은 다시 밀려오는 적들을 향해 파천용각공을 시전하여 물러서게 한 후 요운을 업고 경공을 사용해 도주할 수밖에 없었다.

하지만 요운을 업은 상태에서 적을 따돌리는 것은 어려운 일, 얼마 지나지 않아 그들에게 잡힐 위기에 몰렸는데 그때 한 발의 화살이 날카로운 파공음을 내며 그들을 향해 뻗어나갔다.

“아!”

빠르게 뻗어나간 화살은 갑자기 방향을 바꾸어 승려를 향해 밀러들어 갔고 장천을 쫓던 승려는 방향이 변한 화살을 미처 피하지 못하고 겨드랑이 쪽에 맞고 말았다.

“크윽!”

신음과 함께 자리에서 멈춘 승려는 크게 당황하는 빛을 보이다가 급히 무적 강시와 함께 도주했고 이에 장천은 안도의 한숨을 내쉴 수 있었다.

이들에게 붙잡힌다면 장천 자신만은 목숨을 건질 수 있었겠지만 요운을 살리는 것은 불가능했을 것이다.

이런 이유로 안도의 한숨을 쉬는 그였는데 순간 공중에서 방향을 바꾸는 화살은 무림에서 단 한 사람밖에 할 수 없는 특기라는 것에 생각이 미치자 장천은 반가운 표정을 하며 소리쳤다.

“구 사형!”

“하하하하, 역시 나를 알아보는구나!”

장천이 외치자 수풀 사이에서 건장한 남자가 그 모습을 드러내었다.

그들은 장천이 찾고 있던 구궁과 임아란들이었다.

"어머니!"

"천아!"

천이를 본 임아란은 반가운 표정으로 장천을 향해 다가갔다.

어머니가 오자 장천은 무릎을 꿇고 큰절을 올렸고 그녀는 급히 아들을 잡은 후 옆에서 신음하고 있는 요운을 보며 말했다.

"일단 너의 사형을 치유하는 것이 먼저다."

"아! 그렇네요."

그녀의 말에 장천이 급히 요운에게 가부좌를 틀게 하고는 등 뒤로 진기를 불어넣어 주자 승려의 일권에 맞아 내상을 입은 요운의 상태가 조금씩 호전되기 시작했다.

음양의 무공을 모두 익히고 있었기에 그의 진기는 어떠한 이에게도 적절히 작용하고 있었던 것이다.

두세 번 진기를 몸에 돌리자 요운은 몸이 나아졌는지 숨이 고르게 변했고 장천은 뒤로 물러서서는 어머니에게 미소를 지으며 말했다.

"이 정도면 충분할 것입니다."

"그래, 어쩐 일로 네가 이곳까지 왔느냐?"

"예. 천이의 일로 어머니가 길을 나섰다 하여 아버지께서 요 사형과 함께 마중 나가라 하셨습니다."

"그랬구나."

천이의 말에 그녀는 고개를 끄덕이며 미소 지었고, 장천은 능예 쪽으로 다가가 떨리는 목소리로 물어보았다.

"느… 능예, 그 아이가 소천이인가?"

"예."

능예는 그에게 다가와 안고 있는 아이를 보여주었고 장천은 감격스러운 표정으로 아이를 받았다.

장천은 떨리는 마음을 가누지 못했는데 그로선 소천을 보는 것이 처음이었기 때문이다. 그런 때문인지 곤히 잠자고 있는 소천의 모습이 그리 귀여울 수가 없었다.

"하하하! 나를 닮아 미동계에도 특출나겠구나! 이거 어머니와 아버지 속을 단단히 썩이겠는데?"

"호호호. 이 녀석아, 손주가 철딱서니없는 너를 닮았다간 이 어미 허리 부러지겠다."

"하하하, 그런가요."

임아란의 말에 뒤통수를 긁적이는 장천이었고 주위에 있던 사람들 역시 그런 모습에 흐뭇한 미소를 감추지 못했다.

하지만 능예는 그리 마음이 편할 수가 없었다. 남편에게 해를 끼칠 수밖에 없는 자신의 운명이 너무 가혹하다 생각했기 때문이다.

구궁은 능예의 표정이 변하자 급히 그녀의 앞을 가리고는 말했다.

"그런데 방금 전의 승려는 누구냐? 그리고 그를 따르는 사람은 등백부님과 광무자 대사형 같았는데?"

"아! 그것이……."

장천은 잠시 말을 잇지 못하다가 고개를 젓고는 그들에게 두 사람이 무적 강시가 되었다는 말을 했고 이에 모두 크게 놀랄 수밖에 없었다.

"어떻게 그런 일이… 문파로 돌아가는 중 아주버님을 뵈어서 혹시 살아 계신 것이 아닐까 생각해서 찾았건만……."

"무적 강시의 제조비전은 혈교에서조차 실전되었다고 들었는데, 어떤 이가 그것을 행했는지…….."

어머니를 바라보는 장천 역시 두 사람을 무적 강시로 만든 이가 누구인지 알 수 없었다. 그때 어느 정도 몸을 추스린 요운이 자리에서 일어나며 말했다.

"사숙모님께 인사드립니다."

"그래, 몸은 괜찮으냐?"

"예. 그리고 천아, 본문의 혈사 때 문파에는 독문의 독이 퍼져 있다 들었다."

"예, 저 역시 그리 알고 있습니다."

"그렇다면 등 백부님의 시신을 가져간 이는 독문일 가능성도 없지 않을 것이다."

"아!"

그 말에 장천이 고개를 끄덕였고 요운의 말은 계속 이어졌다.

"그리고 이번에 개파대전을 연 멸천문은 무림의 문파에 문도들을 잠입시켜 비전서를 손에 넣었으니 혈교 역시 그 손이 뻗쳤을 가능성이 있다. 아니, 그것이 아니더라도 다른 문파가 습득한 비전서를 가지고 있을 확률이 크지."

"그렇다면……."

"어쩌면 이번 무적 강시는 멸천문의 소행일 가능성이 크다. 그들이라면 혈교조차 불가능한 무적 강시의 제조도 가능하겠지."

요운의 추리에 듣고 있던 자들 역시 고개를 끄덕였고 그의 말을 듣고 있던 구궁은 그의 뛰어난 혜지에 탐복할 수밖에 없었다.

"본문의 혈사를 멸천문이 조작했을 줄이야… 그것도 모르고……."

혈비도 무랑에게 무공을 전수받았다는 것조차 수치스럽게 여겨지는 장천이었으나 구궁은 이내 고개를 저으며 말했다.

"하나, 이것은 단순한 추리일 뿐이다. 아직 확실한 증거가 있는 것도 아니니 섣부르게 속단하는 것은 좋은 일이 아니다."

"그렇군요."

자신의 말에 고개를 끄덕이는 장천을 보고 구궁은 요운을 보며 말했다.

"일단 본문으로 돌아가는 것이 좋을 듯하구나."

"하지만……."

"무엇보다 중요한 것이 사숙모님을 안전하게 본문으로 모시는 일이다. 무적 강시가 된 백부님은 일단 나와 장 사제가 찾아 감시할 것이니 요 사제는 사숙모님을 모시고 본문으로 돌아가도록 하게."

구궁의 말에 요운은 할 수 없다는 표정으로 고개를 끄덕였다.

"알겠습니다."

요운은 지금 자신의 상태로는 두 사람에게 방해가 됨을 잘 알고 있었기에 임아란과 유능예 등을 데리고 산을 내려가는 것을 선택할 수밖에 없었던 것이다.

요운과 세 사람이 산을 내려가는 것을 보다 구궁은 장천을 보며 말했다.

"강시를 조종하던 승려가 상처를 입었으니 그 흔적을 찾아가면 찾을 수 있을 것이다."

"예."

아니나 다를까, 장천은 얼마 후 구궁의 화살에 상처를 입은 승려의 혈흔을 발견할 수 있었고 그 흔적의 끝에 무적 강시가 된 등평과 광무자가 있을 것이라 생각하고는 걸음을 옮겼다.

그런 그의 모습을 지켜보고 있던 구궁의 입가에는 회심의 미소가 흐르고 있었다.

'크크크, 장천… 오늘이 너의 마지막 날일 것이다.'

혈흔을 찾아 무적 강시와 의문의 승려를 찾아가던 장천은 잠시 후 북문산의 중턱 부분에서 동굴을 하나 발견할 수 있었고 그곳으로 혈흔이 이어져 있음을 확인할 수 있었다.

"구 사형! 이곳에 혈흔이 이어져 있습니다."

"녀석들이 동굴 안에 있는 모양이구나."

장천의 말에 고개를 끄덕인 구궁은 근처에 있던 나무를 주워 옷을 말아 불을 붙여 횃불을 만들고는 말했다.

"안으로 들어가자."

"예."

그의 말에 고개를 끄덕인 장천은 화룡신도와 냉혈검을 뽑아 들고는 천천히 동굴 안으로 들어섰다.

축축한 습기가 가득한 동굴 내부는 음침한 기운이 가득해 있었고 바닥에 고인 웅덩이를 밟으며 두 사람은 천천히 동굴 안으로 걸음을 옮겼다.

언제 적이 나올지 모르는 순간이라 장천은 긴장을 늦출 수가 없었다. 주위를 조심히 살피며 천천히 걸음을 앞으로 내딛는 장천은 얼마 후 희미한 빛 사이로 두 개의 인영이 보이자 안력을 돋구어 살펴보았다. 그리고 그것이 등평과 광무자임을 확인할 수 있었다.

"사형!"

"보고 있다. 근처에 녀석이 있을 테니 방심하지 말아라."

"예."

두 구의 무적 강시에게 가까이 다가갔음에도 움직일 생각을 하지 않자 장천은 이상하게 생각할 수밖에 없었다. 구궁은 잠시 주위를 살펴보다 그를 보며 말했다.

"천아, 네가 안쪽을 살펴보도록 하거라. 난 녀석이 밖에 있을 수도 있으니 입구 쪽에서 지키고 있겠다."

"예."

구궁의 말에 고개를 끄덕인 장천은 그가 건네준 횃불을 받아 안쪽을 살피며 들어갔고 구궁은 차가운 미소를 지으며 입구 쪽으로 걸음을 옮겼다.

구궁이 동굴의 입구에 도착하자 승려 한 사람이 모습을 보였는데 바로 그와 손을 잡고 있는 소림의 파계승 노진이었다.

"장치는 이미 해놓았네."

"고맙네."

노진의 말에 구궁은 고개를 끄덕이며 말하고는 품에서 부싯돌을 꺼내었다. 입구의 한쪽에는 길게 늘어져 있는 심지가 보였다.

"원래 무적 강시는 아버지를 상대하기 위해서였지만 네 녀석의 친인들이니 마지막 가는 길의 선물로 주지. 크하하하!"

그 말과 함께 심지에 불을 붙이자 불꽃과 함께 빠른 속도로 타 들어갔고 잠시 후 대지를 뒤흔드는 굉음과 함께 폭발하며 장천이 들어간 동굴의 입구가 무너졌다.

쿠구궁!!

"크하하하하!"

완전히 막힌 동굴의 입구를 보며 대소를 터뜨리는 구궁이었으니 이제 자신의 야망이 눈앞에 온 듯한 쾌감이 밀려왔기 때문이었다.

한편 동굴 안으로 들어가 승려를 찾고 있던 장천은 갑자기 굉음과 함께 대지가 들썩이자 크게 놀랄 수밖에 없었다. 간신히 정신을 차렸을 때는 무너진 바위로 입구가 완전히 막혀 있어 도저히 말을 할 수 없는 충격을 받았다.

"헉… 도, 동굴이……."

정신을 차린 장천은 급히 동굴의 입구 쪽으로 뛰어갔지만 이미 무너져 내린 바위로 족히 몇 장은 막혀 있는 듯했다.

장천은 사형인 구궁이 바위 밑에 깔린 것이 아닐까 하는 생각이 들었다.

"구궁 사형은… 괜찮을까… 젠장! 그건 그렇고 이젠 어떻게 하지……."

하나, 무너져 내린 바위 더미에서 없을지도 모르는 구궁을 찾는 것은 불가능한 일, 장천은 자리에서 주저앉고는 허탈한 한숨을 쉴 수밖에 없었다.

무너져 내린 입구 쪽으로 뛰어가 온 힘을 다해 돌을 치우려 했지만 한 시진 정도가 지났음에도 반 장도 나가지 못하였다. 뿐만 아니라 어느 정도 길이 뚫렸는가 싶으면 윗부분이 무너져 내려 도저히 빠져나갈 구멍이 보이지 않았다.

"끄아아!!"

얼마나 시간이 지났을까, 자리에 주저앉아 멍한 채로 있다 장천은 천천히 몸을 일으켰다. 이렇게 절망만 한다고 처리될 일이 아니었기 때문이다.

안쪽으로 들어가자 멍한 표정으로 서 있는 두 구의 무적 강시가 있었고 장천은 차가워져 있는 등평의 가슴에 얼굴을 묻고 말았다.

"백부! 흑흑흑. 이제 난 어떻게 한답니까."

절망감에 생의 기운이 없는 자에게라도 하소연하는 장천은 한참을 그렇게 있다 천천히 몸을 일으키며 아무 일도 없었다는 모습으로 동굴의 안쪽으로 들어갔다.

점점 좁아져 가는 동굴은 이제 기어갈 정도의 좁은 틈으로 변해 버렸고 횃불을 집어넣어 안을 쳐다본 장천은 포기하는 수밖에 없었다.

안쪽으로 갈수록 더욱더 좁아져 가는 동굴로는 도저히 들어갈 방법이 없었기 때문이다.

"끄아아!! 젠장할!"

이제 횃불의 불빛마저 사라져 불이 완전히 꺼지자 동굴은 암흑으로 변했다.

"미치겠군."

힘없는 모습으로 천천히 걸음을 옮긴 장천은 두 사람의 옆에 앉아 무릎 사이로 얼굴을 박고는 아무 생각 없이 앉아 있었다.

빠져나갈 방법이 존재하지 않는 밀폐된 공간에서 무엇을 하라는 말인가?

잠이나 자야겠다는 생각에 드러누워 눈을 감아버린 장천은 이러한 순간에도 굴하지 않고 그대로 잠에 빠져 버리고 말았다.

몇 시진이 지났을까? 자리에서 일어난 그였지만 날이 밝은지 어두운지 모르는지라 또다시 잠을 청했다.

그러나 그의 눈은 더 이상 감겨지지 않았다. 족히 십여 시진은 잠에 빠져 있는 듯했기 때문이다.

그렇게 시간이 지남에 따라 점점 허기가 밀려왔고 주위를 돌아보며 먹을 것을 찾아보던 장천은 박쥐조차 보이지 않기에 벽면을 타고 맺혀 있는 물방울로 목을 축이며 허기를 달래야 했다.

물로 배를 채운 장천은 해야 할 일이 존재하지 않았기에 한숨을 쉬며 앉아 있다 퍼뜩 생각이 들어 가부좌를 취했다.

과거 무림의 이야기를 들으면 이러한 동굴에서 수십 년을 단식하며 도를 닦아 신선이 되었다는 사람의 이야기도 없지 않았기 때문이다.

이렇게 된 바에 신선이나 되어야겠다는 생각에 천천히 운기를 시작하여 시간을 때우는 것을 선택한 것이다.

장천에게는 과거 문파의 태사숙조에게 배운 자연도가 있었기에 점점 그의 정신은 맑아지기 시작했고 주위에 있는 모든 사물의 윤곽이 눈으로 보지 않아도 서서히 드러나기 시작했다.

자연도의 흐름으로 주위의 기류를 찾아보자 외부의 기운이 동굴을 맴돌고 있는 것이 느껴졌다. 하지만 그 방향은 동굴의 반대 편, 사람이 지나다닐 수도 없는 작은 통로였다.

장천은 통과할 수는 없지만 그것만으로도 다행이라 생각했다.

만약 그곳마저 막혀 있었다면 공기가 없어 지금까지 버티지 못하였을 것이기 때문이다.

자연도로 외부의 기운을 느끼게 된 장천은 곁에 있는 두 개의 무적 강시에게서 미약하지만 작은 흐름이 느껴지고 있음을 알 수 있었다.

'살아 있는 것일까?'

장천은 혹시나 하는 생각을 해보며 더욱 정신을 집중시켜 그 흐름을 찾아보았지만 이내 실망할 수밖에 없었다. 그 흐름이 너무 미약해 인간이 생존할 수 있는 수준이 아니었기 때문이다.

장천은 그렇게 계속 운기조식에만 열중했고 어느 정도 시간이 지나 정신을 차리자 그의 턱에서는 거칠거칠함이 느껴졌다.

'족히 오 일은 흐른 것 같군……'

다행히 운기조식 탓에 허기는 느껴지지 않았지만 가만히 있으면 또 허기짐을 느낄까 하는 생각에 또다시 운기조식에 잠겼다.

천천히 지금까지 배웠던 무공에 대해 차분히 생각했고 이러한 위기는 조금은 촐싹맞다고 할 수 있는 장천에게 무공의 요지를 깨달을 수 있는 시간과 장소를 마련해 주었다.

자연도의 무리에 따라 이제 완전히 무념무상의 경지에 올라가고 있을 때 명상에 잠겨 있던 장천에게 놀라운 일이 벌어졌다.

'천아, 천아, 내 말이 들리느냐……'

"……!!"

머리 속을 울리는 목소리에 장천은 크게 놀랄 수밖에 없었다.

'사념인가?'

행여 사념이 아닐까 하는 생각에 장천은 다시 명상에 잠겼는데 또다시 그 목소리가 장천의 머리를 울렸다.

'천아, 천아, 내 말이 들리느냐……'

"대사형?"

자신의 머리를 울리는 목소리가 광무자의 목소리임을 알게 된 장천은 크게 놀라 눈을 떴다. 이미 명을 다해 무적 강시가 되어 있는 광무자에게선 아무런 움직임이 느껴지지 않았다.

혹시나 하는 생각에 장천은 다시 가부좌를 틀어 정신을 가다듬었고 잠시 후 광무자의 목소리가 들려왔다.

'다행이구나… 내 말이 너에게 들리게 되니 말이다.'

"헉!"

이제는 더욱더 명확하게 목소리가 들려왔기에 장천은 숨이 막히는 듯한 충격에 잠겼다.

하지만 이 목소리가 환상이 아니라는 것을 안 장천은 다시 명상에 잠겨 그 목소리를 듣기 위해 정신을 집중시켰다.

'그동안 수없이 너에게 말을 걸었는데 무념무상의 경지에 이르러 간신히 나의 목소리를 듣게 되었구나, 천아……'

"대사형, 이것이 어찌 된 일입니까?"

장천이 입을 열어 광무자에게 천천히 말을 건네자 잠시 후 미약하지만 그의 목소리가 머리 속으로 울려왔다.

'유성신창을 다루는 자에게 죽임을 당해 무적 강시가 되었으나 그때 나의 명이 완전히 끊겼던 것이 아니라 무적 강시가 되자 육체에 혼이 남고 말았구나.'

"그런……"

스승과도 같은 광무자가 이런 꼴이 되었다는 것에 가슴이 아플 수밖에 없었다.

장천은 광무자에게서 그동안 있었던 사건의 전말을 알게 되었고 충격을 감추지 못했다. 구궁이 멸천문의 사람일 줄 누가 알았겠는가.

"어, 어떻게… 구궁 사형이……."

'아무래도 궁이는 멸천문과 깊은 관련이 있는 듯한데 그가 다른 이와 이야기하는 것을 들으니 혈비도 무랑의 아들인 것 같더구나.'

"예? 구 사형이 혈비도 무랑의 아들이라고요?"

'그렇다.'

광무자는 정신만은 살아 있었기에 무적 강시로 돌아다니며 구궁이 말한 것을 모두 듣고 있었던 것이다.

전혀 예상하지도 못한 일이었기에 장천은 허무함마저 느끼고 있었다.

하지만 광무자도 장천에게 이야기해 주지 않은 것이 있었으니 바로 혈비도 무랑이 장천을 비도문의 계승자로 만들고 있다는 것이었다.

'비도문에 관한 것은 저 아이의 운명에 맡길 수밖에 없겠구나.'

광무자가 비도문과 장천에 관해서 고심하고 있을 때 장천은 광무자 대사형을 무적 강시로 만든 것에 분노하였으나 이내 길게 한숨을 내쉴 수밖에 없었다.

중요한 사실을 알았다고는 하지만 지금의 상황에선 어찌할 방법이 없었기 때문이다.

이곳을 빠져나가지 못하는 한 광무자 대사형의 복수도 쌍도문의 혈사를 일으킨 멸천문과의 싸움도 불가능하기 때문이다.

"휴……."

'무엇이 그리 너의 어깨를 늘어뜨리게 하느냐?'

그런 장천을 보며 광무자가 인자한 목소리로 말을 하자 더욱 한숨이 나오는 장천은 힘없는 목소리로 말했다.

"많은 일을 알았다고는 하지만 지금의 상황에선 손에 닿지 않는 일일 수밖에 없기에 한숨을 쉬고 있습니다."

장천의 그러한 마음을 이해할 수 있는 광무자였으나 그는 조용히 충고해 주었다.

'천아! 무인이란 어떠한 상황에서도 평상심을 잃어서는 안 되는 것이다.'

"하지만 지금 상황은 너무 암담하지 않습니까? 아무리 뛰어난 무공을 익히면 무엇합니까? 이렇게 아무것도 할 수 없이 죽어야 하는데요."

'그것이 아니다. 강호에 뭇 무인들은 생을 위해 무를 연마하고 있다. 물론 이것이 중원에 무가 뿌리내린 근원이라 할 수 있지만 시대가 지나면서 무는 단순히 생을 위한 수단이 아닌 체와 심을 단련하는 도의 한 수단으로 발전해 왔다. 네가 무를 연마하는 사람이라면 생의 마지막까지 도를 잊어서는 안 되는 것이다.'

"휴… 저도 알고 있지만……."

이러한 상황에서 장천은 마음을 안정시킬 수 없었기에 도저히 그의 말대로 되지 않았으나 광무자는 다시 그에게 충고해 주며 사제를 위한 노력을 아끼지 않았다.

'필선고기심지(必先苦其心志)라 하였다. 큰 뜻을 이루는 자는 고행을 겪기 마련이니 지금의 이 순간도 도를 이루기 위함이라 생각하거라.'

"그러나 빠져나갈 방법이……."

'자연도라 했느냐, 태 사숙조에게 배운 무공이?'

"아… 예, 그렇습니다."

'지금부터 자연도를 계속 연성하도록 해라.'

"예?"

광무자의 말에 장천은 이해할 수 없다는 표정으로 물으니 그는 계속 말을 이었다.

'내가 보니 넌 지금까지 자연의 겉만 보는 것 같구나.'

"예? 겉만 보다니요?"

'자연이라 함은 단순히 겉으로 보는 것이 다가 아니다. 보이지 않는 곳에선 이 세계를 이루는 미약한 존재가 자신보다 수십 배, 아니, 수백 배 큰 존재보다 더 생기있게 움직이며 동적인 존재라 하더라도 그 내부에는 인간이 볼 수 없는 움직임이 존재하는 것이란다.'

"아!"

'넌 지금까지 네 주위에 흐르는 기의 움직임만을 자연도의 섭리로 알고 있었을 뿐이다. 하지만 눈에 보이지 않고 몸으로 느껴지지 않는 곳에서 움직이는 자연이 있으니 그것을 먼저 깨닫도록 하거라.'

"…알겠습니다."

광무자의 말에 장천은 고개를 끄덕이며 답했다. 그가 말하는 것에서 하나의 깨달음을 얻었기 때문이다.

그의 말대로 지금까지 그가 자연도로 알 수 있었던 것은 눈에 보이거나 피부로 느낄 수 있는 것뿐이지 광무자가 말했던 것에 대해서는 아무것도 모르고 있었던 것이다.

광무자가 말한 대로 보이지 않는 것을 느끼며 그것을 알게 되었을 때 진정한 자연도가 무엇인지 깨달을 수 있을 것 같은 생각이 들었다.

천천히 가부좌를 틀고 앉은 장천은 먼저 지금까지 느꼈던 기의 흐름을 잡기 시작했다.

광무자의 의식과 이야기하면서 얻게 된 능력으로 이러한 기의 흐름은 어렵지 않게 느낄 수 있었으나 그보다 더 심오한 세계는 아직까지 먼 산과 같을 뿐이었다.

보이기는 하나 다가가기가 쉽지 않은 것처럼 그러한 존재가 있음은 알겠으나 자연도로 느끼는 것은 쉽지 않았던 것이다.

하지만 기문숙 태사숙조가 자신에게 가르쳐 준 자연도라면 그것 역시 느낄 수 있다 생각하고 장천은 더욱더 정신을 집중시켜 몰아의 경지로 들어섰다. 잠시 후 주위에 흐르는 기와 다른 움직임이 느껴짐을 알 수 있었다.

'이것인가… 대사형께서 가르쳐 주시고자 했던 것이……'

단지 몸을 약간 움직였을 뿐임에도 형성되는 기의 움직임, 그리고 주위에 형성되었던 기와 그것이 부딪치며 쉬지 않고 움직이고 그러한 공기의 흐름이 동굴의 벽에 부딪치자 바위벽에는 또 다른 기의 움직임이 느껴지고 있었다.

그러다 문득 생각이 든 장천은 자리에서 일어나 천천히 동굴 벽을 두드려 보았다. 정신을 집중하고 있는 사이에 느끼는 벽의 울림은 일정하게 퍼져 나가고 있는 듯했다.

울음이 일정하게 퍼진다는 것은 겉면의 바위와 같은 재질로 이루어졌다는 것이다. 걸음을 옮겨 다른 곳을 두드려 보았으나 그곳 역시 똑

같은 울림이 있었으니 역시나 탈출할 방법이 없을 것이란 생각이 들었다.

'등하불명이라 하였다. 어쩌면 아주 가까운 곳에 네가 찾는 것이 있을 수도 있으니 차분히 생각해 보도록 하거라.'

"예."

그러한 장천에게 광무자는 이미 예상하고 있었다는 듯 말하니 다시 생각에 잠긴 장천은 그대로 몸을 날려 머리 위의 바위벽을 두들겨 보았다.

역시나 일정하게 느껴지는 것이라 생각했던 장천은 한숨을 쉬려고 했는데, 그때 한곳의 울림이 얕게 끝나는 것을 느꼈다.

그리고 느껴지는 낮은 울림에 정신을 차린 장천은 다시 한 번 천장을 두들겼다.

"설마!"

아니나 다를까, 울림은 짧게 끝났고 장천은 눈을 번쩍 뜨고는 울림이 짧게 끝난 곳을 쳐다보았다.

보기에는 다른 곳과 그다지 다르지 않아 보였지만 그곳만은 다른 곳에 비해 유난히 바위의 두께가 얇았던 것이다.

만약 광무자가 말했던 자연도의 섭리를 깨닫지 못했다면 찾을 수 없는 곳이라 마음을 결정한 장천은 숨을 한번 크게 몰아쉬고는 그대로 몸을 날렸다.

"승룡파천각!"

쿵!!

다리에 내력을 집중한 장천은 그대로 바위를 올려 쳤고 동굴 안에는 굉음이 울려 퍼졌다. 하지만 바위벽에는 약간 부서진 것을 제외한다면 전혀 변함이 없었다.

'내 생각이 틀린 것일까?'

아직 자연도의 섭리를 완전히 깨닫지 못해서 착각을 한 것이 아닐까 생각했지만 일단 한번 시작한 일 열 번은 채워야겠다는 생각에 또 한 번 승룡파천각을 사용하여 바위를 올려 쳤다.

쿵!! 쿵!! 쿵!!

하지만 그렇게 수 번을 계속 바위벽을 발로 찼음에도 전혀 변함이 없자 장천은 낙심할 수밖에 없었다.

"틀린 것일까……."

하지만 이대로 포기할 수 없는 일, 낙심하여 자리에 주저앉으려 하다 다시 마음을 가다듬고는 다시 한 번 승룡파천각을 시전했다.

이렇게 동굴에서 죽는 것은 싫었기 때문이다. 또다시 바위벽에서는 장천의 각법에 의해 굉음이 울려 퍼졌고 그 순간 장천은 느껴지던 울림과 다른 울림이 잡힘을 알 수 있었다.

"됐다!"

울림이 바뀌었다는 것은 바위의 형태가 변했다는 것이다. 장천은 자신의 각법이 효능을 발휘했다는 생각에 또다시 각법을 시전했고 일각이 적중하여 굉음이 울리는 순간 바위는 이제 보통 사람도 들을 수 있는 소리를 내기 시작했다.

쩌어억.

"끼압!!"

바위가 갈라지는 소리에 힘이 솟구치는 장천은 다 시 한 번 일각을 내질렀고 굉음과 함께 바위의 균열은 더욱 가속화되더니 잠시 후 돌무더기가 떨어져 내리기 시작했다.

"우와!"

쿠구궁!!

쉴 새 없이 떨어져 내리는 돌무더기와 흙더미로 인해 동굴은 순식간에 먼지로 가득 찼고 다음 순간 장천은 자신도 모르게 탄성을 내질렀다.

"끄아아아!! 하하하하!"

동굴을 자욱하게 만드는 흙먼지 속에 붉은 빛이 일렁이기 시작했으니 그것이 석양임을 알 수 있었기 때문이다.

석양이 보인다는 것은 통로가 뚫렸다는 것이니 장천은 드디어 동굴에서 탈출할 수 있다는 생각에 환희의 탄성을 멈추지 못했다.

"광무자 대사형! 드디어 성공했습니다!"

'장하구나.'

장천의 성공에 광무자는 장하다 말했지만 그의 그런 목소리에는 어딘가 슬픈 기운이 흐르고 있었다.

"이제 등 백부님과 대사형님을 모시고 나가겠습니다."

'아니, 넌 등 백부님의 시신만을 모셔가도록 하거라.'

"예? 그게 무슨 말씀이십니까?"

광무자의 말에 장천은 이해할 수 없다는 말로 되물었다. 한참을 침묵하던 광무자는 충격적인 말을 했다.

'너의 화의 무공으로 나의 몸을 태워다오.'

"말도 안 됩니다!"

그의 말에 장천은 도저히 할 수 없다는 표정으로 소리쳤다. 어찌 대사형의 몸을 태울 수 있단 말인가?

하지만 잠시 후 그의 머리 속으로 광무자의 한숨이 밀려왔다.

'휴~ 천아… 이미 나의 몸은 죽어 있단다… 정신만이 살아남은 이러한 모습은 구천을 떠도는 혼령과 다를 바 없단다.'

"하지만……."

'넌 이 대사형을 귀신과 같은 모습으로 살게 할 것이냐?'

"대, 대사형은 죽지 않았습니다. 살아 있습니다!"

자신에게 말을 건네는 대사형을 죽었다고는 전혀 믿으려 하지 않는 장천이었으나 이내 광무자의 호통 소리가 들려왔다.

'천아! 이 대사형의 말을 거역할 생각이냐!'

"아… 하지만……."

'사람이라 하는 것은 태어나는 때가 있다면 반드시 죽는 때도 있는 것이다. 이것이 바로 세상의 섭리이지. 하나, 지금의 난 세상의 섭리를 어기고 있는 몸이니 죽은 것도 산 것도 아닌 꼴이 되어 있단다… 네가 정녕 나를 생각한다면 편안히 떠날 수 있게 해다오.'

광무자의 말에 장천은 뭐라 말을 할 수 없는 심정을 느끼며 그의 눈에서 쉴 새 없이 눈물이 흘러내리기 시작했다.

가까운 사람을 자신의 손으로 보낸다는 것은 아직 마음이 여린 장천에게는 너무나 힘든 일이었기 때문이다.

"흑흑… 나, 나보고 어떡하라고요. 흑흑… 이렇게 대, 대사형을 보내야… 하는데… 나보고 어떻게 하라고요… 흑흑흑… 대사형… 으아아앙!!"

흐느끼며 말하던 장천이 다음 순간 더 이상 말을 잇지 못하고 펑펑 울음을 터뜨렸다. 그것을 느끼고 있는 광무자로서는 마음이 아플 수밖에 없었다.

그에게는 곽무진이라는 제자가 있었지만 솔직히 사제이기는 해도 장천을 자신의 제자와 같이 생각하고 있었기 때문이다.

홀로 쌍도문에서 무공만을 연성하며 살아가겠다는 그의 결심은 장천이 쌍도문에 들어오면서 바뀌었고 다시 무림에 나간 것도 장천을 위해서였다.

그만큼 그가 장천을 향해 쏟았던 정은 정제자인 곽무진보다 나으면 나았지 못하지는 않았으니 자신을 죽여야 한다는 명령에 눈물을 쏟고 있는 장천이 어찌 안쓰럽지 않겠는가?

하지만 광무자는 장천의 손에 죽어야 하는 이유가 또 하나 있었다.

지금 죽지 않고 쌍도문에 돌아가 그동안 친분이 깊었던 사람들을 보고 죽을 수도 있겠지만 그렇게 되면 장천에게 가르쳐 주어야 할 마지막 말을 하지 못하게 된다.

'무인으로서 이 아이는 너무나 유약하다… 강인함을 알게 하지 않는다면 이 아이의 생은 편하지 않을 것이다.'

이러한 생각 때문에 광무자는 장천에게 자신을 죽여달라고 하는 것이다.

한참을 그렇게 울던 장천이 조금씩 마음을 안정시키자 광무자는 그를 보며 말했다.

'네가 지금 힘든 것은 알겠으나 강호에서 살아가는 무인으로 이것보다 더 힘든 일도 겪을 것이다. 그때마다 이렇게 연약한 모습을 보인다

면 어찌 무인의 몸가짐이라 할 수 있겠느냐.'

"흑흑……."

훌쩍이며 눈물을 감춘 장천은 잠시 후 마음을 가다듬고 광무자를 보며 말했다.

"대사형… 대사형의 뜻에 따르겠습니다."

'고맙다… 천아.'

장천이 마음을 결정하자 광무자는 고맙다 말했다. 그 부탁이 힘든 것임을 알고 있었기 때문이다.

무적 강시가 된 광무자의 앞에 선 장천이 눈물을 흘리며 두 손에 내력을 끌어올리기 시작하자 그의 손에는 화의 무공으로 인하여 강렬한 열기가 일렁이고 있었다.

그리고 점점 내력이 올라감에 따라 공기 중에 불꽃이 일렁이니 붉은색의 불꽃은 잠시 후 푸른색의 고온의 불길로 변해가기 시작했다.

광무자를 고통없이 한 번에 보내기 위함이었다.

"화의 무공! 홍염만화!"

내력이 극성에 이르자 장천은 홍염만화의 초식을 사용하여 두 손에 모인 화의 무공을 광무자를 향해 시전했고 무적 강시가 된 광무자의 몸에 불길이 치솟는가 싶더니 잠시 후 불길에 의해 타오르기 시작했다.

'천아… 다시 세상에 환생하게 된다면… 또다시 너와 함께 하구 싶구나.'

"예, 대사형… 흑흑… 저도요."

눈물을 흘리며 장천은 광무자의 마지막 말에 대답했고 광무자의 몸은 점점 불길이 강해지며 잠시 후 더 이상 무게를 견디지 못하고 부서져 버렸다.

"대사형!!"

광무자의 몸이 부서져 내리자 장천은 포효하듯이 소리치며 마음속의 울분을 분출했다. 그 목소리는 메아리가 되어 사라지지 않을 듯 되풀이 되어갔다.

얼마간의 시간이 지났을까, 광무자의 몸은 이제 하얀 재가 되었기에 장천은 다리에 힘이 빠진 듯 쓰러져 무릎을 꿇고 말았다.

"흑흑흑, 대사형… 대사형……."

하얀 재가 되어버린 대사형의 몸을 두 손으로 받아 쥐며 있을 수 없는 체온이나마 느껴보고자 얼굴에 가져가는 장천이었으나 남아 있는 재는 장천의 눈물과 섞이며 검게 변해 동굴의 바닥으로 흘러내릴 뿐이었다.

멸천문이 중원의 패권을 거머쥔 시점, 호북 무당을 중심으로 정무맹과 세외에 거점을 두고 있는 홍련의 잔당들로 만들어진 백화교가 유일하게 멸천문에 대항하고 있는 세력이었다.

하지만 이들은 이미 홍련교, 대사련, 무림맹이라는 중원의 삼대세력을 손에 넣은 멸천문에 비해서는 미약할 수밖에 없었다.

그나마 정파의 자존심인 구파일방이 모여 있는 정무맹은 계속 밀려오는 멸천문의 공세에 정신이 없을 정도였다.

다행이 신검 진인을 중심으로 모인 무림의 내로라하는 고수들이 모여 있어 쉽게 거점인 무당을 뺏기지 않고 있었지만 시간이 지나면서 사람들의 시각은 점점 비관적으로 변하고 있었다.

멸천문에서 이미 무당으로 강호의 명숙들과 고수들이 모두 모여 있는 것을 알아채고는 무당산을 수천의 무인들로 포위하고 있었기 때문이다.

그 숫자가 워낙 많아 뛰어난 무공을 지닌 이들도 감히 저들을 치지 못하고 있었으니 무당의 진무관에는 구파일방의 수장들이 모두 모여 상황을 타계할 방법을 찾고 있었다.

하나 그들 중 어느 한 사람도 이 위기를 빠져나갈 수 있는 방안을 제시하지 못하고 있었다.

그도 그럴 것이 현재 그들의 힘으로는 멸천문의 깃발 아래 모인 무인들을 치기에는 수적으로 크게 밀릴 뿐 아니라 그나마 정무맹을 도울 수 있는 세력은 홍련교의 잔당들이 만든 백화교뿐이었기 때문이다. 정파인으로 한때 마교라 부르며 하찮게 여기던 세력에게 손을 내민다는 것은 자존심이 허락하지 않는 일이었다.

"휴… 한숨밖에 나오지 않는군요."

화산의 문주 악인명은 현 상황에 그저 한숨밖에 나오지 않아 길게 한숨을 내쉬며 중얼거릴 뿐이었는데 이들 중 가장 말석에 위치한 인물이 천천히 입을 열었다.

"무당을 떠나는 것이 어떻습니까."

정무맹이 겨우 이 정도의 숫자를 유지한 것도 무당이 남아 있기 때문인데 무당을 떠나자니 그것은 거점을 버리자는 말과 다르지 않았다.

그 때문에 사람들은 이 말을 꺼낸 쌍도문의 문주 장춘삼에게 그 시선을 돌릴 수밖에 없었다.

"본도 역시 그것이 좋다 생각하오."

그런 장춘삼의 말에 뭐라 반박하기도 전에 정무맹의 맹주 천무성자 역시 장춘삼의 의견에 동의하자 사람들은 술렁일 수밖에 없었다.

"하나, 간신히 무당을 지켜 구파일방을 중심으로 정무맹이 만들어진 것이 아닙니까. 이 와중에 무당을 버린다면 지금까지 상황을 보고 중립을 지키고 있는 문파들은 모두 멸천문으로 돌아설 것입니다."

화산파 문주의 말에 몇몇 문주들은 고개를 끄덕이며 수긍하는 모습을 보였으나, 장춘삼은 고개를 저으며 말했다.

"무당을 지키고 있다 해도 달리 방도가 없다면 거점은 오히려 넓은 생각에 방해가 될 뿐입니다. 멸천문은 대사련과 무림맹, 홍련교를 포섭함으로써 거대해졌다지만 실제로 주축을 이루고 있는 문파는 중소문파들이니 그 힘은 정무맹 각 문파의 힘으로 충분히 상대할 수 있을 것입니다. 흩어져 차근차근 그 토대를 무너뜨린다면 승산이 있을 것이라 생각됩니다."

"음……."

장춘삼의 말에 사람들은 모두 침음성을 흘렸는데 그때 진무관으로 한 문도가 급한 표정으로 뛰어들어 왔다.

"맹주님!"

"무슨 일인가?"

급한 표정으로 들어온 문도를 보며 혹시 멸천문이 처들어온 것이 아닐까 하는 생각에 물어보니 그는 숨을 몰아쉬고는 말했다.

"무당산으로 한 무인이 멸천문의 포위망을 뚫고 올라오고 있습니다."

"포위망을 뚫고 올라온다고?"

"예. 그 무공이 엄청나 무당산을 둘러싸고 있는 멸천문의 무리들은 이미 혼란스럽게 변해 있는 데다 많은 수의 적도들이 그의 손에 죽임을 당했다 합니다."

"음……."

현재 무당을 둘러싸고 있는 멸천문의 숫자는 만을 넘어서고 있을 정도로 엄청난 숫자인 데다가 고수들의 숫자도 상당했는데, 그런 무리들을 혼란스럽게 만들 자가 누구일까 하는 생각에서였다.

"어떤 자인지 확인은 했는가?"

"개방의 육족비행 윤문 대협께서 알아보았는데, 아직 약관도 되지 않은 젊은이라 합니다."

"약관도 되지 않았다고?"

"예. 특이한 점이 있다면 허리에 검과 도를 차고 있고 관을 하나 끌고 오고 있다 합니다."

그의 말이 끝나는 순간 장춘삼은 자신도 모르게 자리에서 벌떡 일어났는데 크게 당황한 표정이 역력했다.

"무슨 일이요, 장 문주?"

"맹주님! 그 아이입니다."

"그 아이라면… 혹시 귀문의 소주를 말하는 겐가?"

"그렇습니다!"

"이런!"

장천이 기천이 넘는 멸천문의 포위망을 뚫고 오고 있다는 데 어찌 놀라지 않을 수 있겠는가? 천무성자는 급히 장춘삼과 함께 진무관을 나섰고 신검 진인도 자리에서 일어나 이들의 뒤를 따르려 했다.

"신검 진인님, 쌍도문의 소주가 누구인데 천무성자께서 저리 놀란 표정을 지으시는 것입니까?"

화산문주의 말에 신검 진인은 장천에 대해 이야기해 주었다.

"장천이라는 아이로 현재 쌍도문의 소주입니다. 뛰어난 자질을 보이는 아이라 천무성자와 함께 저 역시 주목하고 있는 아이이지요."

"신검 진인께서도 말씀이십니까?"

"그럼."

뭇 문주들은 천무성자와 신검 진인이라는 당대 무림의 최고수들이 모두 주목하는 아이라는 말에 놀라는 표정을 지을 수밖에 없었다.

한 약관의 젊은이가 흑목으로 만든 관을 수레에 실어 그것을 끌고 무당산을 오르고 있었다.

그의 주위에는 두려움이 가득한 얼굴을 한 수많은 무사들이 그를 둘러싸고 있었으나 놀랍게도 이 젊은이가 걸음을 옮길 때마다 자신도 모르게 뒷걸음질치고 있었다.

"고, 공격하지 않는 겐가."

"아… 고, 공격해야지……."

사람들은 자신들의 성역을 침범한 자를 죽이기 위해 모여들었지만 어느 한 사람 달려들지 못하고 있었다. 이들을 이렇게 공포로 몰고 있는 이유는 바로 뒤쪽에 있었다.

그가 지나갔다 생각되는 곳에는 사람의 시신이라고 보기에는 믿을 수 없을 정도로 불에 타거나 동사하여 죽은 이들이 부지기수로 널려 있었으니 그 수는 족히 수백을 넘는 숫자였다.

"뭐 하는 것이냐! 저자를 공격하지 않고!"

멸천문에서 온 단주는 사람들이 공격할 생각을 하지 않자 노기를 터뜨리며 소리쳤고 그제야 한두 명이 움직이는가 싶더니 이내 수십의 무사들이 병장기를 들고는 큰 소리와 함께 그를 공격해 들어갔다.

"죽어라!"

"합!!"

고성과 기합을 내지르며 순식간에 그의 주위로는 수십 명의 무사들이 한꺼번에 몰려들었다. 그들이 일 장 거리에 올 때까지 그저 수레만을 끌며 걸음을 옮기던 그는 상대가 일 장 간격 안으로 들어오자 끌고 있던 수레를 내려놓았다.

"끄아악!!"

"사람 살려!"

자신에게 달려드는 자를 보며 그가 손을 양쪽으로 뻗자 놀랍게도 강렬한 화기와 냉기가 그의 몸을 양분하는 듯 어리는가 싶더니 이내 오른손에선 강렬한 열기가 왼손에선 피마저 얼려 버릴 듯한 냉기가 사람들을 공격하기 시작했다.

이러한 음양의 강맹한 장력이 일수에 발휘되자 사방에선 비명 소리가 울려 퍼지며 순식간에 삼사십 명의 사람들이 쓰러져 나갔다. 이에 그의 주위로 모여들던 무사들은 크게 놀라 뒷걸음질치기에 바쁠 뿐이었다.

더 이상 자신을 공격해 들어오지 않자 그는 천천히 수레를 잡고는 다시 걸음을 옮겼고 인간이라 볼 수 없는 무공에 뭇 무인들은 자신도 모르게 그가 지나가는 길에서 비켜 설 뿐이었다.

"멍청한 녀석들!"

수천이 넘는 무인들이 한 사람을 당하지 못하고 물러서는 것을 보며 멸천문의 간부 급 인물이 이들을 욕하며 모습을 드러내었고 그가 나서 자 사람들의 눈빛도 달라지고 있었다.

　한 자루의 거치도를 들고 있는 육 척 거구의 무사는 바로 멸천문 천인대주의 직위에 있는 자로 혈견(血犬) 이경이라는 자였다.

　과거에는 사람의 목을 베는 망나니 일을 했던 이경은 멸천문에서 무공을 배움으로 고수가 된 인물로 혈견이라 불릴 정도로 잔인한 도법을 소유한 사람이었다.

　온몸에 피가 젖지 않을 날이 없을 정도로 살인을 즐기는 사람이라 그에게 접근하는 이가 드물었는데 막상 이자가 정체를 알 수 없는 고수를 상대하기 위해 나서자 군웅들의 사기는 크게 치솟아올랐다.

　그의 주위에는 그가 갖고 있는 것과 같은 거치도를 들고 있는 무인 삼십여 명이 시립해 있었다. 이들은 바로 혈견의 친위대라 할 수 있는 혈견단의 무사들이었다.

　멸천문의 천인대주 급 무인에게는 하나의 무단이 따라붙고 있었으니 혈견단의 무사들은 오로지 혈견 이경만을 따르는 무사들이었다.

제48장
정무맹의 혈성(血星)

"아직 약관도 넘지 않은 꼬마 녀석의 무공치고는 인정해 줄 만하다만 우리 혈견단이 나선 이상 목숨을 부지할 수 없을 것이다!"

거치도를 든 이경이 상대의 앞을 가로막으며 소리쳤지만 청년은 아무 말도 없이 수레만을 끌 뿐이라 그는 자존심이 상할 수밖에 없었다.

"건방진 녀석! 쳐라!"

이경의 명령이 떨어지자 혈견단은 그를 향해 몸을 날렸는데 거치도에 예기가 서려 있는 것이 한 사람 한 사람의 실력이 범상치 않음을 느낄 수 있었다.

녀석들이 공격해 오자 청년은 천천히 고개를 들었다. 아직 어려 보이는 동안의 청년, 그는 바로 구궁의 함정에서 빠져나온 장천이었다.

혈견단의 무사들이 장천의 양어깨를 향해 거치도를 휘두르자 장천은 아무런 미동조차 하지 않는 듯하다 거치도가 어깨에 닿을 무렵에야 손을 썼다.

"헉!"

날카로운 톱니 모양의 거치도는 놀랍게도 장천의 두 손에 잡히고 말았으니 그가 약간의 힘을 주자 도는 두동강이 나서는 부러져 나갔다.

"끄아악!!"

그 순간 무사 두 사람은 비명을 내지르며 부러진 도에서 손을 떼고 말았다. 그렇게 뒤로 물러선 이들이 입에서 피를 쏟으며 그대로 쓰러져 절명하자 이경은 크게 놀라 소리쳤다.

"암경?!"

놀랍게도 장천은 그들의 도를 부러뜨림과 동시에 내력을 불어넣어 상대의 내장을 파괴한 것이다. 그런 이유로 혈견단의 두 무인은 반응할 사이도 없이 죽임을 당하고 말았고 한순간에 암경을 사용하는 그의 실력에 이경은 경악을 감출 수 없었다.

"혈견교살(血犬嚙殺)!!"

하지만 이 정도에 겁먹을 이경이 아니었으니 그의 정수리를 향해 혈견도법의 수법으로 내려쳤다.

날카로운 도기를 머금은 거치도는 맹렬한 기세로 장천을 향해 휘둘러졌는데 거치도의 기운을 손으로 막을 수 없다 생각한 장천은 왼쪽 허리에서 화룡신도를 뽑아 그의 일격을 막았다.

"헉!! 끄악!"

자신의 도가 막힌 순간 엄청난 열기가 밀려오자 이경은 크게 놀라 물러섰으나 워낙 빠르게 밀려왔던지라 그의 머리는 열기에 타버리고 말았다.

한순간에 대머리가 되어버린 그는 얼굴에도 화상을 입고 말았다. 그는 비명을 내지르며 얼굴을 감싸 쥐고는 뒷걸음질쳤다.

"죽어라……."

그런 이경을 보며 장천은 움직이지 않고 화룡신도를 휘두르니 도강이 형성되어서는 화상으로 괴로워하는 이경의 몸을 두 동강 내버렸다.

"도… 도강이다!!"

장천의 손에서 도강이 뻗어 나오자 사람들은 크게 놀라 더욱 뒷걸음질치며 물러서기 시작했다. 강기라 하는 것은 한 무공의 극에 이르지 못하면 불가능하기 때문이다.

또한 강기라는 것은 원거리에서의 공격이 가능하기 때문에 지금까지 그의 두 손에서 펼쳐지는 열기와 냉기의 장력에 두려워하던 것과는 다른 모습을 보이는 것이다.

혈견단의 단주인 이경이 제대로 싸움도 하지 못하고 쓰러지자 남아 있는 혈견단으로선 기가 질려 장천을 공격하지 못할 수밖에 없었다.

이경 정도의 고수가 제대로 싸우지도 못하고 죽었으니 어떤 이가 두려워하지 않겠는가? 혈견단이 공격하지 않자 장천은 다시 수레를 끌며 앞으로 걸음을 옮겼다. 무당까지 오 리 정도의 거리를 남겨두고 있을 때 이번에는 붉은 무의를 입고 있는 무인들이 장천의 앞을 가로막았다.

"역시… 너였구나. 장천… 아니, 암영신군이라 불러야 하는 가……."

낯설지 않은 목소리에 장천이 천천히 고개를 드니 그의 앞에는 익히 얼굴을 알고 있는 두 사람의 모습이 보였다.

바로 홍련교에서 의형제를 맺었던 은조상과 그의 형 은석영이 붉은 옷을 입고 앞에 서 있는 것을 볼 수 있었다.

"…천마에 이어 멸천… 넌 계속 나의 적이 되려 하는구나."

"…그것이 운명이라면……."

그 말과 함께 은조상은 검을 뽑아 들었다.

장천은 그를 이기지 않으면 물러서지 못하는 운명, 과거에 장천이라면 뒤돌아서는 것을 선택했겠지만 지금의 그는 달랐다.

오른손의 화룡신도에 힘을 준 장천은 망설임없이 그를 향해 도강을 시전했다.

"합!"

은조상과 은석영은 자신들의 앞으로 도강이 날아오자 급히 몸을 피한 후 장천의 양 옆으로 돌아 그대로 검을 내질렀다.

채쟁!!

하지만 은씨 형제의 무공은 이제 장천의 상대가 되지 않았으니 원을 그리듯이 화룡신도를 휘두르자 두 개의 검은 팅겨져 날아갔다. 강한 내력에 검을 잡을 수가 없었던 것이다.

"이것이 한때 의형제에게 베풀어줄 수 있는 마지막 아량이다. 물러서라……."

그 말과 함께 장천은 또다시 수레를 끌고는 무당을 향해 걸음을 옮겼고 은조상이 손을 들어 그에게 장풍을 날리려 했지만 은석영이 앞을 가리며 말했다.

"형님!"

"물러서라… 지금 나선다면 넌 천이의 도에 죽음을 면치 못할 것이다."

"하지만······."

"우리의 임무는 이것이 아니지 않느냐!"

"···알겠습니다."

은석영의 다그침에 은조상은 포기할 수밖에 없었다.

그들은 현재 멸천에 속해 있었지만 그것과는 다른 일을 획책하고 있었기 때문이다.

개인적인 원한으로 대의를 포기할 수 없었으니 은석영의 말에 고개를 끄덕인 그는 장천의 길을 비켜줄 수밖에 없었다.

단 일 인으로서 멸천문의 포위망을 뚫고 지나간 장천은 잠시 후 무당의 해검지에 닿게 되었고 그의 앞을 무당의 도사들이 가로막았다.

"신분을 밝히시오!"

그들이 무당의 도인이라는 것을 안 장천은 천천히 입을 열어 자신의 신분을 밝혔다.

"정무맹에 속해 있는 쌍도문의 소주 장천이라 하오."

쌍도문의 소주라는 말에 무당의 도인들은 서로의 얼굴을 바라보았다. 어찌 처리해야 할지 난감했기 때문이다.

멸천문에 포위되어 있는 지금 해검지는 그 기능이 사라진 지 오래, 적습이 언제 있을지 모르는데 무기를 이곳에 두고 갈 수 없었기 때문이다.

하지만 상대가 진짜 쌍도문의 소주라는 것을 알 수 없었기에 무당의 도인 한 사람이 무당에 있는 쌍도문의 문도를 찾기 위해 몸을 돌렸는데 그때 세 사람의 인영이 해검지로 빠르게 날아와 그들의 앞에 내려섰다.

"헉! 맹주님께 인사드립니다!"

그들의 앞에 내려선 사람은 정무맹의 맹주인 천무성자와 쌍도문의 문주 장춘삼, 그리고 무당의 신검 진인이었다.

무당의 무인들의 인사를 대충 받아넘긴 천무성자는 걸음을 옮겨 장천에게 가서는 부드러운 목소리로 말했다.

"천아, 이곳으로 오는 동안 고생이 많았겠구나."

"아닙니다."

장천은 천무성자에게 조용히 말하고는 자신의 아버지를 보며 말을 이었다.

"아버지… 백부님을 모셔왔습니다."

"백부?"

그의 말에 장춘삼은 놀라 관을 쳐다보았는데 그곳에 누가 있다는 말인지 알 수 없었기 때문이다.

그도 그럴 것이 이 사형인 구양생은 조정에 양우생은 항주 하오문에 있었기 때문이다.

하지만 장천이 걸음을 옮겨 관을 열자 그곳에서 잊지 못할 한 사람의 얼굴이 있기에 자신도 모르게 그에게로 걸음을 옮겼다.

"…대, 대사형……."

관 속에서 무표정하게 누워 있는 사람은 바로 등평이었으니 시신도 찾지 못했던 자신의 대사형을 보게 된 장춘삼은 격동하는 가슴을 가눌 수가 없었다.

"대사형! 흑흑흑!"

장춘삼은 잠시 후 슬픔을 가누지 못하고 통곡하였다. 그것을 보고 있던 천무성자와 신검 진인으로선 크게 놀랄 수밖에 없었다.

어느 누구에게도 표정의 변화조차 보이지 않을 정도인 그가 사람들이 보는 앞에서 눈물을 흘릴 것이라고는 생각지도 못했기 때문이다.

"관 속에 누워 있는 사람이 누구이길래……."

신검 진인으로선 장춘삼을 통곡하게 만든 자가 누구인지 알 수 없었으나 천무성자는 안타까운 표정으로 말했다.

"바로 쌍도문의 전 문주인 등 대협이요."

"아!"

그제야 신검 진인은 그가 이렇게 통곡하는 이유를 알 수 있었고 그와 함께 이상한 생각이 들었다.

쌍도문에 혈사가 있은 지 상당한 시간이 지났는데도 등평의 시신은 너무나 온전하게 보존되어 있었기 때문이다.

그것은 물론 장춘삼 역시 느끼고 있었으니 한참 눈물을 흘리던 그는 살기 어린 표정으로 아들을 보며 물었다.

"처… 천아……."

"예."

"대사형의 시신을 농락한 자가 누구더냐."

시신의 상태를 보고 그가 강시가 되었다는 것을 알게 되어 그것을 장천에게 물어본 것이다.

"이곳에서는 말씀 드릴 수 없습니다."

"…알았다."

장천의 말에 장춘삼은 금세 그 이유를 알 수 있었으니 외부인이라면 그 이름을 밝혀도 상관없지만 문파 내의 사람이라면 자파의 이름이 있기에 장천이 말할 수 없다고 생각했기 때문이다.

장천이 정무맹으로 들어오자 무당에 있던 무인들은 크게 놀랄 수밖에 없었다. 단신으로 멸천의 포위망을 뚫고 온 사람이 누구일까 많은 말들이 오갔기 때문이다.

개중에는 무임에 은거했던 고수라던가, 구파일방 모두의 전인이란 말도 오가고 있었는데, 놀랍게도 그 주인공이 쌍도문의 소주인 장천임이 밝혀지자 충격에서 벗어날 수 없었다.

쌍도문이 구파일방에 버금갈 정도로 강성했던 문파이긴 했지만 혈사로 문파의 거점이 사라지고 떠돌이 신세가 되었기에 무시하는 이들이 많았다. 그런데 혈비도 무량과 검을 겨루고도 살아남은 장춘삼에 이어 소주인 장천까지 멸천의 포위망을 뚫고 왔으니 평가는 역전될 수밖에 없었다.

거기에다 그가 무당으로 들어설 때 맹주인 천무성자와 정무맹을 조직한 실질적인 주도자인 신검 진인, 두 사람이 마중을 나갔으니 입지가 더욱 높아질 수밖에 없었다.

한편 전 문주인 등평의 시신을 숙소로 옮긴 장천에게 그를 무적 강시로 만든 자에 대해 물었다. 그리고 장천에게서 충격적인 말을 들어야 했다.

"구… 구궁이라 했느냐?"

"예… 그자에게… 등 백부님과 광무자 대사형이……."

"광무자까지!"

장춘삼은 광무자까지 구궁에 의해 무적 강시가 되었다는 말에 크게 놀랄 수밖에 없었다.

쿵!!

장춘삼이 노함을 참지 못하고 앞에 있는 탁자를 내려치자 그의 강한 내력에 탁자는 순식간에 가루가 되어버렸다.

"구… 궁… 이 찢어 죽일 놈! 으드득……."

분노가 치솟아올라 오는 장춘삼은 한참 이를 갈다 무슨 생각이 들었는지 아들을 보며 물었다.

"그런데… 유 사질의 시신은 어디 있느냐?"

그 순간 장천의 몸은 크게 떨리는가 싶더니 이내 두 눈에선 눈물이 흘러나오기 시작했다. 아들의 모습에 장춘삼은 무슨 이유가 있을 것이라 생각해 그가 말할 때까지 아무 말 없이 기다렸다.

마음이 정리되자 장천은 아버지에게 광무자와 있었던 모든 일을 이야기해 주었고, 모든 일을 다 들은 장춘삼은 고개를 끄덕이며 말했다.

"네가 고생했구나……."

장춘삼은 장천에게 무어라 이야기할지 몰라 그저 고생했다는 말을 할 수밖에 없었다.

"…잠시 쉬고 싶습니다."

"그래… 사람에게 이야기해 놓겠다."

한편 장춘삼과 장천이 무적 강시가 되었던 두 사람에 대해서 이야기하고 있을 때 정무맹의 맹주 천무성자와 신검 진인은 장천에 대해서 이야기를 나누고 있었다.

"무섭도록 성장했습니다, 그 아이는……."

신검 진인의 말에 천무성자 역시 고개를 끄덕였다. 무당으로 들어올 때 장천이 보여주었던 무공 실력이 전부 드러난 것은 아니었지만 그것만으로도 두 사람을 경악하게 할 정도였다.

수많은 군웅들에게 둘러싸여 있음에도 전혀 두려움을 보이지 않고 손속 역시 거침이 없었기에 과거와 달리 무인으로서의 면모를 보이고 있다는 것도 두 사람에게는 큰 충격으로 다가오고 있었다.

"전에 보았을 때는 무공은 강할지 모르나 여린 면이 보였는데 무당으로 올 때의 손속으로 본다면 그런 면은 이제 완전히 사라진 것으로 보입니다. 들리는 말에 의하면 그 아이의 무공으로 죽임을 당한 이가 이삼백에 이른다 하니 말입니다."

"두렵습니다. 그 아이가 무림의 적으로 돌아섰을 때가 말입니다."

신검 진인의 말에 장천을 아껴주던 천무성자 역시 심각한 표정을 지으며 중얼거렸다.

천무성자는 이미 신검 진인에게 장천과 혈비도 무랑에 관한 이야기를 모두 들은 이후였다. 장천의 뛰어남을 아는 두 사람은 어떤 일이 있어도 그 아이를 정파의 협객으로 만들 생각이었지만 만약 일이 틀어져 그 아이가 혈비도 무랑과 손을 잡게 되면 무림은 그야말로 암흑의 세계로 변할 수밖에 없어 걱정은 당연한 것이다.

다음날 무당이 크게 시끄러워졌으니 멸천문 문도들이 정무맹을 공격해 왔기 때문이다. 수천 개의 화살이 하늘을 까맣게 뒤덮을 정도로 날아 무당산을 덮기 시작했고 무공이 어느 정도 되는 인물도 날아오는 화살에 부상을 입는 이가 부지기수로 늘어나고 있었다.

"크하하하! 정무맹의 겁쟁이 녀석들아! 언제까지 집 안에 처박혀 떨고 있을 테냐! 크하하하!"

수천 발의 화살을 비오듯 떨구어 내린 후 한 자루의 대도를 든 이가 소차(巢車:공성전에서 성내를 관찰하는 데 사용하는 차)에 올라타 소리쳤다. 상당한 내력을 가진 자인지 목소리가 쩌렁쩌렁 울리며 무당의 전각을 울리고 있었다.

으드득!

정무맹의 무사들은 녀석의 말에 이를 갈 수밖에 없었다. 일만에 가까운 군웅들이 둘러싸고 있으니 함부로 나설 수가 없었던 것이다.

"무진 형, 저자는……."

장천은 쌍도문의 사람들과 같이 있었고 옆에 있던 무진을 향해 소차에 올라 소리치고 있는 자에 대해서 물었다.

"정무맹을 치기 위해 온 멸천문의 천인대주 중 한 사람인 대도 윤용(尹聳)이란 자다. 멸천에서 무공을 익힌 자로 한 자루의 대도로 펼치는 사린도법(四鱗刀法)은 강맹함과 함께 유연함을 모두 갖춘 상승 도법이지. 저자의 대도에 구파일방의 이름난 고수들 십수 명이 죽임을 당했다."

중소문파에 모인 군웅들과는 달리 이들을 지휘하고 있는 자들은 멸천문에서 무공을 전수받은 자들이었다.

그중 천인대의 대주로 임명된 자들은 상당한 실력의 소유자들이었으니 이들의 실력은 중간 정도의 문파에선 문주까지 넘볼 수 있는 정도였다.

곽무진의 말에 장천은 고개를 끄덕이고는 앞으로 걸음을 옮겼고 잠시 후 그의 신형은 보이지 않을 정도로 빠르게 움직이더니 무당의 담장을 뛰어넘어 멸천문의 군웅들을 향해 가고 있었다.

"천아!"

무진은 그의 행동에 크게 놀라 소리쳤지만 장천은 멈출 생각을 하지 않았고 그런 장천의 앞으로 수십 명의 무사들이 병장기를 뽑아 들고는 달려들었다.

"연풍장(燃風掌)!!"

자신을 향해 밀려들어 오는 무사들을 보며 장천이 오른손을 뻗어 연풍장을 시전하자 강렬한 열기를 머금은 장력이 맹렬히 밀려들어 갔다.

"끄악!!"

갑작스럽게 밀려드는 열기의 장풍에 사람들은 비명을 내지르며 물러섰고 장천은 멈추지 않고 달려가 무당을 향해 소리치고 있는 윤용이 타고 있는 소차에까지 이르렀다.

"합!"

소차에 도착한 장천은 그대로 기합과 함께 일장을 내질렀는데 그의 강맹한 권강에 의해 소차의 아랫부분이 박살나고 말았다.

"흥! 사린도법!"

장천이 소차를 권강으로 부서뜨리자 윤용은 그 순간 몸을 날려 그를 향해 사린도법을 시전했고 네 개의 도기가 마치 물고기가 춤을 추는 듯한 모습으로 장천을 향해 뻗어왔다.

채재쟁!!

하지만 장천은 왼손으로 냉혈검을 뽑아 들어 그대로 녀석의 도기를 팅겨내고는 그를 향해 반대로 검기를 날렸다.

"훙!"

하지만 육 척 거구의 몸임에도 윤용은 경공마저 뛰어났으니 잉어가 헤엄치듯 부드러운 모습으로 장천의 검기를 피해 나갔다.

"네 녀석은 어제 혈견을 두 동강 낸 애송이로구나! 혈견이 네 녀석에게 당하긴 했지만 본좌를 쓰러뜨릴 순 없을 것이다!"

혈견 역시 천인대주의 한 사람이긴 했지만 그는 잔악한 면을 인정받아 군웅을 다스리는 임무를 맡은 사람이었다.

이에 반해 윤용은 무공으로 인정받은 사람이라 그와 무공에서 상당한 차이가 나는 사람이었다.

"선풍검!"

장천은 녀석의 말에 대꾸도 하지 않고 곽무진의 특기인 선풍검을 사용하여 몰아쳤다. 빠른 회전으로 인한 강한 검격과 방어가 동시에 이루어지는 선풍검에 윤용은 크게 당황하는 모습을 취했다.

하지만 그도 산전수전 다 겪은 무인, 선풍검의 약점인 회전의 중심 부분을 눈치 챈 그는 사린도법을 시전하여 그곳을 향해 도기를 날렸다.

상대가 선풍도법의 약점을 간파하고 그곳을 공격해 오자 장천은 선풍도법을 회수하고는 빠르게 뒤로 몸을 날렸고 그곳을 향해 사린도법의 도기가 대지를 파해쳤다.

쿠구궁!!

"크크크! 이 정도의 무공으로 감히 멸천을 욕보였다니 우스울 뿐이구나!"

윤용은 장천이 피하는 것을 보며 대소를 터뜨리고는 소리쳤다. 하지만 장천의 표정은 전혀 변하지 않았다. 지금까지 그가 보였던 무공은 그의 이성 정도에 지나지 않았기 때문이다.

그만큼 장천의 무공은 크게 상승되어 있었고 잠시 녀석의 모습을 바라보던 장천은 빠르게 몸을 날렸다.

이번에 그는 오성 정도의 내력을 사용한 상태였기에 그 움직임은 눈에 보이지도 않을 정도였다.

"헉!"

윤용은 갑작스럽게 빨라진 그의 신형에 크게 당황할 수밖에 없었는데 이미 장천은 녀석의 면전에 도착해서는 그의 머리를 움켜잡고 있던 것이다.

"죽어라!"

그 말과 함께 장천은 그대로 녀석의 안면에 냉혈검을 꽂아 넣었고 강한 냉기에 윤용은 순식간에 머리가 얼어 비명도 지르지 못한 채 절명하고 말았다.

"헉!"

윤용이 장천에게 잡히자 그의 무사단이라 할 수 있는 사린단은 몸을 날려 그를 도우려 했지만 한순간에 대주가 죽임을 당하자 크게 놀라서는 멈칫거렸다. 장천은 그것을 놓치지 않고 녀석들을 향해 검을 내던졌다.

"이기어검이다! 끄악!"

검은 자유자재로 날아 사린단을 베며 날아가니 바로 이기어검의 수법이었다.

장천의 어검술에 순식간에 삼십여 명의 무사들이 죽임을 당하자 무당에 가까이 있던 군웅들은 놀라 후퇴하기 시작했다.

잠시 후 장천이 있는 곳에서는 칠십여 구의 시체만이 남아 있었다.

정무맹의 무사들은 장천의 실력에 크게 놀랄 수밖에 없었다. 수많은 적들이 운집해 있는 곳에서 두려움을 느끼지 않고 사람들을 베어 넘기고 후퇴하게 만들었으니 당연한 일이라 할 수 있었다.

그 후로 장천은 멸천문의 공격이 있을 때마다 앞으로 나서서 적들을 상대했고 그의 손에 죽은 멸천문도들의 숫자만 해도 거의 천에 가까울 정도였다.

하지만 그와 함께 상당한 악명도 들어야 했으니 사람을 태워 죽일 정도의 화기와 얼려 죽이는 냉기의 수법은 사악한 인상을 주기에 충분했기 때문이다.

또 그가 병기를 들었을 때는 거의 대부분이 몸이 양단되어 죽임을 당했기에 정무맹 내에서나 멸천문의 문도들에게서나 장천은 정무맹의 혈성(血星)이라 불리며 그를 악귀나찰과 같이 두려워했다.

신검 진인, 천무성자, 장춘삼, 장천과도 같은 무림사에서 한 시대에 한두 명 나올 것 같은 초고수들이 있는 정무맹은 초반의 열세를 뒤엎고 무당으로 몰려온 멸천문의 군웅들을 몰아내니 정무맹의 이름은 크게 치솟기 시작했다.

그때까지 멸천의 이름을 두려워하던 문파들은 하나둘씩 정무맹에 가세하기 시작했고 석 달 정도가 지나자 아직 멸천에 이르지는 못했지만 강북의 반 이상이 정무맹의 세력 안에 들게 되었다.

그중 가장 큰 성과는 바로 무림의 태산북두의 하나인 숭산의 소림사를 되찾았다는 것이다.

멸천의 득세에 가장 먼저 희생된 문파가 소림사라는 것을 감안한다면 정무맹이 다시 소림사를 되찾았다는 것은 상당한 성과라 할 수 있었다.

"정무맹의 혈성이라 했는가?"

"그렇습니다."

멸천의 태상문주인 혈비도 무랑은 보고를 받은 후 미간을 찌푸리고 말았다. 장천이 그런 악명을 얻었다는 것 자체가 마음에 들지 않았기 때문이다.

"물러가라."

"예."

태상문주의 말에 보고를 한 문도가 물러서자 그는 참담한 표정이 되어 머리를 감싸 쥐었다.

"악명을 얻으면 어떻게 하겠다는 말인가……!"

혈비도 무랑은 정파의 생리에 대해서 잘 알고 있었다. 지금은 정무맹에 없어서는 안 될 전력이라 어느 누구도 함부로 대하지 못하고 있지만 만약 멸천이 정무맹에게 패한다면 장천이 어찌 되리라는 것을 잘 알고 있었기 때문이다.

"…휴, 안타까운 일이네."

그때 그의 뒤로 거지노인 한 사람이 한숨을 내쉬며 말하니 바로 하노인이었다.

하 노인 역시 장천이 그러한 악명을 얻었다는 것이 그리 기분이 좋은 일이 아니었기 때문이다.

"이렇게 되어서는 안 됩니다. 그 아이에게 또다시 비도문과 같은 운명이 찾아올 것입니다."

"정파의 위군자들이라면 가능한 일이겠지……."

정파라는 이름을 가진 이들은 언제나 그랬다. 위험에 처해 있을 때는 손속이 잔인한 자일지라도 정파의 이름을 가지고 있다면 자신의 편으로 생각하지만 모든 일이 마무리되었을 때는 오히려 그를 매도하며 죽이기를 서슴지 않았기 때문이다.

진형과 유강이 구궁에게 죽임을 당한 이후 멸천문의 일은 점점 꼬이기만 해 그는 답답함만이 가득했다. 잠시 후 마음의 흔들림을 참지 못하고 기침을 하기 시작했다.

"콜록! 콜록!"

"이런!"

그 모습에 크게 놀란 하 노인이 급히 그의 등에 내력을 불어넣어 주자 혈비도 무랑의 몸은 어느 정도 안정을 되찾았다.

"이제 되었습니다."

"휴… 너무 무리하지는 말게. 지금 자네가 죽는다면 모든 일이 수포로 돌아갈 것이네."

"알겠습니다."

하 노인의 말에 혈비도 무랑은 숨을 안정시킨 후 말했다.

"일은 어떻게 되었습니까?"

혈비도 무랑이 그에게 맡긴 일에 대해 물어보니 하 노인은 고개를 끄덕이며 말했다.

"음귀곡(陰鬼谷)에서 수련하고 있는 아이들은 이제 십성 정도의 수련을 끝마치고 있네. 앞으로 한 달 후면 무림에서 그 아이들을 볼 수 있을 것이네."

"다행이군요. 한 달이라면 멸천십군(滅天十君)을 동원해 정무맹의 노도와 같은 기세를 막을 수 있을 테니까요."

"멸천십군이라면 가능하겠지만… 그들은 본가의 진정한 무사들이네… 천이와 싸우게 할 생각인가."

지금까지 무림에 모습을 드러내었던 자들은 멸천문의 무사라고는 하지만 진정한 근원인 비도문의 문도라 할 수는 없었다.

멸천십군은 비도문을 이루고 있는 혈족 중에서 무공이 강한 열 명의 무인들을 지칭하는 이름이었다. 이들 한 사람 한 사람의 무공은 구파 일방의 문주와 버금갈 정도로 뛰어나긴 하나 대계의 후를 생각하여 무림에 그들의 모습을 보이지 않고 있었다.

"어쩔 수 없겠지요."

"안타까운 일이군……."

혈비도 무랑의 말에 하 노인은 혀를 차며 고개를 저었다. 비도문의 사람들이 계승자와 싸워야 한다는 것이 마음에 들지 않았기 때문이다.

"그나저나 구궁이 배신을 했다는 것은 어찌 된 일인가?"

하 노인의 말에 혈비도 무랑은 무표정한 모습으로 말했다.

"아무래도 그 아이가 천이를 노리는 듯합니다."

"이런… 쯧쯧쯧. 그 아이 심정도 이해가 가네, 자네에 대한 반발심이겠지."

"저 역시 그렇게 생각하고 있습니다만 어떤 계획을 세우고 있는지 알 수가 없습니다. 아마 천이 곁에서 맴돌고 있을 것이라 생각됩니다만 자세한 정보는 알아낼 수가 없더군요."

"그럴 테지. 신검 진인 덕에 구파일방에 잠입한 문도들의 정체가 거의 대부분 드러난 상태니까 말이야."

그동안 혈비도 무랑은 무림의 각지에 멸천문의 첩자들을 심어놓았지만 개파대전 이후 정무맹은 자신들 사이에 있는 첩자 색출에 상당한 노력을 가했기 때문에 남아 있는 숫자는 그리 많지 않았다.

"동생이 보내온 서신에 의하면 정무맹 내에서도 구궁의 모습은 보이지 않고 있다 하니 잠시간은 안심해도 좋을 듯합니다."

"…죽일 생각인가."

"필요하다면요."

하 노인은 무랑이 자신의 친아들을 죽일 수도 있다는 말에 한숨을 내쉬었다.

"휴… 다시 생각해 보게. 그 아이가 무슨 짓을 했다 하더라도 자네의 아들이 아닌가."

"문파의 일이 더 중요합니다."

"그 아이는… 아니네. 지금 자네에게 무슨 말을 한다 해도 들을 생각을 하지 않겠지. 하지만 이것만은 알아두게… 난 그 아이가 죽는 것을 가만히 보고 있지만은 않을 것일세."

"하노!"

"이건 자네와 그 아이를 위한 일일 뿐 아니라 비도문을 위해서이기도 하네. 잘 쓴다면 큰 일을 할 아이인데 왜 그렇게 그 아이를 박대하는가."

하 노인의 말에 혈비도 무랑은 아무런 말도 하지 않고 고개를 돌릴 뿐이었다. 하 노인으로선 어쩌다가 두 사람의 사이가 이리 되었는지 안타까울 뿐이었다.

"그럼 난 이만 가보겠네."

"조심히 가십시오."

가겠다는 말에 무랑은 정중히 인사를 하니 하 노인은 잠시 그를 응시하다가 천천히 걸음을 옮겼다. 하 노인이 나가자 무랑은 잠시간 침묵 속에 있더니 천천히 입을 열었다.

"멸천십군을 불러라."

[예.]

그의 말에 천장에서 전음이 들려오더니 잠시 후 그 흔적마저 사라졌다.

반 각 정도의 시간이 지났을까, 혈비도 무랑이 있는 방으로 열 명의 무인이 들어섰는데 그들 모두는 붉은 가면으로 얼굴을 가리고 있었다.

그중 가면의 이마 부분에 일(一) 자라 적혀 있는 무인이 앞으로 와서는 정중하게 포권을 하며 말했다.

"부르셨습니까."

"정무맹이 너무 날뛰고 있구나… 그들의 위세를 조금 꺾어주도록 하거라."

"예."

"필요하다면 본문의 후계자와의 싸움도 허락한다만 필요한 경우에 한해야 할 것이다."

"예."

"마지막으로 본문의 배신자, 구궁을 발견하면 죽여라."

무랑의 입에서 구궁을 죽이라는 말이 나온 순간 멸천십군의 몸은 흠칫하는 모습을 보였다. 그들 역시 구궁이 무랑의 아들이라는 것을 알고 있었기 때문이다.

"…알겠습니다."

"물러가라."

한참을 망설인 그가 대답하자 무랑은 손을 저어 물러가라 하니 멸천십군은 정중하게 인사를 하고는 방에서 물러갔다.

밖으로 나오자 삼(三) 자가 쓰여져 있는 복면인이 일 자의 복면인을 보며 말했다.

"오빠, 정말 화영 오빠를 죽일 생각인가요?"

삼 자의 복면인은 놀랍게도 여자였으니 그 목소리가 애띤 것이 약관의 나이 정도로 느껴졌다.

그녀가 말한 화영이란 이름은 비도문 가문의 적에 올라 있는 구궁의 이름이었다.

"문주께서 명하신 일이니 어쩔 수 없지 않느냐."

"하지만……."

"민아야, 네가 화영을 따랐음을 잘 알지만 문파를 재건하는 것이 우선이다. 화영이 본문의 일을 방해한다면 어쩔 수 없이 죽일 수밖에 없단다."

"…알겠어요."

그의 말에 민아라 불리는 복면여인은 한참 침묵하고 있다가 말을 이었다. 그녀 역시 무엇이 중요한 것인지 잘 알고 있었기 때문이다.

이야기가 끝나자 그는 구(九)와 십(十)이 쓰여져 있는 복면인을 보며 말했다.

"너희 두 사람은 소문주님의 곁에 있어라. 필요하면 소문주와 겨루어도 된다 했지만 될 수 있는 한 가문의 사람과는 싸움이 없는 것이 좋을 테니 위치를 파악해 두는 게 좋을 듯하구나."

"알겠습니다."

"잠깐요."

두 사람은 그의 말에 고개를 끄덕였다. 그때 그와 이야기를 나누었던 민아가 그의 앞에 서며 말했다.

"무슨 일이냐?"

"그분께는 제가 가고 싶어요."

"민아, 네가?"

"예. 저는 그분이 정녕 본문의 후계자로서 자격이 있는지 알고 싶다고요."

"민아야."

"알아요, 이런 생각을 하면 안 된다는 것을요. 하지만 화영 오빠마저 희생시킬 정도로 문주님이 왜 그를 위하는지 제 눈으로 확인하고 싶다고요."

"…휴~ 알았다. 그럼 두 사람과 함께 소문주님에게 접근하도록 해라."

"고마워요, 오빠."

그로서는 여동생의 고집을 꺾을 수 없었다. 지금 그녀의 부탁을 거절한다 해도 자신이 모르는 사이에 소문주에게 갈 것을 알고 있었기 때문이다.

정무맹의 싸움에서 큰 공을 세운 장천은 청의단(淸義團) 단주의 직위에 올라 있었다. 정무맹 십이단의 단주가 모두 삼사십 대 이상의 사람임을 생각하면 장천이 단주에 올랐다고 하는 것은 상당히 놀라운 일이었다.

장천이 맡은 청의단은 정무맹에 있는 문파들의 후기지수가 모인 곳이라 할 수 있었는데, 젊은 사람들이 많은 만큼 불화도 상당히 심했다.

그중 무림 명문과 정무맹에 가입한 중소문파들 간에 생기는 불화가 가장 심하다고 할 수 있었는데 청의단은 사실상 세 개로 분리되어 있다 해도 과언이 아니었다.

먼저 화산파의 매화검(梅花劍) 악의명(岳擬明)을 중심으로 한 명문정파의 무리들로 그 숫자는 천의단의 오분의 일 정도에 지나지 않았지만 하나하나의 무공이 상당했다.

두 번째는 하남 영하문(穎下門)의 소주 백의협객(白衣俠客) 이백(李白)을 중심으로 한 중소문파의 무리들이었으니 의협으로 이름이 난 이백 아래 많은 사람들이 모여들어 만들어진 문파였다. 청의단의 오분의 삼 이상의 무인들이 이들에 해당하였다.

마지막으로 세 번째 무리가 바로 청의단의 단주인 장천을 중심으로 한 무리들이었는데 쌍도문의 곽무진과 그의 의형제인 동방명언, 데비드가 있었고 공동의 고도리와 과거 냉혈살마의 싸움에서 만났던 항산파의 속가제자 유향과 소림의 정운, 정필이 그들과 같이 하고 있었다.

장천이 속한 무리가 그 숫자가 가장 적다고는 하지만 이들의 무공은 명문정파의 후기지수가 따르지 못할 정도로 뛰어나 무공으로만 본다면 청의단 서열 십 위의 인물 대부분이 이들이라 할 수 있었다.

멸천문과 싸우기 전에 청의단은 효율적인 싸움을 위하여 진법을 익히고 있었는데, 이들 무리들에게는 서로에 대한 반발심이 강했기 때문에 진법의 수련은 그리 원활하게 이루어지지 못하고 있었다.

청의단 단주의 천막에서는 장천들이 지금의 사태에 대한 논의를 하고 있었다.

"지금이야 소림의 정운 스님께서 악 소협과 곽 소협이 이백 소협과 친분이 있어 두 사람의 도움으로 어떻게든 끌어갔지만, 시간이 지나면 두 무리들의 다툼이 더욱 심해질 것입니다."

동방명언의 말에 다른 이들 역시 고개를 끄덕이고 있었다.

어젯밤에는 장천 일행이 모르는 사이에 두 무리가 서로 충돌하여 청성의 후기지수 한 명과 중소문파 출신 무사 여덟 명이 중상을 입었다.

이런 일로 이들이 모여 회의를 하고 있었지만 어느 누구도 쉽게 이것을 해결할 방도를 생각해 내지 못하고 있었다.

"마치 멸천과 정무맹의 작은 축소판 같군."

외팔이가 된 공동의 고도리 말에 다른 이들 역시 고개를 끄덕였다. 이러한 분란이 현재의 무림 상황과 다를 바 없이 보였기 때문이다.

"안타까운 것은 그러한 것을 알면서도 서로의 자존심 때문에 손을 잡지 못하고 있는 것입니다."

"예, 눈앞에 자신들의 모습이 보임에도 그것을 고치려 하지 않다니… 휴……"

"이럴 때 요 사형이라도 있다면 어떻게든 처리해 줄 수 있을 텐데 말입니다."

현재 쌍도문의 요운은 임아란, 유능예 등과 함께 실종된 상태였다. 하오문의 정보망으로 무림 전체를 살피고 있었지만 소식조차 알 수 없었으니 장천의 답답함은 이런 것에도 있었다.

지금은 나이가 있어 강호오룡의 자리에서 내려가긴 했지만 그러한 직함이 있었던 덕에 명문정파와 중소문파들 사이에서 상당한 신망을 가진 인물이 요운이었다.

그러한 인물이 행방불명이라 하는 것은 정무맹으로선 상당한 손실이라 할 수 있었다.

"요즘에는 악 소협 역시 저희들과 멀리하려 하는 모습을 보이니 시간이 지나면 이 일은 더욱 처리하기 힘들 것이라 생각합니다."

"예, 어떻게든 방법을 찾아야 합니다."

모두 하루빨리 이 문제를 해결해야 된다는 것은 느끼고 있었던 것이다.

"차라리 청의단을 둘로 나누는 것이 어떻습니까?"

"두 무리로 나눈다면?"

"단시일 내로 악 소협의 무리와 이 소협의 무리가 서로 협력하지 않는다면 차라리 이들을 나누는 것이 효율적이라는 생각이 들어서 말입니다. 저희들이 나누어 이들 무리로 들어간다면 어느 정도 가능하리라는 생각이 듭니다."

소림의 정필 말에 몇몇 사람들은 고개를 끄덕이며 수긍했는데 고도리는 고개를 저으며 말했다.

"그것은 안 됩니다. 물론 두 무리로 나눈다면 당분간은 청의단을 효율적으로 움직일 수 있지만 근본적인 해결책이 될 수는 없겠지요."

"……."

고도리의 말에 다른 이들 역시 고개를 끄덕일 수밖에 없었다. 이대로라면 멸천을 몰아내고 정무맹이 다시 무리의 평화를 되찾는다 하더라도 시간이 지나 후기지수들이 각 문파를 이끌었을 때 또다시 현재와 같은 모습이 될 것은 뻔한 일이기 때문이다.

"하지만 그것은 모든 것이 끝난 후의 일이 아닙니까?"

정필은 시간을 두고 해결할 수도 있지 않겠느냐는 뜻으로 말했고 이에 고도리는 고개를 저었다.

"눈앞에 있는 것을 해결하는 데 급급한다면 더 큰 것을 볼 수 없습니다. 지금이야 어느 정도 해결할 수 있다 하더라도 나중에 이들 사이가 훨씬 더 벌어진다면 지금 그것을 처리하는 것보다 더 어려워질 것입니다."

고도리의 말이 틀린 것이 아니라 정필도 할 수 없다는 표정을 지을 뿐이었다. 하지만 이렇게 시간을 보내면 이것도 저것도 되지 않기에 두 사람 모두 한숨만 내쉴 뿐이었다.

그때 천막 밖에서 한 청년이 들어와 장천의 앞에서 포권하며 말했다.

"단주, 맹에서 사람이 오셨습니다."

"들어오시라 하게."

"예."

장천의 말에 고개를 끄덕인 청년은 포권을 하며 밖으로 나가니 잠시 후 열 명 정도의 무리가 천막 안으로 들어왔다.

이들의 선두에는 익히 얼굴을 알고 있는 사람이 있었는데 바로 무당의 청운 선인이었다. 청운 선인은 과거 정무맹이 무당산에 갇혀 있을 때 뛰어난 경공술로 개방의 사람들과 함께 외부에 소식을 전달하던 사람이었다. 그 공을 인정받아 현재 정무맹 비천단(飛天團)의 단주 직을 맡고 있었다.

그의 얼굴을 확인한 장천은 자리에서 일어나 청운 선인에게 포권을 하며 인사했다.

"비천단의 단주님께 인사드립니다."

"청의단의 단주님은 그간 별고없으셨습니까."

"아직 본격적으로 싸움을 시작한 것이 아니어서 몸이 뻐근할 뿐이지요."

"하하하! 젊은 나이시니까요."

"자, 이쪽으로……."

장천은 청운 선인에게 상좌를 권했는데 그는 고개를 저으며 말했다.

"같은 단주에 불과할 뿐인데 제가 어찌 상좌에 앉을 수 있겠습니까? 상좌의 자리가 무거워 마음 역시 편안하지 않을 듯하니 이 자리에 앉도록 하지요."

상좌를 거절한 청운 선인이 고개를 저으며 자리에 앉자 장천은 할 수 없다는 표정으로 상좌에 앉을 수밖에 없었다.

"그런데 비천단의 단주께서 어인 일로 청의단을 찾아주셨습니까."

제49장

청의단의 젊은 무인들

장천의 물음에 청운 선인은 잠시 헛기침을 한 후 말했다.

"청의단의 출정 일자가 보름 후로 잡혔기에 그것을 알려 드리려 왔습니다."

"보름 후요?"

"예. 개방의 조사에 의하면 호북평원으로 멸천문의 문도들이 모인다고 합니다. 그 숫자는 오천에 이르고 있지만 각개격파를 한다면 이들을 섬멸하는 것도 그리 어렵지 않으리라 생각합니다."

"호북평원이라… 음……."

청운 선인의 말에 장천은 잠시 생각에 잠길 수밖에 없었다. 그의 말대로라면 이번 싸움은 빠른 움직임이 필요했다. 하지만 이들이 서로 단합되지 않는 상황이었기에 한숨이 나올 수밖에 없었다.

"무슨 고민이라도?"

청운 선인으로선 그의 표정에서 근심이 흐르고 있었기에 무엇일까 하는 생각에 물어보았다. 연륜이 있는 그라면 무슨 생각이 있지 않을까 하는 생각에 현재 청의단의 상황을 말해 주었다.

"그런 일이 있었군요."

"휴… 저희로서는 어찌해야 할지 갈피를 잡을 수가 없습니다."

장천의 한숨 어린 말에 청운 선인은 미소를 지으며 자신의 생각을 말해 주었다.

"천하에 같은 사람은 없으나 뜻이 같으면 같은 길을 가기도 한답니다."

"예?"

그의 뜬금없는 말에 장천으로선 되물어볼 수밖에 없었으나 청운 선인은 미소 지으며 자리에서 일어나 그를 보며 부드러운 목소리로 말했다.

"그럼 전 이만……."

"청운 선인님!"

장천은 그가 말한 것이 청의단 일을 해결할 수 있는 말임을 알고는 자세한 것을 물어보려 했으나 청운 선인은 그대로 사라지고 말았다. 이에 장천은 한숨밖에 나오지 않았다.

"같은 사람은 없으나 뜻이 같으면 같은 길을 갈 수 있다는 말은 혹시 공통된 무엇인가를 찾으라는 말이 아닐까요?"

소림 정운의 말에 모든 이들이 손바닥을 내려쳤다. 그의 말이 틀림없다 생각했기 때문이다.

"그렇군요. 일단 하나의 목적으로 사람들의 뜻을 하나로 모은다면 분란을 조정하는 것은 그리 어렵지 않을 것입니다."

물론 청의단에 모인 후기지수들 모두가 멸천을 치기 위해 모였다고는 하지만 그것만으로 구심점을 만들기는 조금 부족하였다.

또 다른 무엇인가로 이들의 분란을 잠재워야 했으니 사람들은 그것을 생각해 내기 위해 고심할 수밖에 없었다.

"무엇인가의 대가를 제시하는 것이 어떻습니까?"

"대가요?"

"명검이나 비급을 이번 싸움의 포상으로 제시하는 것입니다."

데비드의 말에 장천은 이내 고개를 저었다. 그것이 좋은 방법이 아니라 생각했기 때문이다.

"그것은 조금 어렵습니다. 만약 그러한 것을 포상으로 내건다면 포상에 눈이 어두워 돌출적인 행동을 하는 자도 생길 수 있으며 멸천을 치는 정무맹의 의상도 더럽혀질 우려가 있습니다."

장천의 말에 소림의 두 승려가 고개를 끄덕였다. 속세와 떨어져 있는 삶을 살고 있는 두 승려에게 이러한 것은 마음에 들지 않았기 때문이다.

아무리 생각해도 좀처럼 방법이 떠오르지 않았고 이대로 계속 고민만 할 수 없어 사람들을 보며 말했다.

"쉽게 해결책이 나오지 않을 문제 같으니 일단은 시간을 두고 천천히 생각해 보도록 합시다."

"예."

장천의 말에 사람들은 자리에서 일어나 밖으로 나갔다. 천막을 벗어나자 젊은 후기지수들이 삼삼오오 모여 있는 것을 볼 수 있었다.

서로 담소를 나누거나 무공에 대해서 토론할 수 있는 것을 볼 수 있었으나 명문정파와 중소문파의 후기지수 간의 사이는 멀리 떨어져 있었기에 한숨밖에 나오지 않았다.

"정운 스님, 사람들을 모아주십시오. 보름 후의 일을 일단 이들에게 말해 두어야겠습니다."

"알겠습니다."

장천의 말에 고개를 끄덕인 정운은 단전에 내력을 모아 크게 소리쳤고 그 목소리는 멀리 떨어져 있는 사람에게도 또렷하게 들리고 있었다.

정운은 정순한 내력을 지니고 있어 내공으로 보면 장천에 이어 청의단에서 두 번째라 할 수 있었다.

정운의 알리는 소리에 사람들은 장천이 있는 곳으로 모여들기 시작했고 이들이 모두 모이자 장천은 청운 선인에게 들었던 말을 이들에게 해주었다.

"맹에서 명령이 떨어졌소. 우리 청의단은 보름 후에 호북평원으로 향해 멸천의 무리들을 치게 될 것이오."

"와아!!"

장천의 말에 군웅들은 크게 환성을 내질렀다. 지금까지 진법 수련만 해 젊은 그들로서는 답답한 마음이 가득했기 때문이다.

"개방에서 들어온 소식에 따르면 호북평원에 모일 악도들의 수는 오천을 넘는다 하니 각개격파를 한다면 그리 어려운 일이 아니라 생각하오. 아직 보름의 시간이 남았으니 지금까지 익혔던 진법을 숙지하고 마음의 정리를 해두길 바라겠소."

장천의 말이 끝나자 사람들은 웅성거리며 자신들이 있었던 곳으로 돌아갔고 그들의 뒷모습을 보며 그는 고개를 저을 뿐이었다.

　싸움에 있어 젊은 혈기만을 앞세운다는 것은 집단과 집단의 싸움에서는 상당히 위험하다는 것을 잘 알고 있었기 때문이다.

　홍련교에서 암영신군의 좌에 있었을 때는 암영자 자체가 연륜이 있는 무인들만 모여 있었기에 사람들을 인솔하는 것은 그리 어렵지 않았다. 하지만 젊은 후기지수를 이끄는 것은 그것과 비교할 수가 없었다.

　이들의 혈기를 누르지 않는다면 자칫 큰일을 당할 수 있어 하루 빨리 이들을 하나로 뭉쳐야 했다.

　"단주님! 맹에서 청의단에 들어갈 사람들이 도착했습니다."

　그렇게 사람들을 보며 고심하고 있을 때 그에게 한 문도가 와 보고했다. 장천은 고개를 끄덕이고는 이번에 청의단에 입단하는 사람들에게로 걸음을 옮겼다.

　맹에서 청의단으로 온 사람들은 모두 이십여 명, 그 대부분이 이십 대 초반이었는데 장천의 시선을 유난히 끄는 한 여인이 있었다.

　물론 그녀에게서 느껴지는 기운이 특출난 것은 아니었으나 그 미모가 상당했기 때문이다.

　'천하절색이로군……'

　유능예와 비교해도 뒤지지 않는 미모를 지닌 여인의 모습에 장천은 좀처럼 시선을 뗄 수가 없었다. 그때 뒤에 있던 동방명언이 가볍게 발을 구르자 그제야 정신을 차릴 수 있었다.

　"본인은 청의단의 단주 장천이라 하오. 여러분들이 이곳에 모인 이유는 무림에 혼란을 야기시키는 멸천의 무리들을 몰아내어 평온을 찾기 위해서이니 여러분들은 청의단의 단원으로서 정무맹의 숭고한 이상에 따라 힘을 다해주시기 바랍니다."

간단한 인사를 나눈 장천은 이들에게 포권하며 인사를 건네고는 물러섰다. 여인은 그의 뒷모습을 보며 콧방귀를 뀌었다.

"흥!"

"…사매, 너무 눈에 띄는 행동을 하지 않는 것이 좋을 것이다."

"알겠어요."

그녀가 콧방귀를 뀌자 옆에 있던 이십 대 후반의 무인이 무표정한 모습으로 충고해 주었다. 그녀는 알겠다는 듯이 고개를 끄덕였지만 표정은 무엇인가 마음에 들지 않는 것이 역력하게 드러나 있었다.

"민아야, 아무래도 사람들의 시선이 너에게 몰리는 듯하니 움직이기에 불편할 듯하구나. 면사로 얼굴을 가리는 것이 어떻겠느냐?"

"무슨 소리예요. 본문에서도 답답하게 살았는데 이곳에서까지 얼굴을 가리라고요!"

"그, 그것이……."

"절대로 그렇게는 못하니까 알아두세요."

그녀의 좌측에 있던 젊은 무사는 민아라 불리는 여인의 미모가 워낙 출중해서 사람들의 시선이 모이기에 그렇게 말했던 것인데 그녀가 날카로운 목소리로 다그치자 더 이상 말을 못하고 고개를 숙일 뿐이었다.

칠 척에 가까운 키와 거구의 무인임에도 그녀에게는 상당히 약한 면을 보이고 있었다. 옆에 있던 무인이 두 사람을 흘깃 쳐다보고는 걸음을 옮기며 말했다.

"민아는 면사를 쓰도록 해라."

"규 오빠!"

면사를 쓰라는 말에 그녀는 무슨 소리냐는 듯이 소리쳤으나 덩치 큰 무인과는 달리 그는 표정 하나 변함없이 그녀의 말문을 막았다.

"우리가 이곳에 온 것은 본문의 일을 행하기 위함이다. 쓸데없이 사람들의 시선을 끈다면 그 일을 하는 데 어려움이 닥칠 것은 눈에 보이는 일이다."

"하지만……."

"나의 말을 거역할 생각이냐!"

그녀는 그의 말을 이해하기는 했지만 답답한 면사를 쓰는 것이 싫었기에 그에게 말을 하려 했다. 그러나 규라 불리는 이가 노한 목소리로 다그치자 할 수 없다는 표정으로 면사를 꺼내어 얼굴을 가렸다.

그들이 여인의 일로 이야기를 나누고 있을 때 한 남자가 그들 앞으로 걸음을 옮기고 있었다. 그러자 규라 불리는 남자가 고개를 돌려 그를 쳐다보았다.

"청의단의 서기를 맡고 있는 동방명언이라 합니다. 실례가 아니라면 성함을 알 수 있겠습니까?"

"하북 낭아문에서 온 문규(文奎)라 합니다."

"낭아문에서 오셨군요."

낭아문은 그리 이름있는 문파는 아니었지만 한 자루의 낭아도로 펼치는 무공이 쾌속하고 날카롭기에 그 도법이 꽤 알려져 있었다.

"옆에 계신 분들은?"

"사제인 문강(文剛)이라 합니다."

"사매인 장민(張玟)이라 합니다."

동방명언은 두 사람에게 포권하며 인사를 건넨 후 미소 지으며 말했다.

"하북 낭아문은 멸천의 무리 때문에 조금 사정이 어렵다고 들었는데 어떻습니까?"

"다행히 정무맹의 도움으로 급박한 위기에서 벗어나기는 했지만 문파의 사정이 그리 좋지 않아 지금은 근처 문파들과 함께 하북 정무맹의 지부로 거처를 옮긴 상태입니다."

"그렇군요."

멸천의 무리를 상대하기 위해선 개개 문파의 힘으로는 어려워 거의 대부분의 중소문파들은 정무맹의 지부로 모여 있었다.

"처음이라 낯설 것이라 생각되는데 혹시 청의단에 안면이 있는 분이 있으신지요?"

"정무맹에 힘이 되고자 이곳으로 오긴 했으나 본문이 외부와의 교류가 없었기에 안면이 있는 사람이 없군요."

"같은 뜻으로 모인 사람인데다 나이 또한 비슷하니 청의단에서 친우를 사귀는 것은 그리 어렵지 않을 것입니다. 저만 해도 규 대협의 친우가 되기 위해 이렇게 온 것이 아니겠습니까?"

"하하하, 동방 대협의 말씀이 고마울 따름입니다."

"별말씀을 다하십니다. 아! 이곳에 서 있을 것이 아니라 간단히 차라도 마시는 것이 좋을 듯하군요."

"예, 그렇게 하도록 하지요."

동방명언의 말에 문규는 고개를 끄덕이자 동방명언은 청의단에 있는 다관으로 그들을 안내했다.

임시로 만들어져 있는 다관에는 벌써 이십여 명의 청년들이 모여 차를 나누고 있어 동방명언은 근처에 있는 빈자리로 사람들을 안내했다.

한데 창가의 자리에 있던 다섯 명 정도의 무리가 동방명언을 보며 기분 나쁜 표정을 짓고 있었다. 이들 중 화려한 비단 장삼을 입고 있는 자가 바로 명문정파의 무리를 이끌고 있는 화산의 악의명이었다.

악의명은 청의단에 오면서 구파일방의 후기지수가 아닌 쌍도문의 소주 장천이 단주를 맡는 것을 탐탁치 않게 생각하고 있었으니 장천과 같은 문파이기도 한 동방명언에게도 그리 좋은 감정을 가지고 있지 않았다.

"이런, 피 냄새 때문에 차 맛을 버리고 말았군."

"그러게 말입니다."

곽의명은 동방명언이 들으라는 듯 들고 있던 찻잔을 흔들고는 미간을 찌푸리며 중얼거렸다. 정무맹에서 장천이 혈성이란 이름으로 불리고 있으니 그와 같은 문파에서 온 동방명언이 들어서자 비아냥거리고 있는 것이다.

동방명언은 그가 자신을 빗대어 이야기하는 것을 잘 알고 있었지만 지금의 상황에서 그의 말에 토를 달 필요는 없다 생각하고는 듣지 못한 표정으로 낭아문에서 온 사람들을 자리로 안내했다.

동방명언이 자신의 말을 무시하는 듯한 표정을 보이자 그가 자리에 앉는 것을 확인한 그는 앞에 놓인 찻잔을 가볍게 손으로 내쳤다.

그 순간 찻잔은 강한 내력이 실리며 그대로 동방명언의 미간을 향해 뻗어왔다. 악의명이 자신에게 수작을 걸고 있다는 것을 안 그는 내력을 끌어올려서는 자신을 향해 날아오는 찻잔을 부드럽게 잡고는 가볍게 탁자로 내려놓았다.

찻잔이 탁자로 부드럽게 떨어지자 동방명언은 자리에서 일어나 악의명을 향해 포권을 하며 말했다.

"화산의 악 대협께서 저에게 차를 대접해 주시니 송그스러울 따름입니다."

자신이 낭패를 보게 하려 했음에도 그것을 가볍게 막고 오히려 감사의 말을 전하는 동방명언을 보며 악의명은 그가 만만한 상대가 아니라는 것을 느꼈다.

자신이 찻잔에 실은 내력은 오성 정도에 지나지 않았지만 찻잔의 차를 흘리지 않을 정도로 부드럽게 받으려면 그의 내력으로 치면 팔성 정도의 힘이 필요했던 것이다.

또 그는 동방명언의 표정으로 보아 그 역시 전력을 기울이지 않았다는 것을 느꼈기에 그자의 내공이 자신과 비교해서 뒤처지지 않는다는 것을 느끼는 악의명이었다.

'과연 쌍도문이군. 구파일방의 자리를 노리고 있었다는 이야기는 들었지만 장천이란 놈 외에도 이런 자들을 암암리에 기르고 있었다니 말이야.'

악의명은 동방명언이 홍련교의 무사였다는 것을 알지 못하고 있었기에 쌍도문에서 비밀리에 키운 고수라고밖에 생각되지 않았다.

"같은 청의단의 무인으로 그저 예의를 표했을 뿐입니다."

"그렇습니까?"

악의명은 동방명언의 말에 손에 내력을 끌어올렸으니 저자가 자신에게 수작을 걸어온다면 단단히 창피를 줄 요량이었다.

하지만 동방명언은 찻잔의 차를 한 번에 마시고는 미소를 지으며 자리에 앉았으니 악의명은 입술을 깨물 수밖에 없었다.

한편 두 사람의 사이에 있었던 일을 지켜보고 있었던 문규는 자신의 앞에 있는 동방명언에게 조금 놀랄 수밖에 없었다.

'악의명이란 자에게 반격을 가할 수도 있었지만 이자는 그렇게 하지 않았다. 구태여 악의명의 도발에 반응하지 않는 것을 보면 어느 정도 생각이 있는 자라는 것은 알겠군.'

무림인들 사이에 이런 도발을 받게 된다면 받은 만큼 돌려주는 것이 보통이기 때문이다. 아무렇지도 않게 자리에 앉은 동방명언이 자신들에게 차를 권하자 문규는 방금 전의 일을 보지 못한 것처럼 행동했다.

'하지만 악의명 같은 자에게 아무런 반응을 보이지 않았다는 것은 자신이 무시받았다고 생각할 것이 자명한 일, 오히려 일이 어렵게 될 수도 있음이니 과연 이자가 어찌 대처할지 궁금하군.'

그러나 문규가 전혀 예상하지 못한 일이 있었다. 당사자인 동방명언은 그런 대로 상대의 도발을 아무렇지도 않게 받아넘겼지만 그와 같이 있는 여인은 그러지 못했다는 것이다.

"흥! 한수의 재간이 있다고 잘난 척하기는, 하긴 명문정파의 잘난 녀석들이야 다 똑같겠지."

"민아야!"

악의명이 들으라는 듯이 큰 소리로 말한 사람은 바로 문규의 옆자리에 앉아 있는 장민이었고 그 때문에 문규는 당황할 수밖에 없었다.

하지만 이 소리를 악의명과 같은 사람이 놓칠 리가 없었으니 그는 살기 어린 눈으로 장민을 노려보았다.

"저런 녀석이 잘난 척하는 것은 참을 수가 없단 말이에요!"

"이런… 큭."

그녀의 말에 문규는 고개를 내저으며 얼굴을 가렸다. 이제 악의명의 노기를 막을 방법이 없었기 때문이다.

"이 빌어먹을 계집이!"

장민의 이어진 말에 악의명은 노기를 참지 못하고 자리에서 벌떡 일어섰다. 그러나 그보다 먼저 장민에게 다가간 사람은 오대세가 중 산동 황보세가에서 온 황보련(皇甫蓮)이었다.

"제 분수를 모르고 날뛰는 계집에게 악 오빠가 나설 필요가 있겠나요?"

"음……."

황보련의 말대로 무림의 사람이라고는 하지만 아녀자를 상대로 자신이 나선다는 것은 조금 보기 안 좋은 면도 있어 노기를 가라앉히고는 자리에 앉았다. 이에 황보련이 장민에게 걸어가서는 말했다.

"어디에서 온 계집인지는 모르지만 겁도 없이 함부로 날뛰다간 제명에 죽지 못할 것이다."

황보련의 말에 장민은 무엇인가를 말하려 했으나 문규의 날카로운 눈초리에 말문이 막히고 말았다.

장민이 아무 말도 하지 않자 황보련은 겁을 먹었다 생각하고는 앞에 놓인 찻잔을 들어 그대로 장민의 머리 위에 부어버리고 말았다.

"호호호! 너 같은 계집에게는 이런 모습이 어울릴 듯하구나!"

그녀의 행동에 장민은 더 이상 참지 못한 채 자리에서 벌떡 일어났고 문규는 더 이상 그녀를 막을 수 없음을 느꼈기에 한숨밖에 나오지 않았다.

그런데 그때 갑자기 쿵 하는 소리와 함께 고막을 찢어버릴 듯한 소리가 다관에 울려 퍼졌다.

황보련에게 맛을 보여주려던 장민이 갑작스러운 소리에 고개를 돌리자 동방명언의 오른손이 탁자에 닿아 있는 것을 볼 수 있었다.

"황보 소저, 본인이 모시고 온 손님에게 그렇게 실례를 범하시면 곤란합니다."

동방명언은 날카로운 눈빛으로 황보련을 노려보았고 그의 기세에 그녀는 놀라 자신도 모르게 뒷걸음질칠 수밖에 없었다.

아직 외부에 동방명언의 무공이 알려지진 않았지만 겉으로 드러나는 기세만 보더라도 자신이 그의 상대가 되지 않음을 느끼고 있었기 때문이다.

한마디의 말이라도 내뱉었다가는 당장이라도 그가 자신을 죽일 것 같은 느낌에 황보련은 식은땀을 흘릴 수밖에 없었는데 그녀를 구해준 것은 악의명이었다.

황보련이 움직이는 것조차 공포로 느낀 것은 동방명언과의 간격 때문이었으니 무인인 그녀로서는 동방명언이 손을 뻗기만 해도 자신이 죽음을 면치 못할 것임을 느끼고 있었던 것이다.

하나, 뒤에 있던 악의명이 앞으로 한 발자국 내딛음으로 황보련은 자신을 누르고 있던 압박이 사라졌다는 것을 느꼈다. 검을 들고 있는 악의명의 간격 안으로 들어선 덕분이었다.

만약 동방명언이 공격을 가한다고 해도 악의명의 간격 내에 있었기에 공격을 막을 수 있었다. 이러한 것은 오랜 시간 무공을 익힌 자만이 느낄 수 있는 기운이니 동방명언과 악의명은 일촉즉발의 순간에 다다르고 있었던 것이다.

"사과하시지요. 방금 전에 황보 소저께서 하신 행동은 해서는 안 되는 일이었습니다."

하지만 악의명이 자신을 지켜주고 있다는 생각에 그녀는 마음을 추스리고는 콧방귀를 뀌며 말했다.

"흥! 내가 왜 이런 하찮은 계집에게 사과를 해야 한다는 거죠?"

황보련의 말이 끝나는 순간 동방명언은 망설이지 않고 그녀를 향해 일장을 내지르려 했고 악의명 역시 검을 뽑아 들었다.

"갈!"

이들이 충돌하려는 순간 사자후가 다관을 휩쓸어 버리니 엄청난 내력에 두 사람은 자신도 모르게 공격을 멈추고 말았다.

다관의 입구에는 이들의 싸움을 막고자 사자후를 터뜨린 사람이 있었으니 바로 소림의 정운이었다.

"아미타불. 두 분께서는 잠시 노여움을 거두시고 저의 말을 들어주십시오. 부처님께서는 처음 왕자로 태어나……"

그 순간 악의명과 동방명언의 이마에서는 식은땀이 흐를 수밖에 없었다. 청의단의 부단주 정운, 그는 무공뿐 아니라 학식과 인품마저 뛰어나 명문의 무리들은 물론 중소문파의 무리들까지 만인의 존경을 받는 인물이었다.

하지만 정운이 한 가지 일을 할 때는 어느 누구도 그의 곁에 다가서려 하지 않으니 바로 그의 설교였다.

위낙 학식이 뛰어난 데다가 고지식하기까지 한 정운의 설교는 보통 한 번 시작하면 두세 시진을 넘기는 것이 부지기수였던 것이다.

그의 평소의 인품을 잘 알고 있는 사람들은 그 설교를 중간에 끊지 못하여 애를 먹다가 파김치가 되는 일이 종종 있었다.

악의명과 동방명언 역시 이러한 것을 잘 알고 있기에 식은땀을 흘리고 있었지만 쉴 새 없이 중얼거리는 설교를 막을 도리가 없었다.

장천과 데비드 역시 몇 가지 일을 마친 후 다관에 들렀는데 정운이 두 사람을 데리고 설교하는 모습을 보자 흠칫하는 모습을 보이고는 그대로 뒤로 돌아나가려 했다. 그러나 명석한 동방명언이 그것을 놓칠 리가 없었다.

"단주님! 어서 오십시오."

"큭……."

동방명언이 자신을 부르자 나가려던 발을 멈출 수밖에 없는 장천은 억지로 미소를 지으며 말했다.

"하하하, 이거 부단주와 서기님도 이곳에 계셨군요."

"단주님, 어서 오십시오. 악 대협과 동방 대협께 부처님에 대한 말씀을 전하고 있으니 괜찮으시다면 단주님께서도 동참하시지 않겠습니까?"

역시 정운이라 장천 역시 자신의 설교에 끌어들이려 하고 있었으나 장천은 가볍게 포권을 하며 말했다.

"저 역시도 정운 스님의 말씀을 듣고 싶지만 청의단의 일로 의논할 것이 있어 애석할 뿐입니다."

정운의 말에 장천은 의논할 것이 있다는 핑계를 대며 빠져나가려 했다. 이에 동방명언은 손바닥을 치며 말했다.

"아! 그리고 보니 단주님께 급히 말씀드릴 것이 있습니다."

"제게요?"

"예, 문 내의 일이라 개인적으로 드려야 하니 잠시 밖으로 같이 가주셨으면 합니다."

"알겠습니다."

일단은 빠져나가는 것이 급선무라 장천은 고개를 끄덕였고 동방명언은 같은 자리에 있는 사람들에게 포권을 하며 말했다.

"잠시 일이 있어 실례하겠습니다."

"아, 예."

문규는 그의 말에 고개를 끄덕였고, 동방명언은 잽싸게 장천을 데리고 다관을 벗어날 수 있었다. 물론 후에 문규는 동방명언의 이 비열한 행동에 이를 갈았다고 하니 악의명과 더불어 장장 세 시진 동안 정운의 설교를 들어야 했기 때문이다.

"휴……."

다관을 벗어난 동방명언이 안도의 한숨을 내쉬자 장천은 그의 어깨를 두드려 주며 말했다.

"명언… 잘했다."

"그나저나 다관에서 나랑 같이 있던 사람들 봤냐?"

"아! 그 절세미인과 같이 있던 사람들 말이야?"

"그래, 낭아문에서 왔다고 하는데 그중 문규라는 사람은 상당한 무공을 소유하고 있는 듯하더라고."

"음……."

동방명언의 말에 장천은 잠시 생각에 잠겼다. 조금이라도 강한 무인이 필요한 지금의 시점에 문규라는 사람이 상당한 도움이 될 수 있다 생각되었기 때문이다.

하지만 그와 함께 경계심도 생기고 있었으니 낭아문이 그리 무림에 알려져 있는 문파가 아니기 때문이다.

"낭아문은 타 문파와 교류가 별로 없는 문파다. 강호에선 중간 정도의 문파라고는 하지만 낭아도법 하나만을 본다면 상당한 수준의 무공을 지니고 있다 할 수 있지."

"낭아도법이라……."

장천 역시 낭아도법에 대해서 알고 있었는데, 내공심법만 제대로 된 것을 사용한다면 명문의 무공과 비교해도 뒤지지 않기 때문이다.

"일단은 확실히 조사를 하고 중용하는 것이 좋을 듯하니 하오문에 낭아문에 대해 조사해 달라고 부탁하도록 하지."

장천의 말에 동방명언은 고개를 끄덕였다. 다른 정무맹의 사람들과는 달리 쌍도문의 사람들은 하오문의 정보망을 믿고 있었다. 멸천문이 득세하고 있는 이 시점에 개방의 문도들보다는 하오문이 훨씬 더 자유롭게 움직일 수 있었기 때문이다.

다음날 청의단은 간단한 진법 훈련을 마친 후 무공 수련에 열을 올리고 있었다. 이들의 무공 수련은 대부분 대련으로 이루어지고 있었다.

하지만 이 대련 시간이 장천들에게는 상당히 골치 아플 수밖에 없는 시간이었다. 악의명과 이백 무리들의 싸움이 보통 이 시간에 이루어지고 있기 때문이다.

대련이라는 명목 아래 겨루고 있기에 장천으로서도 어찌 막아볼 수가 없어 그저 큰 사상이 일어나지 않게 감시할 도리밖에 없었다.

이날도 이들 무리들이 양쪽으로 나누어져 서로를 노려보고 있었는데, 이번 싸움에서는 조금 다른 양상을 보이고 있었다.

다른 정파의 무인들 사이에 있던 악의명이 새로운 제안을 하고 나섰기 때문이다.

"단주께 부탁이 있습니다."

"예, 말씀하십시오."

"청의단의 대련 시간은 후에 있을 멸천문과의 싸움에 대비하여 실전 훈련이라는 성격이 짙습니다. 이런 이유로 모두에게는 반드시 필요한 시간이라 할 수 있는데 지금까지 이 대련에 참여하지 않은 사람들이 있으니 그런 사람들에게 대련의 시간을 가지고자 하니 허락해 주셨으면 합니다."

악의명의 말이 틀리지 않아 장천은 고개를 끄덕이며 말했다.

"악 대협의 말씀이 틀리지 않은 듯하니 그리하도록 하십시오."

그 말에 악의명은 회심의 미소를 짓고는 장천의 옆에 있는 동방명언을 보며 말했다.

"쌍도문의 동방 대협께서는 지금까지 대련에 한 번도 참여하시지 않은 것으로 알고 있는데, 이번에 한 수 가르쳐 주시는 것이 어떻습니까?"

역시나 악의명은 어제의 일이 풀리지 않은 듯 동방명언을 걸고 넘어졌다.

서기를 맡고 있던 동방명언은 의외라는 생각이 들긴 했지만 그것도 잠시였고 재밌다는 생각이 들었다.

"악 대협께서 저의 상대를 해주신다면 기꺼이 받아들이지요."

"뭣이! 네까짓 것이 감히 화산 악 대협의 상대가 될 것이라 생각하느냐!"

동방명언의 말에 노기를 드러내며 화를 낸 것은 오히려 그의 무리에 있는 자들이었는데 악의명은 그를 막고는 미소를 지으며 말했다.

"본인이라도 좋다면 받아들이도록 하지요."

동방명언이 자신을 상대하겠다는 말에 악의명 역시 벼르고 있었던 일이어서 그의 말을 받아들이고는 연무장으로 걸어나왔다.

"명언, 괜찮겠어?"

"물론."

데비드의 말에 동방명언은 걱정 말라는 투로 이야기하고는 가볍게 몸을 날리자 마치 새가 하늘을 날아오르는 것같이 유려한 모습을 보여 사람들의 입에선 탄성이 흘러나왔다.

지금까지 서기라는 입장에서 단 한 번도 본신의 무공을 드러낸 적이 없었는데, 지금의 경공술은 상당한 수준임을 말해 주고 있었다.

악의명 역시 그의 경공에 조금 놀라기는 했지만 그리 긴장하지는 않았다. 검술이라면 후기지수의 어느 누구에게도 뒤지지 않을 자신이 있었기 때문이다.

연무장으로 착지한 동방명언은 무엇인가를 곰곰이 생각하는 듯하다 악의명을 보며 말했다.

"그냥 겨루는 것은 조금 허전하지 않습니까?"

"허전하다?"

"예. 간단히 대련으로 끝난다면 재미없는 대련이 될 것 같으니 하나의 조건을 거는 것이 어떻습니까?"

"조건이라… 그래, 무슨 조건을 거실 생각입니까?"

그의 말에 악의명은 그리 나쁘지 않다는 생각에 물어보았고 동방명언은 미소를 지으며 말했다.

"이 대련에서의 패자는 삼 년간 승자의 말에 복종하는 것입니다."

"승자의 말에 복종?"

악의명으로선 그가 무엇을 생각하는지 모르겠지만 일단 그의 조건이 그리 나쁘지는 않다는 생각이 들었다.

동방명언이 서기의 좌에 있다고는 하지만 그의 주위로는 청의단의 단주를 비롯하여 뛰어난 자들이 많았다.

악의명은 현재 청의단의 네 명의 대주 중 한 사람이지만 청의단 수뇌에서의 힘은 약하다 할 수 있었다. 서기인 동방명언이 자신에게 복종한다면 수뇌에서의 자신의 발언권이 높아질 수 있었기에 그의 청을 받아들였다.

"좋소이다."

악의명이 자신의 뜻을 받아들이자 동방명언은 허리에서 검을 뽑아 들었다. 악의명 역시 천천히 자신의 검을 받아 들었다.

악의명이 들고 있는 검은 자신의 부친인 화산의 문주가 선물한 십매검이라는 보검으로 검신이 드러나자 푸른 예기가 흐르고 있었다.

이에 반해 동방명언의 검은 장천이 마련해 준 검으로 뛰어난 검이기는 했으나 십매검에 비한다면 보잘것없다고 할 수 있는 검이었다.

검뿐 아니라 화산은 무당과 함께 구파일방에서 검으로 그 이름이 높은 문파였으니 검과 검의 대결에서 어느 누구도 동방명언이 승리할 것이라 생각하지 않았다.

이러한 모습에 데비드 역시 걱정되지 않을 수 없었다. 동방명언의 무공의 정도를 알고는 있지만 화산의 악의명이라면 쉬운 상대가 아니기 때문이다.

"천아… 명언이가 이길 수 있을까?"

"글쎄… 악의명의 검술 실력은 초식의 정교함에선 무진 형을 앞서고 있다지만, 명언이 역시 교내에서 검술로는 이름을 날렸으니 한번 해볼 만하다고 생각되는군."

장천의 홍련교 의형제 중 검술에서 가장 뛰어난 자질을 보인 사람이 동방명언이었기에 누가 이길 것인지 예측할 수 없었다.

악의명은 예상했던 대로 매화삼십육검(梅花三十六劍)의 자세를 취하고 있었고 동방명언은 겉으로는 육합검법의 기수식을 취하고 있었지만 대련이 시작되면 어떠한 검법으로 바뀔지 알 수 없는 일이었다.

홍련교의 무고에도 정파의 검법서가 있었기에 그중 하나를 사용할 것이라는 건 예측할 수 있었다.

"자, 먼저 공격하시지요."

검에 대한 자신감이 있는 표정으로 악의명은 명언을 보며 먼저 선공을 가하라는 듯 말을 건넸다. 이에 동방명언은 미소 지으며 답했다.

"사양하지 않겠습니다."

그 말과 함께 앞으로 몸을 날린 명언은 그대로 상대를 향해 검을 내질렀다. 하지만 놀랍게도 그가 시전하고 있는 것은 많은 이들이 알고 있는 육합검법이었다.

육합검법은 많은 중소문파에서 검을 익힐 때 기초로 사용하는 검법
으로 위력은 높지 않았지만 검법에 필요한 것은 다 담겨져 있었다. 그
런 이유로 동방명언이 내지른 검은 지극히 정통적인 모습을 가지고 있
었지만 변초가 많은 화산의 검법을 익히고 있는 악의명에겐 그저 우스
울 뿐이었다.

"흥!"

녀석의 검을 보며 악의명은 매화풍변(梅花風變)의 초식을 사용하였
다. 검끝이 바르르 떨리는가 싶더니 순식간에 이십여 개의 검영이 일
렁이며 동방명언을 향해 밀려갔다.

하지만 동방명언은 그 기세에 눌리지 않고 자신을 향해 밀려오는 검
을 피할 생각 없이 맞섰다. 순간 날카로운 소리와 함께 두 사람의 검은
멈추어졌다.

"헉!"

놀랍게도 동방명언의 검끝은 악의명이 내지른 검끝과 마주쳐 있었
다. 검끝과 검끝이 이렇게 부딪쳐 서로의 검공이 막힌다는 것은 두 사
람 모두 정교한 검술을 시전하고 있다는 뜻이었다.

두 사람은 검끝이 마주치자 내력을 사용하여 상대를 밀어붙였다. 만
약 이 마주침에서 물러서거나 피하는 이는 상대의 검공을 받을 것이
뻔한 일이었다.

하지만 두 사람의 내력은 서로 비등한 모습을 보이고 있어 악의명은
크게 놀랄 수밖에 없었다.

그는 어린 시절부터 화산의 내력심법인 자하신공을 익히고 있었기

에 화산의 후기지수 중 어떠한 이보다 내력이 출중했다. 그런데 쌍도 문에서 이름도 없던 놈이 자신과 비슷한 내력을 가지고 있으니 어찌 놀라지 않을 수 있겠는가.

물론 그가 모르는 것이 있다면 동방명언과 데비드는 장춘삼이 특별히 청심단을 세 환씩 나누어 준 덕에 홍련교에 있을 때보다 내력이 상당히 증가했다는 것이다.

홍련교의 무공은 오랜 역사가 있어 구파일방과 비교해도 뒤지지 않았다. 구시독인이라는 고수에게 인정받을 정도로 뛰어난 자질을 지녔던 동방명언이었던 만큼 악의명과 비교해도 자질에서 역시 뒤지지 않았다.

어느 정도 무공을 지녔다고는 알고 있었지만 실제로 부딪치니 결코 경시할 수 있는 자가 아니라는 것을 안 악의명은 마음을 다진 후 손목을 살짝 비틀었다.

그 순간, 그의 검은 바르르 떨리며 사방에 바람 소리를 만들어냈고 이내 동방명언의 검에까지 그 진동이 밀려들어 갔다.

"큭!"

강렬한 진동이 밀려오자 동방명언으로선 크게 당황할 수밖에 없었다.

악의명의 검은 검끝에서 비껴 나가는가 싶더니 휘어짐과 동시에 그의 검면을 튕겨내면서 일직선으로 동방명언의 가슴을 향해 밀려들어 갔기 때문이다.

'과연 화산 제일의 후기지수로군!'

하지만 이대로 패배할 생각은 없는 그였기에 급히 검의 손잡이로 악의명의 검을 튕기고는 그대로 오른쪽을 향해 몸을 회전하며 상대의 어깨에 검을 내질렀다.

두 사람 모두 정교한 초식을 장기로 하는 무인인 만큼 한 치의 실수도 용납되지 않는 대결을 벌이고 있었다.

어깨로 밀려오는 검을 보며 악의명 역시 오른쪽으로 몸을 돌려 스치듯 그의 검을 피했고 두 사람의 신형은 서로 스쳐 지나가는 듯한 모습을 보였다.

"한수 재간은 있나 보군."

"글쎄요."

악 대협의 말에 동방명언은 미소 지으며 대답했다. 그리고 그대로 손목을 회전하며 상대를 공격해 갔다. 이에 악의명은 몸을 앞으로 숙이는가 싶더니 아래에서 위로 빠르게 검을 올려 내질렀다.

두 사람은 쉴 새 없이 빠른 초식을 시전하며 상대를 공격했지만 이십여 초식이 흐르도록 어느 한 사람도 상대의 옷깃조차 스치지 못하고 있었기에 이들의 대련을 보고 있던 사람들의 입에서 탄성이 사라지지 않았다.

검이 보이지도 않는 공방전임에도 온몸에 다 눈이 달려 있는 것과 같은 모습이니 어찌 놀라지 않을 수 있겠는가? 이들의 대련에 곽무진은 흉내도 내지 못할 것이란 생각에 혀를 내두르고 있었다.

"명언의 검이 저렇듯 정교할 줄은 몰랐구나."

"검에 대한 자질은 우리 의형제 중 가장 뛰어났으니까요. 하지만 아무래도 명언이가 불리한 것 같습니다."

"명언이가?"

"예, 악의명의 검은 십매검이라는 보검인 데 반해 명언이의 검은 평범한 검이니까요. 몇 번의 마주침밖에 없었지만 벌써부터 명언의 검 상태가 좋지 않은 듯 보이는군요."

"음… 그렇군."

장천의 말에 곽무진 역시 그것을 발견하고는 미간을 찌푸렸다. 잠시 후 날카로운 소리와 함께 두 사람 사이에서 무엇인가가 회전하며 땅바닥에 떨구어졌다.

바로 부러진 동방명언의 검이었기에 미간이 찌푸려질 수밖에 없었다.

"이런 검이 부러졌군요."

악의명은 잘려진 그의 검을 보고 고개를 내저으며 말했고 이에 동방명언은 반 토막이 남은 검으로 자세를 잡았다.

"흔히 있는 일이니 너무 신경 쓰지 마십시오."

"아니, 정당한 대결을 하고 싶소. 검을 바꾸시오."

"……."

악의명은 그의 말에 검을 바꾸라 말했다. 이에 동방명언으로선 조금 자존심이 상하기는 했지만 이번 싸움에서 질 수는 없는지라 검을 바꾸기 위해 장천을 향해 걸음을 옮겼다.

"천아, 검을 좀 빌려줄래?"

하지만 장천은 검을 함부로 내어줄 수가 없었다. 그가 들고 있는 검은 십대신병의 하나인 냉혈검, 다른 신병과는 달리 냉혈검은 음기공을 익히지 않으면 뇌까지 냉기가 밀려들어 와 광기에 젖는 마검이었던 것이다.

"검을 빌려주고는 싶지만… 냉혈검은 너무 위험하다."

쌍도문의 이준마저 건디지 못할 정도의 검을 의형제에게 빌려줄 수는 없어 장천은 고개를 저었다. 이때 옆에 있던 곽무진이 자신의 검을 그에게 던져 주었다.

"십매검과 비교해도 결코 뒤지지 않는 검이니 이것을 쓰도록 해라."

"감사합니다."

곽무진이 검을 던져 주자 명언은 감사의 인사를 하고는 연무장으로 다시 걸음을 옮겼다.

하지만 이에 악의명은 조소를 흘렸다. 도법으로 이름을 떨친 쌍도문에 제대로 된 검이 있을 리 없었기 때문이다.

"그 검으로 오래 버틸 수 있기를 빌겠습니다."

"글쎄요."

악의명의 말에 동방명언은 무표정한 모습으로 검을 뽑아 들었다. 그 순간 그는 크게 놀랄 수밖에 없었다.

검을 뽑자 느껴지는 예기가 십매검에 못지않은 것은 둘째 치더라도 검이 완전히 드러나자 절로 내력이 늘어난 듯 착각을 불러일으키고 있었기 때문이다.

그와 함께 검에서 흐르는 청아한 향기는 정신을 맑게 해주어 이것이 결코 범상한 검이 아님을 알 수 있었다.

동방명언과 맞서는 악의명 역시 크게 놀랄 수밖에 없었다. 화산의 무인인 만큼 검에 대한 관심도 누구보다 컸기에 그가 들고 있는 검이 단순히 명검의 수준을 뛰어넘고 있음을 알 수 있었던 것이다.

'쌍도문에 저런 검이 있으리라고는… 십매검 역시 보검에 속하는

데… 저 검은 십매검보다 더 뛰어난 듯하군.'

동방명언이 들고 있는 검은 바로 무림십대신병의 하나인 파사신검이었다. 십매검과는 비교도 할 수 없는 검이라 할 수 있다.

상대가 생각지도 못한 보검을 빌려오자 긴장한 것은 악의명이었다. 지금까지는 검의 예리함으로 유리한 싸움을 하고 있었는데 상대가 파사신검을 들고 옴으로써 그러한 것이 역전되어 버렸기 때문이다.

하지만 자신이 질 것이라고는 생각지 않는 악의명이었다.

"합!"

두 사람은 또다시 검을 들어 상대를 공격해 들어갔다. 전과 다른 것이 있다면 악의명의 변초가 더욱 심해졌다는 것이다.

그의 초식은 쉴 새 없이 동방명언을 공격해 들어갔는데 워낙 검영이 난무하는지라 어느 것이 변초이고 또 어느 것이 실초인지 알아채는 이는 손가락에 꼽힐 정도였다.

변초가 난무하는 악의명의 공격에 동방명언은 잠시 밀리는 듯한 모습을 보였지만 잠시 후 그의 움직임은 안정되어 가며 그의 공격에 대항하여 정적인 검법을 취해갔다.

그의 변초가 현란하기는 했지만 동방명언에게는 실초의 움직임이 뚜렷하게 보였다. 홍련교에서 검술에 치중했던 그는 구파일방 중 검술이 뛰어난 무당과 화산의 무공을 연구한 적이 있었기 때문이다.

화산파 특유의 현란한 검술의 상극이라 한다면 같은 구파일방의 하나인 무당의 검술이었기에, 육합검법을 시전하던 그는 칠십이초요지유검(七十二招繞指柔劍)으로 검을 변화하여 악의명에게 대치했다.

이 검법은 무당에서도 상승에 속하는 검법이었기에 이것을 지켜보고 있던 무당의 도인들은 크게 놀랄 수밖에 없었다.

"저건 칠십이초요지유검이 아닌가?"

"어떻게 동방 서기가 저 검술을?"

그들로서는 무당의 검법을 시전하고 있는 동방명언이 어떻게 그 무공을 익히고 있는지 알 도리가 없었다.

사실 이 무공은 홍련교에 유일하게 소장되어 있는 무당의 상승 검법으로, 동방명언은 무당의 검법을 연구하기 위해 이 초식을 수년간 연구해 왔다.

이런 이유로 무공을 시전하는 것도 그리 어려운 것이 아니었는데, 그의 손에서 부드러운 검술이 밀려오자 악의명은 크게 당황할 수밖에 없었다.

'이것은 무당의 검술이 아닌가? 어떻게 이자가! 이거 생각보다 어렵게 된 것 같군.'

화산의 검법이 무당의 검법을 이기지 못한 것은 무당의 부드러운 초식이 변초가 많은 화산의 검을 효과적으로 방어할 수 있었기 때문이다.

시간이 지나자 악의명은 점점 밀려가기 시작했고 이를 악문 그는 지금 자신이 시전하고 있는 검법보다 상승의 검법을 시전할 수밖에 없었다.

"낙영검법(落英劍法)!"

그가 낙영검법을 시전하자 검은 마치 꽃봉오리를 그리는 것처럼 움직이며 동방명언을 향해 밀려갔다. 그러자 한순간 밀리고 있던 그는 다시 상대를 압박하기 시작했다.

'낙영검법이라……'

낙영검법은 화산에서도 신분이 높은 사람들만 익히는 검법으로 동방명언조차 이 검법을 보는 것은 이번이 처음이었다.

무당의 검법으로 그의 초식을 막아서고는 있었지만 워낙 그 움직임이 현란하여 혼자 힘으로 익힌 그의 검법은 밀릴 수밖에 없었다.

이렇게 된다면 남은 것은 홍련십팔검뿐인데, 이 검법을 시전하게 된다면 자신이 홍련교의 출신이라는 것이 밝혀질까 두려움이 들었다.

하지만 이대로 진다면 죽도 밥도 되지 않는다는 것을 알고 있는 동방명언은 마음을 가다듬고는 홍련십팔검의 초식을 시전했다.

"연지개화(蓮池開花)!"

무당의 부드러운 검술에서 홍련십팔검으로 변화하자 그의 검은 날카롭게 흔들리는가 싶더니 빠른 속도로 밀려들어 갔고, 악의명은 초식의 변화를 눈치 채고는 급히 일보 뒤로 물러서며 그의 검을 피했다.

악의명이 물러서자 동방명언은 녀석을 밀어붙일 요량으로 홍련십팔검의 마지막 초식을 시전했다.

"홍련만개(紅蓮萬開)!"

그 순간 동방명언의 검은 수십 개로 분화하는가 싶더니 일제히 악의명을 향해 밀려들어 갔다. 이에 놀란 악의명은 급히 검을 회전하며 그의 공격을 막기 시작했으나 다음 순간 날카로운 소리와 함께 두 사람 사이에서 무엇인가가 튕겨져 날아갔다.

"헉!"

놀랍게도 그것은 악의명이 들고 있던 보검, 십매검의 반 토막이었다. 악의명은 자신의 검이 부러지자 황당함을 감출 수가 없었다. 상대 역시 보검이라는 것은 알고 있었지만 십매검을 부러뜨릴 정도의 검이라고는 생각지도 못했기 때문이다.

"이런 악 대협의 검 역시 부러진 것 같군요."

"크윽……"

동방명언의 말에 악의명은 입술을 깨물 수밖에 없었다. 십매검이 부러진 이상 현재 이곳에서 상대가 들고 있는 검 이상의 것은 찾을 수가 없었기 때문이다.

일이 이렇게 되니 자신의 패배를 인정할 수밖에 없었는데, 그때 동방명언이 검을 검집에 넣고는 미소 지으며 말했다.

"우리 두 사람 모두 검이 부러졌으니 이번 승부는 무승부이군요."

"무승부?"

"예, 검이 부러진 두 번 모두 초식의 유리함보다는 검의 유리함에 많이 좌우되었던 게 사실이 아닙니까."

"음……"

확실히 동방명언의 검과 자신의 검이 부러진 것은 검의 예리함 때문이었지 초식의 우세는 아니었다.

"저로서는 악 대협의 초식의 정교함을 따를 수가 없었는데 곽 대협께서 빌려주신 검으로 간신히 무승부를 할 수 있었다는 것에 안심할 뿐입니다."

"음… 그럼 저도 이만……"

미소 지으며 말하는 동방명언을 보며 악의명 역시 포권을 하고는 부러진 검 조각을 들고 무리 속으로 도망치듯 걸음을 옮겼다.

무승부로 대결을 끝낸 동방명언은 무진의 앞으로 다가가서 검을 돌려주며 말했다.

"검을 빌려주셔서 간신히 무승부를 이끌 수 있었습니다. 곽 대협께 감사드립니다."

"별말을 다하네."

"수고했다, 명언."

"그래, 이 정도면 악의명은 나에게 하나의 빚을 진 것이 되니 한두 번 정도는 일을 이끌어가기 편할 것 같다."

"응. 하지만 문제는 이백인데… 이자는 또 어떻게 처리해야 될지 갑갑하단 말이야."

확실히 악의명은 이번 대련으로 어찌할 수 있겠지만 중소문파들의 우두머리 이백은 그리 쉬운 인물이 아니었다.

무공은 악의명이나 동방명언에 비해 아래라고는 하지만 인의로 명성을 얻은 인물이기 때문이다.

"듣자 하니 이백의 여동생 역시 청의단에 있다 하는데, 사실이야?"

곰곰이 생각에 잠겨 있던 장천은 동방명언을 보며 물었다. 그는 고개를 끄덕이며 말했다.

"응, 청의단의 백화대에 속해 있다 들었어."

"그렇다면 이번에는 유향 소저께 부탁을 해야겠군."

항산파의 유향은 과거 이준과의 일 때문에 서로 면식이 있었는데 장천이 청의단의 단주가 되자 상당히 친한 사이가 되었다.

청의단의 대련을 마친 장천은 항산파의 유향을 만났다.

"무슨 일로 저를 찾으셨습니까?"

"유향 여협에게 한 가지 부탁드릴 일이 있습니다."

"부탁이요?"

"듣자 하니 백화대에 이백 대협의 여동생이 있다 들었는데……."

"아! 이매를 말씀하시는 것이군요."

"아시는 사이십니까?"

그녀를 이매라 부르는 것을 보며 장천은 혹시나 하는 생각에 물어보았다. 그녀는 고개를 끄덕이며 말했다.

"예, 이매는 과거 항산파에 들어가기 전에 친하게 지냈어요."

"아! 그러고 보니 유향 여협과 이백 대협이 동향이었군요."

"저희 집과 이백 대협의 영하문과는 옛날부터 친분이 있었어요."

"그것 참 잘됐군요. 실례가 되지 않는다면 유향 여협께서 한 가지 일을 해주셨으면 합니다."

"한 가지 일이라면?"

"본문의 곽 사질이 아내를 잃은 후 쓸쓸하게 지냈는데… 우연히 이백 대협의 여동생 분을 본 모양입니다. 어찌 된 일인지 한눈에 반했으니 두 사람의 만남을 주선했으면 해서요."

"……."

장천은 이 기회에 홀아비 무진을 장가보내야겠다는 생각에 말을 꺼낸 것인데, 그 말에 유향은 잠시간 멍하니 할 말을 잃은 표정을 지었다.

"왜 그런 표정을……?"

"휴~ 장 단주님."

"예."

"솔직히 말하세요. 곽 사질이란 사람이 이매를 만났다는 말, 거짓이 아닌가요?"

"예?"

갑자기 그녀가 이렇게 나오자 장천은 조금 당황할 수밖에 없었다.

"휴~ 장 단주님은 이매의 얼굴조차 본 적이 없는가 보군요."

"…설마……."

"예. 이매는 지금껏 영하문에서 여기저기 짝을 지어주기 위해 수소문하고 있지만 워낙 박색인지라 혼기가 지난 나이에도 상대가 없는 아이예요."

"……."

예상 밖의 일이었다. 인의 대협이라는 이백은 외모 또한 출중하여 그 여동생이란 아이도 어여쁠 것이라 생각했는데 그녀가 이름난 추녀라니 유향이 황당해함은 당연한 일이었다.

"하하하, 이거… 쑥스럽군……."

그 때문에 장천은 뒤통수를 긁적이며 계획을 전면 수정할 수밖에 없었다. 이대로 진행했다가는 곽무진에게 맞아 죽을 것이 눈에 선했기 때문이다.

"단 내의 문제라면 제가 어떻게든 해볼게요."

"예? 어떻게든 해보다니요?"

"단주님도 참~ 이매와 어렸을 때부터 친분이 있다고 한다면 당연히 이매 오빠인 이백 대협과도 친분이 있을 것은 당연한 것이 아닌가요?"

"아, 이런!"

그녀의 말에 그제야 알게 된 장천은 머리를 두드리며 멍청함을 탓할 수밖에 없었다.

"그 대신 일이 성사되면 장 단주께서는 저에게 큰 빚을 지게 됨을 잘 알아두세요."

"아! 예. 잘만 되면 청의단의 멋진 남자들 모두 유향 여협의 종이 되게 하겠습니다."

"호호호, 단주님도 참!"

장천의 말에 유향은 간드러진 웃음을 터뜨리고는 물러갔고 그녀가 사라지자 장천은 크게 안도의 한숨을 내쉬었다.

"휴~ 간 떨어질 뻔했네. 그나저나 유향 소저가 잘 해주어야 하는데……."

대충 마음을 가라앉힌 장천은 곽무진들이 있는 곳으로 걸음을 옮겼다.

대련이 끝난 후 이들은 청의단의 임시로 만들어진 주점에 가 있었는데 장천이 들어오자 곽무진이 반가운 표정으로 손을 흔들었다.

"여기야, 여기!"

곽무진이 손을 흔들자 장천은 그를 발견하곤 걸음을 옮겼고 그곳에서 매일 모이던 사람이 아닌 다른 사람이 있는 것을 볼 수 있었다.

"이분은?"

"이런. 어제 봤잖아, 새로 청의단에 오신 분들."

"아! 이제야 생각이 나는군. 이렇게 뵙게 되니 반갑습니다. 청의단의 단주 장천이라 합니다."

"낭아문의 문규라 합니다. 단주님을 이렇게 뵙게 되니 저희가 영광입니다."

사람들과 같이 있던 사람은 바로 동방명언이 이야기했던 낭아문의 사람들이기에 장천은 가볍게 인사를 나누고는 자리에 앉았다.

"낭아문의 분들께서 주점에 계시는 것을 보고 합석하게 됐지."

"잘하긴 했는데 무진 형이 그런 말을 하는 것은 무슨 다른 꿍꿍이가 있는 것 같단 말이야."

"응? 이 녀석이!"

"하하하!"

장천의 농에 다른 사람들은 모두 크게 대소를 터뜨렸는데 당사자인 곽무진과 은연중에 끼어 있는 낭아문의 장민은 얼굴을 붉히고 말았다.

"그래, 무슨 이야기들을 하고 있었지?"

"낮에 있었던 대련, 솔직히 난 화산의 악 대협이나 여기 있는 동방 소협의 검을 보고 놀랐다니까."

곽무진의 말에 동방명언은 미소를 지으며 말했다.

"저의 경우에는 그저 초식이 정교함에 신경을 남들보다 더 쓰고 있을 뿐입니다. 그런 것 때문인지 곽 형님의 강맹할 정도의 검은 저에겐 상극이라 대련을 할 때마다 소름이 끼쳤던 것을 알고 계신지 모르겠군요."

"자네가 그렇게 말해 주니 고맙군. 자, 상으로 한잔 받게나."

"감사히 받겠습니다."

"하하하하."

두 사람이 서로를 추켜세우며 화기애애한 분위기를 이끌어가자 다른 이들 역시 술을 나누며 시간을 보냈다. 분위기기 무르익어 가자 데 비드가 문규를 보며 물었다.

"솔직히 세외에서 온 사람이라 중원의 문파에 대해서는 잘 모릅니다. 낭아문 역시 아직 견식이 짧아 자세한 것은 알지 못하는 것이 사실인데, 이런 저에게 문 대협께서 견문을 넓혀주시지 않겠습니까?"

데비드의 이런 말은 어떻게 보면 예의에 어긋나다 할 수 있었다. 하지만 외모에서 보이는 대로 세외에서 온 사람이 중원의 예의에는 익숙하지 않다는 생각이 들었다.

하지만 이러한 것은 바로 동방명언이 노리고 있는 것이었다. 데비드가 아직 중원의 예의에 익숙하지 않다는 것을 이용하여 문규의 실력을 살펴보고자 한 것이다.

데비드의 말에 문규는 잠시 망설이는 듯한 표정을 보이다가 잠시 후 크게 숨을 내쉰 후 말했다.

"알겠습니다. 그렇다면 주흥을 돋우기 위해 어설프지만 한번 생각한 것을 해보겠습니다."

문규는 그 말과 함께 천천히 자신의 잔을 들어 그대로 장천에게 건네었고 장천은 이유는 모르지만 일단 잔을 받았다.

"자, 한잔 드시지요."

문규는 장천을 보며 미소 짓고는 술 단지를 들어 그에게 술을 따라주었다. 그 순간 사람들은 놀란 표정을 지었다.

놀랍게도 문규가 따르는 술이 잔을 채우며 뿌연 안개를 만들어가고 있었기 때문이다. 마치 안개가 잔을 가리는 것과 같은 모습에 장천은 곰곰이 그것을 생각해 보다가 천천히 왼손의 검지를 술잔 위에 올려놓았고 그러자 안개는 거짓말같이 사라져 갔다.

"오~ 놀랍군요!"

장천은 검지에서 느껴지는 감각으로 방금 전의 상황을 알 수 있었다. 문규는 장천에게 잔을 건네주면서 따르던 술에 내력을 주입하여 잔 안에 넣어 빠른 속도로 맴돌게 한 것이다.

그런 이유로 술잔을 잡고 있는 장천은 알지 못했지만, 술잔 안에선 빠른 공기 회전이 일고 있었고 너무나 빠른 회전에 안개가 만들어졌던 것이다.

"어설프지만 좋게 봐주시니 감사합니다."

문규의 말에 장천은 미소 짓고는 술잔에 술을 따라 그에게 건네주며 말했다.

"멋진 묘기를 보여주신 것에 감사드립니다."

"……."

문규는 장천이 따라준 술을 잠시 보다가 무슨 생각이 들었는지 술을 천천히 마셨고, 잠시 후 크게 경악한 표정을 지으며 장천을 쳐다보았다.

"과연 단주님이십니다."

"문규님이 보여주신 것에 비하면 장난일 뿐이지요."

사람들은 둘 사이에 무슨 일이 있었는지 알 수 없었기에 궁금한 표정을 지었다. 그러자 옆에 있는 장민이 문규를 보며 물었다.

"도대체 뭔데 그렇게 놀라는 거예요?"

"단주님이 따라주신 술에는 두 가지 음양의 기운이 들어 있었다. 윗부분은 따뜻하게 데운 술이었는데 아랫부분은 마치 얼음에 넣어둔 것처럼 차갑기 그지없더구나."

"아!"

그제야 장민은 문규가 그렇게 놀란 이유를 알 수 있었다. 내력으로 술을 덥히는 것은 자신 역시 그리 어려운 일이 아니었고 술을 차갑게 하는 것은 음한 무공을 익히면 가능한 일이나, 이 두 가지 기운을 한 잔의 술에 모두 담는다는 것은 어려운 일이었다.

술과 같은 액체는 내부의 기운이 움직이기 때문에 찬 기운과 따뜻한 기운이 섞일 수밖에 없었는데, 작은 술잔의 술로 이 두 가지 기운이 섞이지 않게 유지한다는 것은 상당히 고난도의 수법이 필요한 것이다.

문규의 말에 사람들은 크게 놀란 표정을 지으며 감탄했고, 곽무진 역시 그대로 볼 수만은 없다는 듯 갑자기 술 단지를 들며 말했다.

"자자! 나도 한수 보여주지! 모두 술잔이나 비워두라고!"

곽무진의 말에 사람들은 그가 무엇을 하려 하는 것일까 하는 생각에 술잔을 비워 내려놓자 그는 갑자기 오른손으로 단지의 밑바닥을 잡고는 그것을 빠른 속도로 회전시키기 시작했다.

단지 술 단지를 돌리는 것을 보이는 것은 아니라는 생각에 사람들은 주의 깊게 그가 하는 것을 지켜보았다. 그러자 다음 순간 술 단지의 입구에서 물방울이 튀어 오르듯 술이 튀어나와 자리에 있는 사람들의 술잔을 채워 나갔다.

물방울이 떨어지는 기세가 강해 사람들은 혹시나 술이 밖으로 튀는 것은 아닐까 생각했다. 그러나 튀어나간 술이 술잔의 옆을 미끄러지듯이 흘러서 한 방울도 흘러나오지 않자 사람들은 크게 탄성을 내지르기 시작했다.

"굉장하군!"

"무진 형의 선풍도의 수법이군요."

"역시 천이는 한 번에 알아보는구나."

"그럼요. 본문에서 정식 도법으로 인정받은 무공을 제가 왜 모르겠어요."

곽무진의 말에 장천은 미소 지으며 말했다. 이어 다른 사람 역시 하나둘씩 자신의 솜씨를 보여주었고 술자리는 절로 흥이 날 수밖에 없었다.

하지만 문규는 겉으론 웃고 있었지만 마음속으로는 그렇지 못했다. 장천의 곁에 있는 청의단의 무리들이 하나같이 상당한 무공을 소유하고 있었기 때문이다.

'과연 소문주님이시군. 같이 있는 자 중에 약한 자가 없으니 말이야. 아무래도 이자들의 솜씨를 보니 문에서 다른 명령이 내려온다면 그것을 수행하기가 어렵겠구나.'

물론 문규 자신이야 장천을 제외하면 이곳에 있는 자 모두를 이길 수 있다 생각했으나 적어도 백초 안에는 어떤 이도 쓰러뜨릴 수 없기에 그런 생각을 한 것이다.

간단히 술자리가 끝난 다음날 장천은 악의명과 이백을 불러들였고 두 사람의 모습을 본 장천은 자신도 모르게 실소를 터뜨릴 수밖에 없었다.

악의명이나 이백 모두 어제 제대로 잠을 이루지 못했는지 눈이 부어 있었기 때문이다.

"어젯밤 잠을 설치셨나 보군요."

"아! 그런 일이 있었습니다."

장천의 말에 두 사람은 그저 일이 있었다는 식으로 회피했다. 이들이 부은 눈으로 나타난 이유는 악의명이야 어제의 대련 때문이었고 이백은 유향에게 밤새 들들 볶였던 탓이었다.

이백의 부친인 영하문의 문주 이성과 유향의 부친인 유가장의 주인 유영성은 죽마고우였기에 자연히 이백과 유향도 친할 수밖에 없었다.

영하문이 재정 문제로 위기에 처했을 때 다른 이들은 이성에게 어떠한 도움도 주지 않았지만 유영성은 가산으로 있던 땅을 대부분 팔아 그에게 도움을 줄 정도로 두 사람의 친분은 두터웠다.

이런 상황이다 보니 유향이 자신을 들들 볶자 오랜 시간 지냈던 정도 있거니와 두 가문의 친분도 있었기에 이러지도 저러지도 못하고 밤을 새고 말았던 것이다.

또 거기에다 이백은 오랜 시간 오누이처럼 지내왔던 유향에게 상당한 관심을 가지고 있어 자칫 그녀가 화를 내지 않을까 전전긍긍 더욱 고민하게 된 것이다.

"그런데 무슨 일로 저희들을 찾으셨습니까?"

두 사람의 말에 장천은 길게 한숨을 내쉬고는 말했다.

"솔직히 말해 저로서는 청의단을 이끌어가는 것이 힘들 수밖에 없습니다. 두 분 역시 아시다시피 청의단의 정파 후기지수들은 몇 가지 일 때문에 서로 힘을 합치려 하지 않으니 멸천문과의 대전을 앞두고 답답한 마음이 가득합니다."

장천의 말에 두 사람은 미간을 찌푸렸다.

사실 청의단의 일이 이렇게 어렵게 된 것은 장천의 탓도 있었다. 정무맹이 결성되기 전까지는 어느 누구도 알지 못했던 사람이 무당의 위기 때 처음 그 모습을 드러내며 순식간에 단주의 직위까지 올랐기 때문이다.

물론 그의 무공이 사람들에게 인정받고 있다고는 하지만 맹 내에서는 쌍도문과 가까웠던 공동파의 문주이자 현 맹주인 천무성자의 입김으로 청의단 단주의 좌에 올랐다는 말이 나돌았다.

이런 이유로 구파일방에서 대외적으로 가장 두각을 나타내던 악의명은 자연히 후기지수들 사이에서의 입지가 떨어지게 된 것이다.

이백의 경우에는 무공이 떨어지기는 하나 인의 대협이란 이름으로 중소문파 사람들의 선두에 서 있었지만 명문 정파와는 사이가 좋지 않았다. 또 장천의 문파인 쌍도문이 중소문파들과 가까운 사이라고는 하나 그들 역시 구파일방의 좌까지 넘보던 거대 문파였기에 장천과 가까이 지내려 하지 않은 것이다.

악의명의 속마음은 그렇게 어려우면 단주의 직위를 내놓으라 말하고 싶었지만 옆에 이백도 있었고 어제 동방명언과의 대결에서 추태를 보였던지라 대놓고 그런 말을 할 수가 없었다.

자신이 그런 말을 한다면 이백이 조소를 해도 할 말이 없기 때문이다.

이런 상황에서 장천이 이렇게 두 사람에게 문제점을 토로함에 악의명은 상황이 어렵다고 생각될 수밖에 없었다. 그 역시 청의단의 한 사람으로 그의 청에 도움을 주지 않겠다는 말은 무리인 것이다.

"단주님께서 이야기하시는 바는 알겠습니다. 하나, 저희로서는 아무리 애를 써도 그저 문파의 이름으로만 먹고 사는 자들 때문에 어려울 수밖에 없습니다."

"문파의 이름으로만 먹고 살아?"

이백의 말에 악의명은 그를 노려보았다. 이에 이백이 그저 조소만을 지을 뿐이라 악의명으로선 분통이 터져 나올 수밖에 없었다.

마음 같아서는 당장이라도 녀석을 후드려 패고 싶었지만, 상황이 상황인 만큼 이만 갈 뿐이었다.

"저희 역시 제 분수도 모르고 날뛰는 자들 때문에 장 대주님의 청을 따르기가 어렵군요."

악의명이 이백의 말에 복수라도 할 모양으로 말하자 이번엔 이백의 미간이 꿈틀거렸다. 두 사람의 모습에 장천은 한숨밖에 나오지 않았다.

"그래서 말인데 이번 멸천문과의 대전 후 전 단주 직에서 물러날까 합니다."

"예?"

장천의 충격적인 말에 두 사람은 동시에 놀란 표정으로 되물었다. 설마 장천이 단주 직에서 물러나리라고는 생각지도 못했기 때문이다.

"원래는 제 능력의 부족함을 느끼고 물러나려 했으나 멸천문과의 싸움이 코앞에 와 있는 지금 물러난다는 것은 책임을 회피하는 것으로밖에 보이지 않기에 그들과의 일전 이후로 결정한 것입니다."

장천의 말에 두 사람은 아무 말도 못했고 그는 계속 말을 이었다.

"이런 이유로 저의 뒤를 이어 단주 직을 맡을 사람이 필요한데 아무래도 두 분 중의 한 분이 저의 뒤를 맡아주셨으면 해서 말입니다."

"음……."

역시나 자신들에게 그런 말이 나오는지라 악의명과 이백은 서로의 눈치를 볼 수밖에 없었다. 이에 장천은 얼씨구나 하는 생각에 계속 말을 이었다.

"솔직히 말씀드리자면 두 분 중 한 분에게 이대로 단주 직을 양보한다면 후에 있을 일이 걱정입니다."

"음……."

"그래서 말씀드리는 것인데 다음번 단주는 저와 부단주인 정운 대사 두 사람이 이번 멸천문과의 대전 결과로 결정하기로 했습니다."

"이번 대전이요?"

"예. 하나, 명심하셔야 할 것은 단순히 그 싸움에서 높은 전과를 이루신 분에게 주어지는 것이 아닙니다."

장천의 말에 두 사람은 다시 되물어볼 수밖에 없었다.

"그렇다면 어떤 것을 보신다는 것입니까?"

"저희들의 싸움이 이번 멸천문과의 싸움으로 끝이 나지 않는다는 것은 두 분 역시 잘 알고 계시니만큼 정운 대사와 저는 전과를 보는 것이 아닌 두 분의 협력을 중점적으로 볼 생각입니다."

"협력이요?"

"예, 이유는 잘 아시리라 생각합니다."

"음……."

장천의 말에 두 사람의 미간은 찌푸려질 수밖에 없었다. 서로 앙숙인 두 사람이기 때문이다.

"제가 말씀 드릴 내용은 여기까지입니다."

그의 말이 끝나자 악의명과 이백은 가볍게 포권하며 나오긴 했지만 상당히 찜찜할 수밖에 없었다.

장천 역시 정파의 무인인 만큼 자신의 입으로 내뱉은 말을 어기지 않는다면 자신들 두 사람 중 한 사람이 단주가 될 것은 분명한 일이기 때문이다.

하지만 그 조건이 전과가 아닌 협력을 본다는 것이라 골치 아픈 일이었다.

단주의 천막을 나온 두 사람은 한참을 그렇게 서 있다 서로를 보며 무슨 말을 하려 했지만 더 이상 말을 못하고 그대로 갈라져 자신들의 처소로 돌아갔다.

두 사람이 사라지자 천막의 한편에 서 있던 동방명언이 장천에게 미소 지으며 말했다.

"생각대로 그들이 움직여 줬으면 좋겠군."

"단주의 자리를 노리던 사람들인 데다가 두 사람 모두 전날 상당히 골치를 썩은 모습이 역력하니 의외로 재밌는 결과가 나올 수도 있을 것 같은데, 뭐."

"그래, 좋게 생각하는 것이 좋지, 뭐."

장천의 말에 고개를 끄덕이는 동방명언이었다.

이날부터 청의단의 진법 수련은 그전보다 상당히 원활하게 돌아갔다. 서로 단주 직을 차지하기 위해 두 무리들이 머리를 숙이고 협력을 보이는 태도가 역력히 드러나고 있었기 때문이다.

장천은 생각보다 일이 잘 풀리는 것에 만족하기는 했지만 과연 이런 것이 멸천문과의 싸움에까지 이어질 수 있을지는 아직 모르는 일이라 마음을 놓을 수는 없었다.

호북의 평원을 길게 가를 듯 늘어져 있는 막사, 군데군데 하늘을 찌를 듯이 솟아 있는 깃발에는 멸(滅)이라는 글자가 쓰여 있었다. 바로 멸천문이 진을 치고 있는 곳이었다.

무림인들이라 보기에 막사들은 질서있는 모습을 보이고 있는 것이 금군이라 보기에도 손색이 없을 정도로 절도가 있었다.

정무맹의 사람들이라도 이 모습을 본다면 입을 다물지 못할 것이었다.

이들 천막의 가운데 다른 것에 비해 두 배는 큰 막사가 있었다. 멸천문의 지휘부 막사로 안으로 들어서자 비단으로 감싼 탁자 뒤로 침상이 놓여 있었고 그 위로 칠 척 거구의 남자가 창을 들어 보이며 중얼거리고 있었다.

침상의 옆에는 이자와는 정반대인 오 척 단신의 남자가 푸른색의 사건을 둘러쓰고 그저 말없이 이자를 지켜보고 있었다.

"이상해… 이상해……."

"무엇이 그리 이상하십니까?"

덩치 큰 무인의 말에 단신의 남자가 묻자 갑자기 자리에서 벌떡 일어선 그는 들고 있던 창을 바닥에 꽂고는 미간을 찌푸리며 말했다.

"뻔히 정무맹의 개들이 이 시기를 놓치지 않을 것임을 알면서도 왜! 왜! 왜! 각 문파의 소집을 분산시키는 거지?"

"글쎄요."

"이 만경(滿鯨)보러 죽으라는 건가?"

"괴창(怪槍) 만경 대협이야 죽으라고 해도 죽을 사람이 아니지 않습니까?"

자신의 말에 단신의 남자가 미소 지으며 말하자 피식 웃음을 터뜨린 만경은 단신의 남자 면전으로 자신의 얼굴을 가까이 가져가 똑같은 표정으로 미소 짓더니 말했다.

"단살척(短殺斥), 너 역시 마찬가지 아니더냐?"

"죽으라 하시면 죽을 수도 있습니다."

"물론 나랑 같이 말이지?"

죽으라 명령하면 죽겠다는 단살척의 말에 만경은 재밌다는 표정으로 답하고는 몸을 돌려 탁자 위에 있는 술 단지를 잡아 단숨에 들이켰다.

"크하하! 술 맛 좋다."

"익덕(益德)이 되시렵니까?"

"크크, 네가 나의 목을 베어 적에게 바치겠느냐?"

"좋은 자리 하나 준다면야 못할 것도 없겠지요."

"좋아! 좋아!"

단살척의 말에 뭐가 그리좋은지 무릎을 치며 기뻐하던 그는 자리에서 벌떡 일어나 그를 보며 말했다.

"이곳으로 오는 무리 중에 가장 숫자가 많은 곳이 어디냐?"

"동정호의 도적들입니다."

"가자!"

"본문에서는 이곳을 지키라 하셨습니다."

"지킬 게 뭐가 있는데?"

"그럼 가지요."

단살척 역시 상부의 명령이 그리 달갑지 않았기에 만경의 반문이 나오자마자 기다렸다는 듯이 대답했다.

괴창 만경, 남해의 해적으로 한때는 이름을 날리던 자로 자신의 도적단이 남해검문과 거경방에 의해 무너지자 혼자 남아 떠돌던 중 멸천문의 수족이 된 자였다.

큰 몸집에 한 자루의 창을 잘 쓰는 그는 남들에게 장비의 환생이라는 말을 듣고 있을 정도였고, 그 역시 가장 존경하는 자가 삼국지의 장비였다.

그의 부관으로 있는 단살척은 놀랍게도 만경을 무너뜨렸다고 할 수 있는 거경방의 총관 직에 있던 사람으로 한때는 만경을 남해에서 몰아내고 거경방의 밀무역을 주도할 정도였으나 방주의 부인을 욕보인 죄로 쫓겨다니다 멸천문으로 들어오게 된 사람이었다.

어찌 보면 두 사람은 서로 상극의 관계였다 할 수 있었지만 상대방에 대한 원망 같은 것은 없었다. 서로 먹고 먹히는 것이 무림의 생리인만큼 그러한 과거의 원한을 길게 늘릴 생각이 없기 때문이었다.

이들 두 사람이 멸천문 본단의 지시를 무시하고 자신들의 생각대로 움직이자 호북 평원으로 모여드는 멸천의 무리를 각개격파하기 위해 움직이던 청의단은 혼란에 빠질 수밖에 없었다.

개방의 보고대로 적들이 나타날 곳을 향해 움직이고 있었지만 소수의 적의 무리들만을 만났을 뿐, 이렇다 할 적을 볼 수 없었기 때문이다.

"개방에서 연락은 왔는가?"

"일단 사람을 보내긴 했으나 아직 소식은 없습니다."

"음……."

청의단의 수뇌부들로선 지금의 사태에 이상한 기분을 느낄 수밖에 없었다. 지금쯤이면 적어도 세 번 정도는 적의 무리들을 발견했어야

했기 때문이다.

하지만 이렇게 수뇌부들이 고민하고 있을 때 이들에게로 황급히 무인 한 사람이 뛰어와 황급한 표정을 지으며 보고를 해왔다.

"헉헉! 단주님, 큰일 났습니다!"

"큰일이라니?"

"남서쪽에서 멸천의 무리들이 몰려오고 있습니다."

"멸천의 무리?"

그의 보고에 수뇌부의 무인들이 모두 밖으로 나가자 아니나 다를까, 서북쪽에서 수많은 인마들이 먼지를 일으키며 청의단을 향해 몰려오고 있었기에 크게 놀랄 수밖에 없었다.

"이런……!"

육안으로만 보아도 그 숫자는 청의단의 두세 배는 족히 넘을 듯했기에 장천은 미간을 찌푸릴 수밖에 없었다.

"모두 진을 정비하라!"

하지만 이대로 당할 수는 없어 대주들에게 지시하여 적과 싸울 준비를 하자 단주인 장천의 명령에 청의단의 무인들은 모두 싸울 준비를 하기 시작했다.

잠시 후, 청의단의 무리들이 구궁진을 이루었을 때 멸천의 무리들은 길게 늘어져 이들을 둘렀는데, 그 숫자가 족히 삼천을 넘어서는 듯했다.

이에 청의단은 절망에 빠질 수밖에 없었다. 개방의 잘못된 정보로 인하여 전멸될 위기에 처했다 할 수 있었기 때문이다.

아직 정무맹에선 이런 소식을 알지 못할 것이 당연해 원군을 기대할 수 없는 입장이었다.

한편 이번 호북 평원에서의 멸천문 수장인 만경은 지금의 상태가 상당히 만족스러웠다. 자신의 독단적인 행동이 상당히 좋은 결과를 만들었기 때문이다.

"단살척."

"아! 예… 녀석들의 기를 보니 정무맹의 후기지수들로 이루어진 청의단이라 생각됩니다."

"청의단? 이런, 하룻강아지들을 상대하게 되었군."

단살척의 말에 만경은 겉으로는 시시하다는 표정을 보이고 있었지만, 내심 이번 싸움에서 녀석들을 섬멸하여 멸천문에서 자신의 입지를 상승시키겠다는 생각을 하고 있었다.

계속된 정무맹과의 싸움에서 멸천문의 패전이 잦아지고 있었기에 문 내의 사정이 그리 좋지 못하였다. 그런 상태에서 그가 후기지수들로 이루어졌긴 하지만 정무맹의 희망이라 할 수 있는 이들을 쓰러뜨린다면 문 내에 좋은 평가를 받을 수 있기 때문이었다.

한편 단살척의 옆에는 두 명의 무인이 무표정한 모습으로 자리하고 있었는데, 평소 당당하던 단살척이 이들의 곁에서 위축되어 있어 만경은 이상한 생각이 들었다.

평소의 단살척은 아무리 위기에 처해 있어도 그렇게 내심을 겉으로 표하는 사람이 아니기 때문이다.

"몸이 좋지 않은가?"

"아… 아닙니다."

방금 전 자신이 불렀을 때도 딴생각을 하는 모습이었기에 만경은 그의 뒤에 있는 두 명의 무인을 쳐다보았다.

단살척이 그들은 문에서 배치된 자신의 부하라 했기에 아무렇지도 않게 넘어가고 있었는데 이들 두 사람은 지금까지 단 한 번도 남들과 이야기하는 것을 보인 적이 없었다.

"단살척과 이야기할 것이 있으니 두 사람은 잠시 자리를 피해줄 수 있겠는가?"

만경은 혹시나 하는 생각에 두 사람에게 말했는데, 그의 주위에 있던 무표정한 무인들은 만경의 말에 고개를 끄덕이고는 뒤로 물러났다.

이들이 사라지자 만경은 미간을 찌푸리며 단살척을 보고 물었다.

"저자들은 누구인가?"

"예?"

"저자들이 누구라고 물었다."

"아… 예… 문에서 저에게 배치한… 부하들입니다."

"부하? 오히려 네 녀석이 저자들의 부하인 듯 보이는구나."

만경의 말에 단살척은 흠칫 몸을 떨었고, 범상치 않은 자들이라는 생각에 그는 자신의 뒤에 있는 자를 불렀다.

"만홍!"

그의 외침에 만홍이라 불리는 자는 포권을 하며 다가왔다. 그는 사촌 동생으로 현재 만경의 개인적인 무사대인 해경단의 부단주에 있는 자였다.

"방금 전 두 녀석의 목을 베어라."

“안 됩니다!”

만경이 두 무사의 목을 베라 지시하자 단살척은 크게 놀란 표정으로 소리쳤고 이에 만경은 미소 지으며 말했다.

“저자들의 정체를 말해 주겠나?”

“그것이… 저… 저분들은 멸천십군 중 두 분이십니다.”

“멸천십군!”

그 말에 만경은 크게 놀랄 수밖에 없었다. 멸천문의 멸천십군은 지금까지 문 내에서 단 한 번도 모습을 보이지 않던 사람들이기 때문이다.

그저 문서상에서나 보았던 이름을 단살척에게 들었으니 만경의 놀람은 당연하다 할 수 있었다. 왜 그들이 이곳에 있는지 이유를 알 수 없었다.

“무슨 일로 멸천십군이 이곳에 있는 거지?”

“그것이… 저 역시 자세한 이유는 알 수 없습니다만 명령을 거부하고 일을 진행시켰던 것 때문에 감시가 붙은 듯합니다.”

“감시? 빌어먹을… 어떻게든 좋게 되면 장땡이지 뭐가 아니꼽다고! 쳇!!”

단살척의 말에 만경은 연신 투덜거렸지만 일단 자신보다 직급이 높은 사람들이니 모르는 척하는 것이 좋다 생각했다.

“어쩔 수 없군. 일단 모르는 척하도록 하지.”

“옳으신 선택입니다.”

단살척은 일단 모르는 척하는 것이 자신과 만경에게도 좋을 것이란 생각에 고개를 끄덕였다.

일단 상부의 명을 어긴 것이 사실이기에 만경은 눈앞에 있는 적을 처리하여 공을 세우는 것이 더 중요하다 생각했다. 하나, 별다른 생각도 없는 그였으니 숫자가 현격히 차이가 나는 만큼 정공을 택하기로 했다.

평원인 만큼 별다른 전술 역시 사용하지 못할 것을 감안한다면 만경의 이러한 선택은 청의단에게 절망적이라고밖에 할 수 없었다.

"와아아아!"

만경의 지시가 떨어지자 삼천의 무사들이 일제히 밀려들어 갔고, 청의단의 무사들은 장천의 명령에 따라 하나로 뭉쳐 싸움을 하기 시작했다.

"암담하군! 합!"

동방명언과 데비드는 장천의 곁에서 멸천문의 무리들을 상대하고 있었지만 쉴 새 없이 밀려드는 적을 보며 암담할 수밖에 없었다.

"단순히 숫자로 밀어붙일 줄은 생각지도 못했군!"

"집단과 집단 간의 싸움에서 숫자만 월등하다면 힘으로 밀어붙이는 것이 가장 좋은 방법이니까."

하지만 이대로 당하고 있을 수만은 없었기에 장천은 이를 악물며 최후의 방법을 선택할 수밖에 없었다. 후기지수들 중에 무공이 뛰어난 자들만을 모아 적의 포위망을 뚫고 후퇴를 하는 것이었다.

"명언! 무공이 높은 자들만을 모아 북쪽의 포위망을 뚫고 나가자!"

"예!"

장천의 명령이 떨어지자 동방명언은 고개를 끄덕이고는 사람들을 불러 모았고 잠시 후 청의단의 무리들 중 실력이 뛰어난 자들이 장천의 곁으로 몰려들었다.

동방명언에게 자세한 내용을 들은 무인들이 일제히 북쪽의 포위망을 향해 돌격해 들어가자 멸천문의 무리들은 크게 흔들리기 시작했다.

"청의단의 녀석들이 북쪽 포위망을 뚫으려고 합니다."

"그 정도는 이미 기다리고 있었지 않은가, 단살척!"

"예."

"해경단의 무사들과 함께 녀석들을 막아라!"

"예!"

마경의 명령을 받은 단살척은 해경단 무사들 이백 명과 함께 북쪽의 포위망을 향해 빠르게 움직였다.

제50장
사로잡힌 장천

멸천문의 포위망을 뚫고 필사의 탈출을 감행하던 청의단은 해경단이 자신들의 앞을 가로막자 큰 위기에 봉착하고 말았다.

멸천문의 다른 무리들과는 달리 해경단은 문파에서 직접 무공을 전수받은 정예 무사들로 이루어졌기에 장천들로서도 상대하기 어려웠던 것이다.

뒤에서는 포위망을 둘러쌌던 무리들이 밀려오고 앞에서는 해경단이 가로막고 있었기에 상황은 크게 좋지 않았다.

"미치겠군!"

도저히 어찌할 방법이 떠오르지 않았다. 이제 남은 방법이라면 적장을 베어 잠시라도 적을 혼란시키는 방법밖에 없었다. 장천은 주위를 돌아보며 해경단을 지휘하고 있는 자를 찾았고, 잠시 다른 이들과는 전혀 다른 무공을 사용하는 이를 발견할 수 있었다.

작은 키에 외모는 보잘것없지만 빠른 몸놀림으로 청의단의 젊은 무인들을 효과적으로 제압하고 있었고, 그 뒤에 있는 두 명의 무사 역시 간단히 적을 제압하고 있는 것을 보며 녀석들이 해경단을 지휘하고 있는 사람이라는 것을 간파한 장천은 동방명언과 데비드를 보며 소리쳤다.

"데비드! 명언! 나를 따라와라!"

장천의 외침에 두 사람은 그의 뒤를 따랐고 이들은 적들을 베어 넘기며 빠른 속도로 오 척 단신의 무인 쪽으로 다가갔다.

"단살척, 저들이 당신을 향해 오는군."

"예?"

한편 단살척의 옆에 있던 무인은 장천들이 자신을 향해 오자 그를 보며 말했다. 단살척 역시 고개를 드니 세 명의 무인들이 자신의 부하들을 베며 빠른 속도로 다가오는 것을 볼 수 있었다.

모두 세 사람의 젊은 무인이었는데 해경단을 손쉽게 처리하는 것을 보며 청의단의 수뇌부 인물이라는 것을 알 수 있었다.

"두 분의 도움을 부탁드립니다."

"알겠다."

자신이 혼자 상대하기에는 버거울 것이라 생각한 단살척은 두 명의 멸천십군에게 도움을 청했고 이에 그들은 고개를 끄덕였다.

단살척의 오른쪽에 있는 무인은 다가오는 이가 누구라는 것을 알고 있었기에 옆에 있던 십군의 한 사람에게 전음을 보냈다.

[남영, 지금 우리 쪽으로 다가오는 사람은 소문주다.]

[소문주? 장 소주를 말하는 것입니까?]

[그렇다. 일단 장 소주는 내가 상대할 테니 넌 단살척과 함께 다른 두 명을 맡도록 해라.]

[예.]

남영이라 불리는 자가 고개를 끄덕이자 그는 앞으로 나서서 장천들을 향해 몸을 날렸다.

"아니."

단살척은 그가 앞으로 나가자 크게 놀란 표정을 지었고 남영은 그런 그를 보며 손짓을 하고는 말했다.

"넌 덩치 큰 자를 맡아라. 난 옆에 있는 검을 든 젊은이를 맡도록 하지."

"아! 예. 알겠습니다."

자신보다 지위가 높은 십군의 말을 들을 수밖에 없는 단살척은 어쩔 수 없이 데비드를 향해 몸을 날렸다.

"데비드, 명언, 준비해라!"

"응!"

장천은 찾아가던 무사들 중 하나가 부하들의 머리를 밟으며 놀라운 경신술을 보이면서 다가오자 만만치 않은 자라는 것을 알 수 있었다.

그리고 무사는 삼 장의 거리까지 다가오며 두 팔에서 무엇인가를 꺼내니 한 자 정도의 짧은 두 자루의 검이었다.

"쌍두오공검!"

먼저 선공을 가한 것은 멸천의 무사로 두 개의 검을 앞으로 내뻗자 검 날이 맹렬한 파공음을 내며 빠져나와 장천의 요혈을 향해 뻗어나갔다.

"흥!"

녀석의 공격에 콧방귀를 뀐 장천은 두 손에 내력을 더해 두 개의 검을 튕겨내려 했다. 놀랍게도 뻗어오던 방향이 바뀌더니 태양혈을 향해 쇄도해 들어왔다.

장천은 급히 몸을 숙여 그 공격을 피할 수 있었으며 두 검의 움직임이 낯설지 않다는 것을 느낄 수 있었다.

'이건… 마치 비도문의 비도술 같지 않은가?'

검에 투명한 실이 있는 것을 확인할 수 있었지만 그것을 제외한다면 비도문의 연환비도술과 그 움직임이 흡사했기 때문이다.

두 개의 검공은 피했지만 그 끝에는 은색의 실이 매여 있었다. 검은 그대로 장천의 몸을 실로 휘감기 시작했다.

자신의 몸을 휘감는 실을 보며 장천은 그대로 발을 굴러 몸을 날려 실이 자신을 묶는 것을 막을 수 있었다. 하지만 상대인 무사가 다시 두 손목을 움직이자 검은 하늘로 치솟아 장천을 향해 밀려들어 왔다.

맨손으로는 상대하기 어렵다고 생각한 장천은 냉혈검을 뽑아 두 개의 검을 내치자 강렬한 냉기가 검의 실을 통해 무사에게 밀려들어 왔다.

"합!"

장천과 싸우고 있는 무사가 들고 있는 검은 은사쌍검(銀絲雙劍)으로 혈비도 무랑이 그를 위해 직접 만들어준 검이었다.

혈비도 무랑은 이 검과 함께 은사쌍검법이라는 무공을 전수했기에 그 움직임이 연환비도술과 엇비슷한 것은 당연한 것이라 할 수 있었다.

검에 매여 있는 실은 천잠사를 특수한 비법으로 만든 실로 은색의 빛을 띠고 있었다. 내력을 밀어 넣으면 보검에 못지않은 날카로움을 보였다.

그만큼 실 자체는 내력이 잘 전도되는 성질을 가지고 있었기에 장천이 냉혈검으로 일격을 막자 냉기가 급속하게 무사에게로 미친 것이다.

물론 이 정도는 예상하고 있었기에 자신의 공력으로 냉기를 없앤 후 검을 다시 끌어들였다.

'검 자체가 워낙 뛰어나니 소문주의 무공을 시험해 보는 것이 쉽지 않군.'

방금 전 그의 공격은 단순히 장천의 무공을 시험해 볼 목적으로 삼성의 내력을 사용했을 뿐이었는데, 냉혈검이라는 보검 때문에 목적이 달성되지 않자 본격적으로 장천을 상대하기로 마음먹었다.

장천 역시 더 이상 시간을 끌 수 없다 생각하고는 화룡신도마저 뽑아 들었고 이제 그의 몸에는 열기와 냉기가 강하게 뿜어져 나오기 시작했다.

비도문의 무공을 제외한다면 장천이 가지고 있는 무공 중 가장 강한 무공이 바로 좌검우도였다. 그의 기도에 복면무사는 크게 놀랄 수밖에 없었다.

'과연 태상문주의 말씀이 틀린 것이 아니로구나……'

태상문주의 말에 따르면 자신과 상대할 수 있는 사람은 정무맹의 신검 진인과 천무성자, 그리고 소문주뿐이라 했을 때 정무맹의 두 사람은 모르겠지만 소문주에 대해서는 반신반의하고 있었는데, 그 기도를 직접 느끼자 그것이 틀린 말이 아니라는 생각이 들었다.

하지만 그 역시 태상문주에게 직접 무공을 하사받은 멸천십군의 한 사람, 이대로 물러날 생각은 없었기에 은사쌍검을 고쳐 잡고는 장천을 향해 쇄도해 들어갔다.

"오공살의!"

오공살의의 초식을 시전하여 두 개의 검을 내뻗자 검은 춤을 추듯이 뻗어나갔고 이에 장천은 망설이지 않고 발을 앞으로 내딛어 녀석을 향해 화룡신도를 내려 그었다.

그 순간 강렬한 열기가 맹렬한 속도로 뻗어 나오며 열기를 머금은 도강은 그대로 오공살의의 두 검을 내치고는 무사를 향해 밀려들어 갔다.

"헉!"

설마 일참의 위력이 이토록 강렬하리라고는 생각지도 못한 무사는 급히 은사쌍검을 회수하여 몸을 보호하려 했지만 그 순간 날카로운 소리와 함께 검은 산산조각으로 부서지고 말았다.

십대신병의 위력이라기보다 장천 자신의 엄청난 내력의 힘이었다.

"젠장!"

무기가 부서지자 그는 크게 당황할 수밖에 없었다. 장천은 그에게 생각할 시간도 주지 않고 몸을 날려 그의 명치를 향해 냉혈검을 내질렀다.

도저히 피할 수 없는, 빠르게 죽음을 면치 못하겠다 생각한 그였는데 그때 파공음과 함께 한 자루의 비도가 장천의 냉혈검을 쳐내고는 검을 빗나가게 만들었다.

"응?"

또 다른 적이 있다는 생각에 장천이 고개를 돌리자 뒤쪽에서 복면을 쓰고 있는 세 명의 무인들이 병기를 들고 자신을 향해 달려오는 것을 볼 수 있었다.

세 사람의 유려한 몸놀림으로 보아 만만치 않은 상대임을 알 수 있었다.

[형님!]

무사는 그 사람들의 모습을 보며 반가운 목소리로 전음을 보냈고, 세 사람 중 선두에 있던 자가 다그치듯이 전음을 보냈다.

[성급했구나. 소문주의 무공은 멸천십군 한 사람의 힘으로는 상대하기 어렵다는 것을 모르느냐!]

[죄송합니다!]

[우리 세 사람이 청의단에 있어 다행이지 큰일 날 뻔했다.]

그의 다그침에 그 무사는 할 말이 없어 고개를 숙이고 말았다.

어찌 됐든 이들의 등장으로 장천은 순식간에 네 사람의 무사들에게 둘러싸인 꼴이 되어버렸다.

"음……."

사방에서 자신을 노리고 있는 자들을 보며 장천은 잠시 침음성을 흘리고는 몸을 회전시키며 화룡신도를 휘둘렀다.

"화룡멸염(火龍滅炎)"

그의 몸이 회전하자 화룡신도의 열기가 사방으로 밀려 나갔고, 네 사람의 무사들은 열기를 피해 뒤로 물러설 수밖에 없었다.

장천은 그들이 물러서자 은사쌍검을 들고 있던 상대를 향해 밀고 들어갔다. 네 사람 모두 한꺼번에 상대하기는 어려워 자신이 궁지로 몰았던 무사를 먼저 처리하기 위해서였다.

"헉!"

자신을 향해 장천이 밀고 들어오자 무기가 없는 그는 당황할 수밖에 없었다.

"나한십팔장(羅漢十八掌)!!"

급히 소림의 나한십팔장을 시전하여 장천의 공격을 막아보려 했지만 화룡신도의 강렬한 기운을 막는다는 것은 어려워 보였다.

"천지조화진(天地造化陣)!"

동료가 위험한 것을 보면서 복면인들의 대장이 두 사람을 보며 크게 소리 지르자 두 사람이 대장의 등에 손을 가져갔다. 잠시 후 크게 내력을 끌어 모은 그는 장천을 향해 일장을 내뻗었다.

"섬멸파풍장(殲滅破風掌)!!"

천지조화진은 두 사람이 그 힘을 한 사람에게 모아주는 것으로 한순간 내력을 수배 이상으로 끌어올릴 수 있는 격체전공의 수법이었다.

두 사람의 내력이 자신에게 들어오자 기다리지 않고 그는 섬멸파풍장을 시전했고, 강렬한 장풍이 맹렬한 기세로 장천을 향해 밀려들어 갔다.

이대로 상대를 공격하다가는 등 뒤로 밀려오는 장풍에 당할 것이라는 것을 안 장천은 급히 냉혈검을 휘둘러 섬멸파풍장을 향해 휘둘렀고, 그들이 날린 장풍은 냉혈검에 의해 잘려져 나갔다.

"이 틈이다! 빨리 피해라!"

"예!"

섬멸파풍장은 애초부터 장천을 공격하기 위한 것이 아니었기에 장풍이 잘려져 나가는 것을 보자 위기에 처한 동료에게 소리쳤고, 그는 급히 몸을 피해 장천에게서 도망칠 수 있었다.

"칫!"

상대를 놓치자 장천은 미간을 찌푸리며 다시 자세를 잡았고 복면인들은 대장의 외침과 함께 합격진을 만들었다.

"사방(四方) 사신합격진(四神合擊陣)!"

복면인들의 대장이 외치자 세 사람은 빠르게 움직여 진을 이루었고 좌측에 있던 복면 여인이 장천을 향해 수법을 시전했다.

"서방(西方) 청룡조파수(靑龍爪把手)!"

그녀의 손에 들린 날카로움이 번뜩이는 철조는 푸른 섬광과 함께 장천의 발목을 향해 밀려들어 왔다.

철조에 잡혔다가는 발목이 잘려져 나가는 것을 면치 못할 것이기에 장천은 발을 들어 올리며 피함과 동시에 냉혈검을 휘둘러 그녀를 공격하려 했지만 그것을 그대로 보고 있을 자들이 아니었다.

"동방(東方) 백호장(白虎掌)!"

손에 내력을 끌어 올려서는 그대로 장천의 어깨를 향해 일장을 내지르자 황급히 화룡신도를 사용해 두 사람을 동시에 공격하려 했지만 다시 앞과 뒤에서 복면인들이 그를 공격해 들어왔다.

"남방(南方) 주작비상검(朱雀飛翔劍)!"

"북방(北方) 현무지괴권(玄武地塊拳)!"

날카로운 검과 강맹한 기운의 권기가 앞뒤로 밀려들어 오자 장천은 급히 두 발을 앞뒤로 뻗어 각법을 시전했고, 이에 사방에서 일제히 강기가 뻗어나가며 공격해 들어오던 복면인들을 한꺼번에 날려 버렸다.

"크윽!"

다행히 네 군데를 한 번에 공격했던지라 위력은 크게 감소되었기에 복면인들은 크게 상처를 입지 않았지만 장천의 무공에 혀를 내두를 수밖에 없었다.

혼자의 힘으로 사방 사신합격진을 파훼한다는 것은 불가능하다 생각했기 때문이다.

물론 이것은 쌍도문에서 권각은 물론 여러 가지 무공을 잡다하게 배운 장천이기에 가능한 임기 웅변이었다.

하나, 한두 사람이면 모를까 네 사람의 고수를 상대로 싸운다는 것은 아직 혼전을 제대로 겪어보지 못한 장천에게는 어려운 일일 수밖에 없었다.

거기에다 고개를 돌려보니 동방명언은 이미 상대에게 제압당하여 어깨에 큰 상처를 입었고, 데비드 역시 단신의 남자와 동방명언을 상대했던 무사의 공격에 싸울 힘을 잃었으니 상황이 극히 좋지 않았다.

"끄윽!"

잠시 후 데비드가 피를 흘리며 쓰러지자 그를 상대하던 무인들이 장천을 향해 달려왔다.

"단살척! 넌 뒤로 물러서 있어라!"

"예!"

동방명언을 쓰러뜨렸던 남자의 말에 단살척은 급히 뒤로 물러섰고 그는 복면인의 대열에 합류해 장천을 압박해 들어가기 시작했다.

"오행합진(五行合陣)!"

한 명이 더 들어오자 복면인들의 대장은 오행합진을 소리쳤고 이들의 움직임은 방금 전 사방 사신합격진보다 더 강렬한 기운을 뿜어내며 장천을 압박하기 시작했다.

한 사람이 늘어날 때마다 그들의 합격진은 바뀌며 더 강한 힘을 보이고 있었으니 장천은 온몸이 땀으로 뒤범벅될 수밖에 없었다.

오행의 흐름대로 이들 다섯 명의 복면무사들이 움직이자 이제까지와는 전혀 다른 양상을 보이고 있었다. 그 때문에 검을 제대로 휘두를 사이도 없이 공격이 밀려와 장천은 그저 방어에 주력할 도리밖에 없었다.

"홍염만화!"

이대로는 싸울 수 없다는 생각에 사방에 홍염만화의 열기를 내뿜었고 그의 주위는 뜨거운 열기로 가득했다.

이에 복면무사들이 물러서자 장천은 그 틈을 놓치지 않고 동방명언과 데비드를 구하기 위해 몸을 날렸다.

하지만 동방명언의 목에는 하나의 단검이 닿아 있었다. 바로 다섯 명의 무인들과 싸우고 있는 사이 단살척이 동방명언과 데비드를 완전히 제압하려 한 것이다.

"거기서 멈추시지! 그렇지 않으면 동료의 목이 온전치 못할 것이다."

"큭……."

다른 사람이라면 무시하고 공격했을 테지만 두 사람은 장천의 의형제였기에 이들을 그대로 죽일 수 없는 일이었다.

거기에다 뒤를 돌아보니 청의단의 무사들 역시 도저히 멸천문의 포위망에서 빠져나갈 수가 없을 듯 보였기에 장천은 고개를 저을 수밖에 없었다.

"모두 검을 멈추어라!"

한참을 망설이던 장천은 그대로 하늘에 대고 내력을 더하여 소리쳤다. 엄청난 목소리가 대지를 울리며 사람들의 싸움을 멈추게 했다.

"본인은 청의단의 단주 장천이다! 청의단의 무사들은 모두 병장기를 내려놓도록 하시오!"

장천의 말에 청의단의 무사들은 크게 놀랄 수밖에 없었다. 하지만 자신들의 완전한 패배라는 것을 알고 있는 데다, 이런 곳에서 죽고 싶은 마음이 없어 그들은 하나둘씩 검을 내려놓기 시작했다.

"무슨 소린가! 정파의 무인이 적에게 항복을 하다니!"

화산의 악의명은 말도 안 된다는 표정으로 소리쳤지만 이미 대세는 완전히 기울어지고 말았다. 이에 옆에 있던 정운이 고개를 저으며 말했다.

"악 대협… 단주의 명을 따르도록 하십시다."

정운의 말에 악의명은 노기가 치솟아오를 수밖에 없었다. 하지만 자신 혼자만 싸울 수는 없어 할 수 없이 검을 내려놓고 말았다.

청의단이 병기를 내려놓고 항복하자 만경은 크게 대소를 터뜨리며 자신들의 부하들에게 명령하여 청의단의 혈을 점하고 포박하게 하였다.

장천은 정파의 무사로서 처음 직위를 얻어 싸운 싸움에서 이렇게 어처구니없게 패배하고 말았으니 참담했다.

점혈을 당한 채 주위를 돌아보니 대지에는 수많은 시신들이 피의 내를 이루며 흩어져 있어 장천의 눈에서는 눈물이 흘러내렸다.

자신의 어리석음으로 많은 이들이 죽임을 당했다는 생각이 들었기 때문이다.

한편 항복한 무리들과는 달리 다행히 이곳을 빠져나간 사람들이 있었는데 그들은 바로 곽무진과 소림의 정필, 그리고 정파의 후기지수 중 여인들로 이루어진 백화대였다.

원래는 청의단의 다른 사람들과 함께 싸우기로 되어 있었으나 여인들로 이루어져 있어 혼전에서는 힘들다고 생각하여 장천은 곽무진과 정필에게 백화대에 남아 별동대로 활동하게 하였다. 그 때문에 간신히 멸천문의 눈에서 벗어날 수 있었던 것이다.

곽무진은 멀리서 이들의 싸움을 지켜보고 있었다. 장천이 청의단의 패배를 인정하자 안타까움에 긴 한숨이 흘러나왔다.

"이런……"

"승패는 병가지상사라 하였지만 이렇게 어이없이 멸천의 무리들에게 당할지는 몰랐습니다. 아미타불……."

소림의 정필은 곽무진을 보며 안타까운 모습으로 말했고, 이에 백화대의 부대주인 소향이 곽무진을 보며 물었다.

"어떻게 해야 하지요?"

"때를 기다릴 수밖에요. 백화대와 저희들의 힘으로는 멸천문의 무리들에게서 청의단을 구해낼 수 없습니다. 일단은 저들의 뒤를 따르며 기회가 오기를 기다립시다."

"예."

소향 역시 할 수 없다는 것을 알기에 고개를 끄덕였고, 곽무진은 경공이 뛰어난 사람에게 저들의 움직임을 감시하게 하고 백화대와 함께 멸천문의 눈에 띄지 않는 곳으로 물러났다.

다음날 청의단을 패배시킨 멸천문은 대거 이동하기 시작했다. 청의단을 쓰러뜨린 것으로도 상당한 전과를 올렸다고 할 수 있기에 멸천문으로 돌아가는 듯했다.

장천과 청의단의 수뇌부들은 창살이 만들어진 수레에 실려 끌려가고 있었는데, 이들의 무공이 워낙 뛰어나 점혈과 포박에 산공독까지 뿌린 것도 모자라 주위로는 몇 겹의 무사들이 둘러싸고 있었다.

특히 청의단의 단주인 장천에게는 그 도가 심하여 온몸을 쇠사슬로 감싼 것은 물론 비파골에 쇠 꼬챙이까지 꽂아 한 치의 움직임도 허용하지 않았다.

다행히 그의 단전은 파괴하지 않고 산공독만을 사용하고 있었는데, 만경은 개인적으로 단전을 파괴하여 안전하게 그를 끌고 가고 싶었지만 멸천십군들이 반대해 이 정도로 만족해야 했다.

한편 마차로 본문으로 향하고 있는 만경은 두 개의 신병을 보며 탄성을 내지르고 있었다. 그것은 바로 장천이 들고 있던 화룡신도와 냉혈검이었다.

"이것이 십대신병의 하나인 화룡신도와 냉혈검이렸다?"

"그렇습니다. 청의단 단주가 이 두 가지 신병을 가지고 있다는 것은 멸천문에서도 유명한 일이었습니다."

"음......."

만경은 신병이란 말에 탐이 나 천천히 화룡신도에 손을 가져가려 했다. 그러나 그때 단살척이 놀라 소리쳤다.

"그것들에 손을 대시면 안 됩니다!"

"응? 왜?"

"휴… 십대신병 중 몇 가지는 그것을 다룰 수 있는 능력이 없다면 사용하지 못하는 것은 물론이요, 신병의 독이 뇌에까지 미쳐 광인이 된다 했습니다."

"광인?"

"예. 이것은 강호에는 별로 알려져 있지 않은 사실이지만, 냉혈살마는 냉혈검으로 인하여 광마가 된 사람을 말한다는 말도 있습니다."

"음……."

단살척의 말에 만경은 조금 움찔할 수밖에 없었다. 냉혈살마에 대해서는 그 역시 잘 알고 있었기 때문이다.

"단살척의 말이 틀리지 않다."

그때 두 사람이 있던 마차의 문이 열리며 한 무인이 들어오자 만경과 단살척은 자리에서 일어나 그를 보고 정중히 포권하며 말했다.

"멸천구군님께 인사드립니다."

멸천십군은 일군을 제외하면 서열이 정해져 있는 것은 아니었다. 그 때문에 구군이 숫자가 낮다고 해도 멸천십군 중에서는 두 번째의 배분을 지니고 있는 인물이었다. 두 사람의 인사에 그는 자리에 앉아 화룡신도를 들어 올리며 말했다.

"화룡신도와 냉혈검은 각기의 내식을 가지고 있지 않은 자가 잡게 되면 문제가 생기지."

만경은 그가 화룡신도를 들어 올리며 말하자 과연 그럴까 하는 생각이 들었다. 구군은 그런 만경의 생각을 읽고 그에게 화룡신도를 건네주었다.

"한번 들어보겠느냐?"

"아! …예."

신병이라는 것은 무인에게 꿈과 같은 것이어서 잠시 망설이던 그는 구군이 건네주는 화룡신도를 잡았다. 그 순간 그는 크게 놀라 도를 떨어뜨리고 말았다.

"크윽!"

잡자마자 강렬한 화기가 손을 통해 밀려왔기 때문이다.

"하하하하!"

만경의 모습에 구군은 크게 대소를 터뜨렸고, 떨어뜨린 화룡신도를 잡아 내력을 더한 후 다시 한 번 만경에게 건네주며 말했다.

"다시 잡아라."

"예? 음……."

그의 말에 방금 전의 일도 있어 망설이는 듯하다 도를 잡았는데 놀랍게도 전과는 달리 화기가 밀려오지 않아 크게 놀랄 수밖에 없었다.

"이것은?"

"청의단의 단주인 장천이란 자가 화룡신도에 밀어 넣었던 내력을 없 앴을 뿐이다. 하지만 자네가 화룡신도에 내력을 더한다면 화기가 자네 의 몸속으로 다시 밀려오겠지."

"음……."

"화룡신도는 바로 이러한 것이네. 화기의 내식을 익히지 않은 이가 잡게 되면 신도의 열기가 혈도를 뜨겁게 만들지. 그것을 견디지 못하 면 이것을 쓸 자격조차 없는 것이네."

"그렇군요."

만경이 천천히 화룡신도를 내려놓자 구군은 냉혈검을 가리키며 말했다.

"하지만 화룡신도와는 달리 냉혈검은 그 자체가 귀검이니 섣불리 손을 대지 않는 것이 좋을 것이다."

"귀검이라면?"

"단살척, 자네는 이 냉혈검을 가져올 때 어떤 방법을 취했는가?"

"예, 수 겹의 비단으로 감싸 냉기가 미쳐 오지 않게 했습니다."

"그래, 냉기는 막을 수 있었던가?"

구군의 말에 그는 고개를 저으며 말했다.

"냉혈검을 들고 오던 무사 두 명이 냉기에 심한 동상을 입었다 하더군요."

"그럴 테지. 아직 장천이란 자의 내력이 사라지지 않은 상태이니 냉혈검의 냉기는 평소의 수십 배가 넘을 것이다. 화룡신도는 모르지만 냉혈검은 나의 내력으로도 장천이란 자의 내력을 없앨 수 없으니 일단 사람들의 손이 닿지 않는 곳에 은밀히 보관하여 수송케 하게."

"예."

십대신병이란 것에 잠시 욕심이 났던 만경은 고개를 저을 수밖에 없었다.

하지만 그와는 별개로 청의단의 단주란 자에 대해 호기심이 느껴지고 있었는데, 이런 기병을 어떻게 마음대로 다룰 수 있는지 신기했기 때문이다.

한편 적에게 사로잡힌 장천은 초췌한 모습이 되어 있었다. 비파골

쪽으로 쇠 꼬챙이가 꿰뚫려 있고, 쇠사슬로 온몸을 포박당한 그는 더이상 움직일 힘조차 없었다.

사로잡힌 후 거의 서 말 이상의 산공독을 입에 퍼 넣었다고는 해도 과언이 아닐 정도로 먹은 그였으니 내력을 회복하는 것은 쉽지 않은 일이었다.

"천아! 천아!"

뒤쪽의 마차에서 데비드가 그를 부르고 있었으나 장천은 제대로 대답할 힘조차 없었다.

"휴… 아무런 대답이 없다……."

장천이 좀처럼 움직일 생각을 못하자 데비드는 걱정이 되었고 이는 옆에 포박되어 있던 동방명언 역시 같은 심정이었다.

"우리만 아니었다면……."

"명언……."

동방명언은 장천이 혼자 충분히 빠져나갈 수 있었음에도 자신들 때문에 저런 꼴이 된 것에 가슴이 아플 수밖에 없었다.

하지만 이대로 있을 생각은 없었기에 데비드를 보며 말했다.

"데비드, 밧줄을 풀 수 있겠어?"

데비드가 산공독에 당했다고는 하나 힘을 타고난 사람인지라 물었던 것인데 그는 고개를 저으며 말했다.

"어려워. 지금은 돌멩이 하나 잡을 힘도 없다고……."

"마지막 희망은 곽 대형뿐인가……."

곽무진과 소림의 정필이 백화대와 함께 있다는 것을 알고 있는 동방명언으로선 그에게 마지막 희망을 기댈 수밖에 없었다.

청의단의 무인들이 끌려간 곳은 멸천문이 호남에 만들어놓은 임시 지부라고 할 수 있는 곳이었는데 계속 이어지고 있는 싸움에서 적들을 가두어놓기 위해 만든 곳으로 만양산(萬洋山) 중턱에 세워져 있었다.

지부에 있는 동굴로 들어가면 깊은 구덩이가 만들어져 있었다. 그 구덩이는 호리병 모양을 하고 있어 벽호공이나 경공이 뛰어난 인물도 이곳을 빠져나가는 것은 불가능하다 할 수 있었다.

죄인들이 갇혀 있는 곳은 상당히 넓어 그 끝과 끝의 거리가 수백 장은 넘을 듯하니 이러한 곳을 사람의 손으로 만들었다는 자체가 신기할 따름이었다.

이곳에서 출입하기 위해선 입구 쪽에 만들어져 있는 승강 장치 외에 아무것도 없었기에, 청의단의 무사들은 이곳 참회동(懺悔洞)에 갇히게 되었다.

하지만 이들 중에서도 장천만은 참회동 내에서도 악질의 죄인만을 가두는 유사옥(流砂獄)에 갇혔다. 이곳은 하루에 한 번 떨어뜨려 주는 밀떡 하나로 목숨을 연명할 수밖에 없는 가혹한 곳이었다.

동방명언과 데비드들은 참회동 내에서는 포박이 풀려 있었지만 산공독에 의해 내력이 소실되어 있었기에 무공을 사용한다는 것은 어려운 일이었다.

"명언, 어떻게 됐어?"

"대충."

데비드의 말에 동방명언이 고개를 끄덕이고 한쪽 소매를 살짝 보여 주자 그곳에서 짧은 단검이 모습을 드러냈다.

이곳으로 끌려오기 직전에 은밀히 밧줄을 풀게 된 동방명언은 참회동으로 끌려가던 중 멸천문의 무사에게서 단검 하나를 훔칠 수 있었던 것이다.

하지만 이런 단검 하나로 과연 무엇을 할 수 있을까 답답하기만 한 데비드였다. 그래도 일단 그는 명언의 말에 따라 사람들을 모으기 시작했다.

소림의 정운은 물론 화산의 악의명과 이백까지 한수 재간이 있었던 사람들이 모이기 시작했고, 그중에는 이전의 싸움에서 잡혔던 다른 정무맹의 고수들도 있었다.

참회동은 그 지형이 지형인 만큼 멸천문 무사들의 감시가 그리 심하지 않았기에 사람들이 모이는 것은 어려운 일이 아니었다.

"그래, 우리를 부른 이유가 무엇인가?"

화산의 악의명은 미간을 찌푸리며 물었다. 그는 평소 깔끔한 모습과는 달리 조금은 초췌한 모습이 되어 있었다.

"이곳을 빠져나갈 방도를 생각해 보기 위해서입니다."

"흥! 산공독으로 내공마저 흩어진 상태에서 무얼 어찌하겠단 말인가? 이 동굴을 빠져나간다 하더라도 삼류의 무사조차 상대하기 버거울 것은 분명한 것이 아닌가."

그의 말이 틀리지는 않았지만 안 좋은 쪽으로 생각하는 것이 마음에 들지 않는 데비드는 노기를 드러내며 소리쳤다.

"그렇다면 악 대협은 혼자 이곳에 평생 동안 처박혀 있으시오! 우리들은 죽더라도 이곳을 빠져나가고 말 테니까 말이오!"

"뭣이!"

"훙! 내공마저 상실했으니 한번 붙어볼 만하겠군!"

화를 내는 악의명의 말에 데비드는 콧방귀를 뀌며 한번 붙어보자는 식으로 이야기하자 악의명의 어깨가 흔들림은 당연했다.

서역 출신의 데비드는 중원인인 그에 비해 족히 일 척 가까이 키가 큰 데다 몸 역시 우락부락하여 외공을 익힌 사람으로 보일 정도였으니 내공이 없는 상태에서 붙는다면 누가 패배할 것인지는 뻔한 일이었다.

그런 이유로 악의명은 차마 데비드에게 대들지 못했고, 회심의 미소를 지은 데비드는 자리에 앉아 동방명언에게 계속 말을 하라는 손짓을 했다.

"우리가 산공독에 의해 내공을 잃고 이런 곳에 갇혔다고는 하지만 희망을 잃어서는 안 됩니다. 어떻게든 이곳을 빠져나갈 방법이 있을 것입니다."

동방명언의 말에 청의단의 사람들은 모두 고개를 끄덕였다. 잠시 후 한쪽 구석에 있던 누더기의 중년 남자가 그를 보며 말했다.

"동방 소협이라 했소이까?"

"예, 그렇습니다만 무슨 할 이야기라도 있으십니까?"

"본인은 정무맹에 소속되어 있는 무쌍방(無雙幇)의 기영이라 하오."

"기 대협이셨군요. 예, 말씀하십시오."

"내가 이곳 참회동에 갇힌 것이 일 년이 넘는데 그동안 멸천의 문도들에게 한 가지 소문을 들은 적이 있오."

"소문이요?"

기영의 말에 사람들의 시선은 그에게 모였다. 잠시 헛기침을 한 그는 계속 말을 이었다.

"확실하다 할 수는 없소만, 멸천문이 자신들의 포로를 가두기 위하여 이곳을 만들 때 한 사람의 도움을 받았다고 하오. 그는 가족들의 협박에 어쩔 수 없이 어느 누구도 빠져나갈 수 없는 이 참회동을 만들었다고 하는데, 비밀을 지키기 위해 멸천문의 악도들은 그를 이곳에 가두었다 하오."

"음……."

그의 말에 사람들은 술렁거렸다. 이곳을 만든 사람이 있다면 탈출 방도 또한 알 수 있을지 모른다는 생각이 들었기 때문이다.

"그분의 이름과 어느 곳에 갇혀 있는지는 알고 있습니까?"

"본인 역시 그가 누구인지는 알지 못하지만 그자가 유사옥에 갇혀 있을 것이라 생각합니다."

"유사옥이라면?"

"특수한 감옥으로 그곳으로 들어가는 길은 유사가 덮여 있어 발을 잘못 디디게 되면 그 끝을 알 수 없는 유사에 묻히게 되는 감옥이오. 이곳에 갇힌 자들 중에서 쉽게 다룰 수 없는 고수들만을 가두어놓는 곳이라 들었는데, 이곳에서 그자의 모습을 본 적이 없으니 그곳에 갇혀 있지 않을까 생각하오."

일 년 가까이 이곳에서 갇혀 있었다는 기영의 말이니 어느 정도 믿음이 가는 말이었다. 하지만 내공을 모두 상실한 상태에서 어떻게 유사옥이라는 곳으로 갈 수 있을까 사람들은 암담할 수밖에 없었고 이에 동방명언은 기영을 보며 말했다.

"그렇다면 기 대협께서 저희들을 그곳의 입구로 안내해 주십시오."

"알겠소이다."

유사옥, 멸천문에 대항한 자들 중 가장 껄끄러운 인물들만을 가둔 감옥으로 일 년 전 이곳이 만들어졌을 때 멸천문의 태상문주인 혈비도 무랑조차 혀를 내두를 정도의 감옥이었다.

단순히 유사의 함정뿐 아니라 총 열두 개의 함정이 곳곳에 도사리고 있어 이곳을 잘 알고 있는 사람일지라도 쉽게 다닐 수 없을 정도였다.

유사옥의 가장 깊숙한 곳에는 온몸이 쇠사슬로 친친 감겨 있는 것은 물론이요, 비파골이 꿰뚫려 한 발자국도 움직이지 못할 정도의 사람이 있었으니 바로 장천이었다.

"합!"

비파골 쪽에 쇠 꼬챙이가 꿰뚫려 있어 팔에 입을 사용할 수 없는 장천은 두 다리에 내력을 돋우어 쇠사슬을 끊으려 했지만 좀처럼 그것은 풀리지 않았다. 이에 한숨을 쉴 수밖에 없었다.

산공독으로 내공이 흩어져 있었다고 하나 천무성골에다 여러 가지 정순한 무공을 익히고 있는 장천에게 내공을 다시 단전으로 몰아넣는 것은 어려운 일이 아니었다.

하지만 내공을 모아도 몸을 포박하고 있는 쇠사슬을 풀 수가 없었으니 답답할 수밖에 없었다.

"젠장! 쇠사슬 정도는 끊을 수 있는데!"

장천의 내공이라면 쇠사슬 정도야 노끈같이 느껴질 정도였음에도 좀처럼 그를 포박한 쇠사슬이 풀리지 않자 이것이 보통 철로 만들어진 것이 아님을 알 수 있었다.

철에서는 은은하게 흐르는 검은빛과 함께 차가운 기운이 뼛속까지

밀려오고 있어 장천은 한참을 생각하다 이내 무엇으로 만들어져 있는
지 알아낼 수 있었다.

"현철인가……."

현철은 무림인들에게는 금은보다 더 귀하게 여겨지는 금속으로 이
것으로 무기를 만든다면 신병은 되지 못할지라도 강력한 무기를 얻을
수 있었다.

검은빛을 자아내는 현철은 쇠 자체가 냉기를 띠고 있는 데다가 상당
한 경도와 함께 내력마저 쇠에 비해 아무런 저항 없이 전도되는 금속
이었다.

이런 현철을 수갑 같은 것에 쓰게 되면 내공이 높은 자라 할지라도
쉽게 끊지 못하니 장천으로선 한숨밖에 나오지 않았다.

하지만 장천은 쉽게 포기하지 않았다. 그에게는 또 다른 무기가 숨
겨져 있었기 때문이다.

장천은 만약의 경우를 위하여 자신의 뒷덜미 속에 하나의 비도를 감
추어놓고 있었다. 바로 혈비도 무량에게 받은 탈혼섬광구비도의 한 자
루였다.

중원은 암계가 난무하는 곳이니 만큼 장천 역시 그에 대비하고 있었
던 것이다. 다행히 장천의 문파인 쌍도문은 암 기술이 전무한 상태였
기에 그와 같은 고수가 다른 무기를 숨겨놓으리라고는 생각지도 못한
멸천문의 문도는 그것을 알아채지 못한 것이다.

그러나 비도가 있다 할지라도 문제가 있었으니 바로 손이 닿지 않는
다는 것이다.

"미치겠군!"

사지는 꽁꽁 묶여 있어 움직일 수 없는 데다가 단검은 뒤통수 쪽에 있어 입으로도 어떻게 할 방법이 없는 그였으니 한숨밖에 나오지 않았다.

'어렵긴 하지만… 한번 해보자……'

장천은 한참을 고심하다 이내 결심하고는 눈을 감고 정신을 집중하기 시작했다. 그가 하고자 하는 것은 바로 격공섭물의 수법이었다.

장천의 내력이라면 격공섭물이야 어렵지 않게 시전할 수 있었으나 현철의 기운이 장천의 내공을 십분의 일 이하로 줄여놓고 있는 형편이기에 격공섭물의 수법도 그리 용의치 않았다.

하지만 포기할 수는 없는 일, 정신을 집중하여 기를 움직이던 장천은 잠시 후 뒤통수에 있던 비도가 천천히 움직이는 것을 느낄 수 있었다.

'조금만 더… 조금만 더……'

장천은 더욱더 집중하여 비도를 움직이려 했고 비도는 서서히 그의 뒤통수에서 나오기 시작했다.

쨍그렁!

하지만 약간의 방심으로 뒤통수에서 나온 비도는 그대로 땅으로 떨어지고 말았고 장천은 안타까움의 목소리를 낼 수밖에 없었다.

"아! 젠장할!"

비도는 장천의 발 밑으로 떨어졌고 미간을 찌푸린 장천은 발가락에 힘을 주기 시작했다. 그러자 그의 신발이 천천히 벗겨지기 시작했다.

신발을 완전히 벗은 장천은 발가락을 사용하여 비도를 잡기 위해 애를 썼고 한참을 힘을 다해 비도를 향해 뻗은 발가락이 간신히 비도의 손잡이를 잡을 수 있었다.

"됐다!"

간신히 발가락으로 비도를 잡은 장천은 온 힘을 다해 발을 압박하고 있는 쇠사슬을 자르려 했지만, 그리 쉬운 일이 아니었으니 한 식경 동안 고생하던 그는 발가락에 쥐가 오르고 말았다.

"젠장할!"

간신히 발가락을 꼼지락거리며 쥐를 푼 장천은 숨을 한번 크게 내쉬고는 다시 비도를 잡고 쇠사슬을 자르는 작업에 들어갔다.

처음에는 비도를 놓치는 일이 다반사였지만, 어느 정도 익숙해지자 이제는 발을 통해 비도에 내력을 집어넣는 것도 능숙하게 되었고 잠시 후 그의 발을 압박하던 현철 쇠사슬을 자를 수 있었다.

"휴… 그나저나 다음은 어떡하지……."

발을 자유롭게 하는 것에는 성공했지만 문제는 두 손과 비파골을 꿰뚫은 쇠 꼬챙이었다. 한참을 망설이던 그는 몸을 지탱해서 허리를 굽혀 팔의 쇠사슬을 자르기 시작했다.

"끄윽!!"

비파골을 꿰뚫은 쇠 꼬챙이가 살을 자극하며 통증이 밀려왔지만 이를 악물며 참아내야만 했기에 입에선 시뻘건 핏줄기가 흘러내리고 있었다.

거의 한 시진 이상 고통을 참으면서 작업한 장천은 간신히 왼손을 압박하던 쇠사슬을 완전히 풀어낼 수 있었고, 나머지 한 손의 결박도 완전히 풀 수 있었다.

하지만 가장 문제는 비파골을 꿰뚫은 쇠 꼬챙이었는데 감히 이것을 뽑아낼 엄두가 나지 않았기 때문이다.

'휴… 계속 꽂아 넣고 있을 수도 없는 일이니… 뽑아야겠지…….'

한참을 망설이던 장천은 옷을 찢어 입에 물고는 온 힘을 다해 쇠 꼬챙이를 뽑아내었다. 그러자 엄청난 통증이 그를 자극하기 시작했다.

"끄윽!!"

하지만 중간에 힘을 뺄 수는 없는 노릇이라 온몸이 찢겨져 나가는 고통에도 힘을 빼지 않았고, 잠시 후 비파골을 꿰뚫던 쇠 꼬챙이가 빠져나가고 뜨거운 핏줄기가 샘솟듯 터져 나왔다.

"끄아아!!"

그제야 고통의 비명을 내지를 수 있었던 장천은 쓰러지며 큰 숨을 몰아쉬었다.

"헉헉… 젠장… 멸천문의 호로자식들!"

한참 욕을 하던 장천은 자리에서 일어난 후 옷을 찢어 상처를 동여맸다.

자신이 갇혀 있던 동굴에서 나오자 여러 군데 똑같은 모양으로 인공적인 동굴이 파여져 있는 것을 볼 수 있었다.

"음……."

모두가 똑같은 모양의 동굴이라 어디가 출구인지 알 수 없었기에 한참을 망설이던 그는 입구에 표식을 한 후 안으로 들어갔다.

하지만 그곳 역시 자신이 있었던 곳과 같은 모양의 동굴이라 동굴을 이용하여 하나의 진이 만들어져 있음을 알 수 있었다.

'젠장, 이곳을 빠져나가려면 골치깨나 썩겠군.'

장천은 그렇게 세 시진 이상을 동진(洞陣) 안에서 헤매었지만 자신이 왔던 곳을 되돌아오기만 반복할 뿐, 출구를 찾을 수가 없었기에 심신이 모두 지칠 수밖에 없었다.

오랜 시간을 돌아넜기에 허기가 밀려오고 있었지만 다행히 동굴 안에는 물기가 새어 나오고 있는 데다가 박쥐들도 있었기 때문에 비위는 조금 상할지 모르지만 화의 무공으로 녀석들을 구워 먹으며 허기를 면할 수 있었다.

잠시 휴식을 취한 후 다시 출구를 찾기 위해 걸음을 옮기던 장천은 한 시진 정도가 흐른 후 어딘가에서 기척을 들을 수 있었다.

"사람?"

혹시나 멸천문의 문도가 아닐까 하는 생각에 숨을 죽이며 천천히 기척이 느껴지는 곳으로 걸음을 옮긴 그는 잠시 후 그것이 한 동굴에서 흘러나오고 있음을 알 수 있었다.

들고 있던 비도에 내력을 끌어올려 만약의 사태를 대비하며 천천히 동굴 속으로 들어갔는데 잠시 후 그곳에서 또 다른 사람이 잡혀 있는 것을 볼 수 있었다.

그 역시 쇠사슬로 온몸이 결박당한 모습이었는데, 마치 죽은 자처럼 움직이지 않고 있었다.

장천이 했던 대로 박쥐나 벌레들로 허기를 채운 듯 그의 주위로 뼈들이 수북하게 쌓여 있었으니 이곳에 갇힌 지 꽤 시간이 흘렀음을 알 수 있었다.

천천히 다가서자 쇠사슬에 결박당한 이는 고개를 들고 말했다.

"이제 죽일 생각인가… 기다렸다. 나를 어서 죽여다오."

칠흑 같은 어둠 속에서 장천은 내력을 돋우어 어느 정도 사물을 관

찰할 수 있었지만, 보통 사람이라면 한 걸음 걷기도 힘든 동굴 안이라 그는 장천이 멸천문의 문도라고 생각하는 듯했다.

"멸천문에 의해 갇힌 사람이오?"

"…너… 넌 누구냐."

"본인은 정무맹 청의단의 단주 장천이라 하오. 녀석들과의 싸움에서 포로가 되어 이곳에 갇혔으나 간신히 포박을 풀고 빠져나올 수 있었소."

"정무맹? 중원에 그러한 것이 있었는가?"

그 남자는 정무맹의 이름조차 모르고 있었기에 장천은 이자가 멸천문이 야욕을 드러내기 전에 갇혔던 사람이라는 것을 알 수 있었다.

정무맹은 멸천문이 소림사에 첫 마수를 드러낸 후에 만들어졌기 때문이다.

"일단 당신의 포박을 풀어주겠소이다."

장천은 적이 아니라는 사실에 한 사람이라도 아군이 있으면 좋겠다 생각하고는 그의 몸을 결박하는 쇠사슬을 잘라 버렸다. 오랜 시간 잡혀 있던 그는 제대로 서 있지 못하고 주저앉고 말았다.

그의 상태를 파악한 장천은 손에 내력을 더하여 그의 몸을 풀어주기 시작했다.

"당신은 무슨 이유로 이곳에 잡혀 있는 것이오?"

"…본인은 공공문의 오십구 대 문주 정명이라 하오."

"공공문!"

공공문, 하오문의 전신이라고 알려져 있는 전설의 문파로 지금에는 그 이름이 거의 잊혀진 문파였다.

"공공문의 문주가 어찌하여 이런 곳에?"

장천으로선 그와 같은 사람이 왜 이곳에 잡혀 있는지 알 수 없었으나 정명이란 사람은 그것에 대해 말하지 않으려는 듯 침묵을 지키고 있었다.

말하지 못할 사연도 있으려니 생각한 장천은 더 이상 묻지 않고 그의 몸을 풀어주었다. 그 후 세 시진 정도를 내력을 사용해 안마를 해주자 몸이 어느 정도 풀려 일어서 걸을 수 있는 정도에 이르렀다.

그 역시 산공독에 중독되어 있었지만 오랜 시간 갇혀 있으면서 거의 반 정도의 내력을 찾았고, 장천의 진기가 섞인 안마로 몸에 잠재되어 있던 독기도 태반 빠져나갔기에 본신의 내력은 거의 대부분 찾을 수 있었다.

"혹시… 귀하는 쌍도문의 소문주 장천이 아니오?"

정명의 물음에 장천은 조금 놀란 듯한 표정을 짓고는 대답했다.

"어떻게 그것을? 예, 제가 쌍도문의 소문주인 장천입니다."

"그렇다면 양우생 대협을 아시겠군요."

"예, 저의 사숙이십니다."

정명은 그의 용모파안을 몇 번 본 적이 있어 혹시나 하는 생각에 물어봤던 것인데, 자신이 생각한 것이 맞아떨어지자 크게 기뻐하였다.

쌍도문과 하오문은 지극히 밀접한 관계를 가지고 있었고, 공공문의 정명 역시 하오문의 일을 도와주고 있었기에 장천과는 밀접한 관계라 할 수 있었다.

"장 대협… 부탁이 있습니다."

"부탁이요?"

"예, 제발 저의 의제를 찾아주십시오."

"의제라 하심은……?"

"이곳 어딘가에 저의 의제인 오승이란 사람이 저와 같은 모습으로 잡혀 있을 것입니다. 의제의 사문은 하오문으로 현 하오문 문주의 아들입니다."

"하오문 문주님의 아들이라고요?"

그 말에 장천은 자리에서 일어났다. 쌍도문이 의문의 무리들에게 습격받아 몰락의 기로에 처해 있었을 때 어느 누구도 쉽게 그들을 도와주지 못했지만 하오문만은 양우생과의 친분을 생각하여 전폭적인 지원을 아끼지 않았었다.

이런 이유로 은원을 목숨보다 더하게 생각하는 무림인으로서 쌍도문의 사람들은 하오문이 원할 때 반드시 사문의 무사들을 보내어 도와주겠다는 약조를 했다.

"그런 일이라면 반드시 제가 도와드려야 하지요. 일단 정 대협은 거동이 불편하실 것 같으니 저의 등에 업히십시오."

"고맙습니다."

장천이 도와주겠다고 하는 말에 정명이 눈물을 흘리며 고맙다는 말을 하자 손을 내저으며 아무것도 아니라는 듯이 대답한 장천은 그를 등에 업고는 걸음을 옮겼다.

"혹시 진법에 대해서 아십니까?"

"사문에 내려온 진법서가 있는지라 어느 정도 알고 있습니다."

"다행이군요."

장천은 진법과 같은 것에 대해서는 전혀 지식이 없었기에 정명이 진법에 대해 안다고 하자 안도의 한숨을 쉴 수 있었다.

"지금부터는 최대한 빠르게 움직이도록 하겠습니다."

그 말과 함께 장천은 빠른 속도로 경신술을 사용하여 움직였다. 자신을 업고 있음에도 그 속도가 경신공으로 이름을 크게 떨친 공공문의 경신공과 비교해도 뒤쳐지지 않음에 정명은 크게 놀랐다.

'도대체 쌍도문은 어떻게 이러한 인재를 양성할 수 있었단 말인가…….'

백 년 전만 해도 삼류문파의 축에나 끼여 있었던 쌍도문에서 장천과 같은 고수를 배출했다는 것이 믿어지지 않는 그였다.

장천은 지금까지 자신이 가보지 않은 동굴을 하나둘씩 찾으며 곳곳에 지법을 사용하여 숫자를 적어 넣는 것도 잊지 않았다.

그렇게 자신이 들어가 보지 않은 동굴을 찾아 움직이던 장천은 반시진 정도가 흘렀을 때 또 다른 사람의 흔적을 찾을 수 있었지만 이미 그자는 백골이 되어 있었다.

"이런… 저분을 확인해 보시겠습니까?"

장천으로선 안타까운 표정으로 업혀 있는 정명을 보며 말했는데, 그는 이내 고개를 저으며 말했다.

"의제인 오승은 몸집이 큰 사람입니다. 저 사람은 아니군요."

"알겠습니다."

정명의 말에 장천은 고개를 끄덕이며 혹시나 하는 생각에 백골이 된 시체를 잠시 뒤져 보다 그곳에서 하나의 패를 찾을 수 있었다.

"음… 홍련교의 사람이군요."

그가 가지고 있던 패는 바로 홍련교의 신분 표식이었다. 한때 홍련교에서 지낸 적이 있던 장천이라 금세 알아볼 수 있었던 것이다.

백골에서 찾아낸 패를 품에 넣은 장천은 후에 이것을 그의 가족에게 전해주어야겠다 생각하며 다시 걸음을 재촉하여 동굴을 뒤지기 시작했다.

장천으로선 이런 동굴을 누가 만들었을까 감탄할 수밖에 없었다. 그가 지나다닌 동굴의 숫자만 해도 거의 백에 가까울 정도임에도 아직까지 끝이 보이지 않고 있었기 때문이다.

멸천문의 동진은 군데군데 동굴들의 교착점을 만들고 그곳에서 여러 군데로 길이 이어져 있는 형식이라 어떠한 흔적도 찾을 수가 없었다.

하지만 이곳에 뼈를 묻고 싶은 생각은 없기에 걸음을 재촉하여 정명이 말하는 오승이란 사람과 출구를 찾는 것을 멈추지 않았다.

그렇게 또다시 한참을 뒤지던 장천은 지금까지와는 다른 모습을 눈앞에서 볼 수 있었는데 입구를 가리며 금빛의 모래가 바닥에 깔려 있는 것이었다.

"아무래도 이곳이 출구인 것 같군요."

"이곳이?"

정명의 말에 장천은 모래바닥의 통로를 살펴보았다. 다른 곳과는 다른 모습을 하고 있는 것을 보면 확실히 통로라고 생각할 수 있었지만, 무엇인가 다른 기운이 느껴지고 있기에 정명을 내려놓고 말했다.

"잠시 살펴보고 오겠습니다."

장천은 살펴보고 오겠다는 말과 함께 모래바닥으로 이루어진 통로에 발을 내딛었다. 그 순간 그는 크게 놀라고 말았다. 마치 자신의 발이 무슨 물속에라도 담근 것처럼 힘없이 모래 밑으로 빨려 들어가고 있었기 때문이다.

"유사?"

이곳이 유사라는 것을 깨달은 장천은 급히 다른 쪽 발을 튕기며 유사 속으로 빨려 들어가는 것을 면할 수 있었다.

"과연 그대로 출구를 만들어두지는 않았군요."

그의 말을 들은 순간 장천은 잠시 그를 흘겨보지 않을 수 없었다. 함정이 있음을 알면서도 자신이 가는 것을 막으려 하지 않았다 생각했기 때문이다.

"아! 미안합니다. 저 역시 방금 전까지는 확신하지 못했습니다."

그런 장천의 마음을 아는지 정명이 손을 내저으며 변명했기에 그냥 넘어가기로 하고 그를 보며 물었다.

"이곳의 진세에 대해 아시겠습니까?"

"예, 아무래도 제갈세가의 진법의 흐름을 따르고 있는 것 같습니다."

"제갈세가?!"

정명의 말에 장천은 크게 놀란 표정을 지었다. 제갈세가는 자신의 사형 중 한 명인 임성이 진법을 배운 곳이기 때문이다.

제갈세가의 진세학은 워낙 오묘하고 복잡해 세가에서 태어나고 죽은 이조차 그 모든 학문의 십분의 일도 익히지 못한다고 알려져 있었다.

"정 대협, 제갈세가의 진법에 대해 알고 계신단 말입니까?"

"저희 공공문은 대도의 무문이 아닙니까. 거의 대부분의 무문이 저

회 공공문의 손을 거치지 않은 적이 없을 정도입니다."

그 말과 함께 정명은 자리에 앉아 바닥에 육십사괘의 표식과 함께 이십팔수의 좌를 위에 그려놓고 무수한 선으로 그것을 이어가기 시작했다. 순식간에 바닥은 온통 선으로 뒤덮여져 알아보지도 못할 모양이 되었다.

"이제 좀 이해가 가십니까? 장 대협께서 번호를 새기며 오셨으니 이제 방향 정도는 아실 수 있겠지요?"

'…무서운 녀석……'

저렇게 그려놓고 알 것이라 말하는 정명을 보며 장천은 저것이 농이 아니라 하면 정녕 무서운 놈이란 생각을 하고 있었다.

하지만 자존심 때문에 아는 척한다면 동진을 헤맬 것이 분명했기에 한숨을 내쉬고는 정명을 보며 말했다.

"아무것도 모르겠군요."

"그렇습니까? 그럼 어쩔 수 없군요. 제가 길을 안내해 드릴 수밖에요."

'…빌어먹을 놈……'

괜히 정명이라는 자가 미워지는 장천이었다.

정명이란 자를 등에 업은 장천은 다시 반대쪽으로 걸음을 옮겼는데 이곳에 갇혀 있는 사람들을 구하기 위함이었다.

이미 이곳의 지리를 완전히 꿰뚫은 정명은 스물네 곳에 위치한 모든 감옥을 감지하고 있었고, 그것을 하나하나 더듬어가며 오승을 찾기 시작한 것이다.

하지만 대여섯 군데를 살펴봤음에도 잡혀 있는 사람은 모두 백골이 되어 있었으니 거둔 것이라고는 그들의 신분을 밝힐 수 있는 몇 가지 유품들뿐이었다.

"역시……."

정명은 이곳에 있는 사람들이 모두 죽어 있는 것을 보며 오승 역시 살아남지 못했을 것이란 생각에 어깨가 축 늘어졌다.

만약 이곳에서 오승이 죽었다면 자신은 이 죄에서 영원히 벗어나지 못할 것이라는 생각이 들었기 때문이다.

"아직 모든 곳을 가본 것은 아닙니다. 정 대협의 의제는 반드시 살아 있을 것입니다."

"예… 반드시… 살아 있어야지요… 반드시……."

장천의 말에 정명은 주먹을 쥐며 중얼거렸다. 지금 그에겐 오승의 생사보다 더 중요한 것이 없는 듯했다.

다시 장천은 정명을 등에 업고 동진에 갇혀 있는 사람을 찾기 시작했다. 그렇게 대여섯 군데를 돌아다녔을까? 드디어 살아 있는 사람을 보게 되었다.

장천은 살아 있는 사람을 확인하고는 크게 기뻐하였다. 이 사람은 다른 이들과는 달리 쇠사슬로 포박되어 있지 않았다.

쇠창살로 감옥을 만들었을 뿐이었기에 손발을 움직일 수 없는 사람들에 비해서 살 확률이 높았던 것이다.

그의 손에는 엉성하게 만들어진 갈고리와 같은 것이 들려 있었는데, 그는 이것으로 밖에 있는 박쥐를 잡아 먹을 것을 구하고 있는 듯했다.

장천들이 다가오자 그는 인기척을 느끼고 고개를 돌렸다. 오랜 시간 동안 잡혀 있었는지 긴 머리와 수염으로 나이를 짐작할 수 없었다.

"멸천문의 문도가 아니로군."

장천들이 다가오는 것을 알아챈 그는 중얼거리듯 이야기했는데, 그 역시 포로 중의 한 사람이기에 구해내야 된다 생각한 장천은 고개를 끄덕이며 말했다.

"예, 정무맹 청의단의 단주 장천이라 합니다."

"정무맹? 오라~ 멸천문에 대항하기 위해 새로이 만들어진 정파 연합체인가?"

"그렇습니다."

정무맹이라는 말을 듣자 그가 예상이라도 했다는 듯 말하자 장천은 고개를 끄덕이곤 그가 갇혀 있는 감옥으로 걸음을 옮겼다.

그를 가두어놓은 쇠창살을 만져 보자 역시나 현철을 섞어 주조한 것이었으니 장천은 비도를 들어 내력을 집어넣곤 쇠창살을 잘라 버렸다.

장천이 손쉽게 현철을 섞어 주조한 쇠창살을 자르자 그는 크게 탄성을 내질렀다. 쇠창살을 자를 수 있는 무기를 들고 있으리라고는 생각지도 못했기 때문이다.

"현철로 주조한 쇠창살을 자를 수 있는 무기라면 결코 흔치 않은 것인데? 그 단도 보검이로군."

"무림십대신병의 하나이니까요."

"십대신병? 그렇다면 탈혼섬광구비도의 하나란 말인가?"

"예."

"놀랍군. 혈비도 무랑의 무기를 자네가 들고 있다니 말이야."

"우연한 기회에 얻었을 뿐입니다."

그의 말에 장천은 간단히 대답하고는 빠져나갈 수 있을 정도의 크기로 쇠창살을 자르기 시작했다.

"아! 잠깐 오른쪽 끝의 쇠창살은 조금 길게 잘라주게."

"길게요?"

"다 쓸 데가 있다네."

영문은 모르겠지만 쓸데가 있다는 말에 장천이 일곱 자 정도의 길이로 자르자 무게가 족히 오십 근은 나가는 철봉이 만들어졌다.

장천은 자른 철봉을 그에게 건네줬고 그것을 받아 든 상대는 가볍게 몇 번 휘둘러 보고는 고개를 끄덕이며 말했다.

"충분히 쓸 만하군."

"실례가 되지 않는다면 대협의 존성대명을 가르쳐 주시겠습니까?"

"이런, 내 이름을 말해 주지 않았군. 본인은 제갈문수라 하네."

"제갈 대협이셨군요."

장천은 그저 이름을 알았다는 생각에 고개를 끄덕이며 포권하고 있었지만 뒤에 업혀 있던 정명은 크게 놀라는 모습을 보이고 있었다.

한참을 생각하던 그는 떨리는 목소리로 제갈문수를 보며 말했다.

"혹시… 제갈세가의 신산자(神算子) 어른이 아니신지요?"

"오호~ 아직까지도 나를 아는 사람이 있다니 놀랄 뿐이군."

정명이 자신을 알아보자 그는 재밌다는 표정을 지었다. 장천으로선 왜 정명이 그리 놀랐는지 알 수가 없었다. 그가 제갈세가의 사람이라는 것은 알 수 있었지만 신산자라는 사람에 대해서는 들어본 적이 없는지라 고개를 갸우뚱거릴 뿐이었다.

"신산자 제갈문수 선배님은 귀진자 어르신의 숙부가 되는 분이십니다."

"제갈호 어르신의?"

"예."

정명의 말에 그제야 놀란 표정을 짓는 그였으니 귀진자의 스승이라면 자신의 사조인 오립산이나, 신검 진인, 천무성자와 같은 배분이기 때문이다.

"음… 호아가 뛰어난 것은 알았지만 귀진자라는 명호를 얻을 정도로 성장했단 말인가?"

"예. 현 중원에서 귀진자 어르신만큼 진법에 능한 사람이 없다 할 정도입니다."

"그래? 하하하하. 제갈세가에 인물이 났군, 인물이 났어!"

자신의 가문에 뛰어난 인재가 나왔다는 말에 그는 크게 대소를 터뜨리며 기뻐하는 모습을 취했다.

제갈문수는 그 외에도 정명에게 강호의 상황과 제갈세가의 일들을 물었고, 하오문에서 생활했던 그이기에 자신이 알고 있는 것을 모두 말해 주었다.

장천 역시 현 무림의 상황을 이야기해 주자 이미 예상하고 있었던 듯 고개를 끄덕이던 제갈문수는 그들을 보며 말했다.

"세가가 위협을 당하지 않았다면 나 역시 이런 곳에 갇혀 있지 않았을 것을……."

"세가가 위협을 당하다니요?"

"휴……."

장천의 물음에 그는 잠시 한숨을 쉬더니 당시에 있었던 상황을 말해 주었다.

당시 그는 제갈세가에서 가장 뛰어난 진법가로 이름을 날리고 있었는데, 그런 그의 지식을 필요로 했는지 암암리에 멸천문에서 그를 협박해 왔던 것이다.

제갈세가가 가문의 진법에는 여러 명 뛰어난 인재를 배출했지만, 애석하게도 가문의 무공을 대성한 사람은 없었으니 무가라고 하기에는 그 힘이 미약했었다.

그런 것을 노려 혈비도 무랑이 멸천문의 문도들과 함께 그의 가문을 위협하자 제갈문수는 어쩔 수 없이 그의 말을 들을 수밖에 없었던 것이다.

멸천문에게 끌려간 제갈문수는 그들 문파의 건물과 함께 이곳 참회동과 유사옥을 설계했고, 모든 작업이 끝났을 때는 이곳에 갇히는 신세가 되어버렸다.

"그런 일이 있었군요."

"내 세가로 돌아간다면 가전무공의 중요성을 이야기할 생각이네. 그래야 이 같은 일을 당하지 않을 것이니 말이야."

그의 말대로 무가라는 것은 학문과 제갈세가처럼 기문진세에 능한 문파가 있기는 하지만, 무가의 가장 중요한 것은 바로 무공, 무림에서 어떠한 지식도 강한 힘 앞에서는 무너질 수밖에 없었다.

"이곳에 있으면서 본노는 오로지 세가의 무공만을 생각했다네. 몸은 자유를 잃었을지 모르지만 다행인 것은 세가의 무공을 모두 극성까지 익힐 수 있었다는 것이네."

그 말과 함께 제갈문수는 손을 들어 가볍게 손가락을 튕겼고, 강맹한 기운이 형성되어 그대로 벽에 깊은 구멍을 만들어냈다.

"탄지신통이로군요."

"이곳에서 먹고 살기 위해 극성까지 익힌 무공 중의 하나이네. 이것으로 박쥐를 잡아먹으며 버텨왔지."

자랑스럽다는 듯 이야기하는 제갈문수를 보며 장천은 탄지신통으로 만들어진 구멍에 손가락을 집어넣고 잠시 살펴본 후 이내 조금 멀리 떨어져 벽에 지법을 시전했는데, 강한 파공음과 함께 그의 손가락에서 강기가 뻗어나가 벽을 꿰뚫었다.

하지만 방금 전 제갈문수와는 전혀 다른 위력을 보이고 있었다. 그 기운의 위력은 제갈문수의 탄지신통의 수 배에 달하는 듯이 보였던 것이다.

"응?"

장천의 지공에 제갈문수는 크게 놀랄 수밖에 없었다. 그의 손가락에서 발출된 것이 지강이기 때문이었다.

"지강? 이런 지법에 능숙한 사람을 두고 자랑을 하다니 부끄러울 따름이군."

자신의 앞에 있는 약관 정도의 젊은이의 지법을 보며 제갈문수는 얼굴이 불그스름하게 변했다. 번데기 앞에서 주름 잡은 꼴이 되어버렸기 때문이다.

"여기 계시는 청의단의 단주이신 장천 대협은 쌍도문의 소문주이십니다."

"엥? 쌍도문? 쌍도문이 어떻게 지법을?"

그가 알고 있는 한 쌍도문은 문주였던 오립산이 발이 조금 넓을 뿐이지 무공은 그리 뛰어나지 않다고 알고 있었기에 다시 되물어볼 수밖에 없었다.

"선배님이 멸천문의 손에 잡히신 후 쌍도문은 크게 발전하여 한때는 구파일방의 좌에까지 오를 정도의 명성을 얻었습니다."

정명의 말에 제갈문수는 도저히 이해하지 못하겠다는 표정을 지었다. 자신의 문파를 우습게 보는 그를 보며 장천은 가볍게 손을 들었다.

그가 손을 들자 강렬한 기운이 장심을 통해 흘러나왔다. 가볍게 일장을 뻗자 동굴의 벽은 마치 모래가 부서져 내리는 것처럼 무너져 내렸다.

"저의 아버지이신 현 쌍도문의 문주께선 저보다 몇 단계는 뛰어난 무공을 지니고 계십니다."

"음……."

장천이 시전한 장력에도 크게 놀란 제갈문수는 이어진 그의 말에 혀를 내두를 수밖에 없었다. 장천의 몸에서 느껴지는 기운은 무림에서 열 손가락 안에 든다고 해도 과언이 아닌데 그 아비는 몇 단계 더 뛰어나다 하기 때문이다.

도저히 믿어지지 않는 사실에 제갈문수는 허탈한 목소리로 말했다.

"내가 없는 사이에 강호도 상당히 변했군. 이거… 오랜 시간 가문의 무공을 연성했던 내가 오히려 우습게 된 듯하군……."

그 말과 함께 제갈문수가 시무룩한 표정을 짓자 장천은 조금 미안한 감정이 들었다.

그저 자신의 문파를 우습게 보고 있다는 생각에 그것을 누르려고 했던 것뿐인데, 상대의 오랜 노력을 물거품으로 만든 것같이 되어버렸기 때문이다.

어쨌든 이곳을 빠져나가야 한다는 생각에 장천은 그를 보며 말했다.

"일단은 이곳을 벗어나는 것이 좋을 듯합니다. 저희와 함께 동행하시겠습니까?"

"휴… 늙은이가 무슨 힘이 있겠나… 힘 센 놈이 시키는 대로 할밖에……."

그의 말에 제갈문수는 힘없이 말하고는 잘라준 철봉을 질질 끌며 뒤를 따랐다.

제갈문수는 경신술에도 상당한 경지에 이르러 있었는데, 장천의 뒤를 따르면서도 노년의 나이에도 불구하고 지친 모습을 보이지 않았다.

십여 군데 더 감옥을 돌아다닌 장천은 두 명의 무인들을 더 구할 수 있었지만 정명의 의제인 오승은 찾을 수가 없었다.

장천이나 다른 사람들로서는 답답할 수밖에 없었는데 한참을 조용하게 있던 제갈문수가 정명을 보며 넌지시 물었다.

"보아하니 자네가 이곳의 지리를 잘 알고 있는 것 같은데?"

"예. 약간의 진법 공부를 할 수 있었습니다."

"음… 나에게 그것을 설명해 주겠는가?"

그의 말에 정명은 장천의 등에서 내려 바닥에 이곳의 지리를 그리기 시작했고, 장천은 두 번째 보는 것임에도 전혀 이해하지 못하고 있었는 제갈문수는 그가 선을 하나씩 그릴 때마다 놀란 표정을 감추지 못하고 있었다.

"여기까지가 제가 생각하고 있는 모든 것입니다."

"굉장하군, 굉장해! 자네, 내 제자가 되고 싶은 마음이 없는가?"

"예? 제자요?"

"자네가 보여준 것은 실로 놀라울 정도네. 물론 완벽하게 유사옥의 동진을 알아낸 것은 아니네만 그 정도만 해도 대단하다 할 수 있다네."

그의 말에 정명으로선 자신의 생각한 것이 완벽하진 않다는 말에 궁금하긴 했지만, 제자가 되라는 말을 승낙할 수 없었기에 고개를 저으며 말했다.

"죄송합니다. 무명이긴 하나 한 문파의 수장 직위에 있기 때문에 신산자님의 제자가 될 수 없습니다."

"문파라면?"

"현재 공공문의 문주 직을 맡고 있습니다."

"공공문!! 설마……!"

공공문이라는 말에 제갈문수는 경악스러운 표정을 짓더니 떨리는 목소리로 그를 보며 물었다.

"혹시… 자네가 문파에서 보았던 책이… 천기기문둔갑진서(天氣奇門遁甲眞書)가 아닌가?"

"예? 처음 들어보는 책이군요. 무슨 이유라도?"

"아, 아니네……."

모르겠다는 정명의 말에 제갈문수는 손을 내저으며 아니라고 말했다. 그러자 정명으로선 속으로 안도의 한숨을 쉴 수 있었다.

그가 읽은 책은 제갈문수가 말했던 대로 천기기문둔갑진서였는데, 그것은 공공문이 제갈세가에서 훔쳐 온 것이었다.

당시 제갈세가에서는 이것을 누가 훔친 것인지도 알지 못하고 있었기에 대도의 무문이라 할 수 있는 공공문이 범인이 아닐까 추측하고 있었다.

대충 위기를 넘긴 정명은 다시 오승을 찾으러 움직였으나 아쉽게도 어느 곳에도 오승은 없었다.

모든 감옥을 뒤졌음에도 찾지 못하자 정명은 크게 실망할 수밖에 없었지만, 일단은 이곳에서 빠져나가 오승의 종적을 다시 찾아야 하겠다는 생각에 마음을 정리해야 했다.

장천과 정명, 그리고 제갈문수와 유사옥에 갇혀 있었던 두 명의 무인은 입구로 향했고, 이제는 이곳의 지리에 대해서 잘 알고 있었던지라 출구는 쉽게 찾을 수 있었다.

장천은 유사가 보이는 입구에서 멈추고는 제갈문수를 보며 말했다.

"선배님, 이곳을 어떻게 통과해야 할까요?"

"글쎄… 이 유사 자체에는 걸어서 빠져나갈 방도가 없네."

"예?"

제갈문수의 말에 장천은 놀랄 수밖에 없었다. 이곳을 설계한 사람이 빠져나갈 방도가 없다는 말을 했기 때문이다.

"이곳 유사는 특수한 배를 사용해서만이 지나다닐 수 있다네."

"벽호공으로 벽을 타고 가는 방법은 어떻습니까?"

장천은 혹시나 하는 생각에 물어보았는데, 그는 고개를 저을 뿐이었다.

"그 정도야 이미 생각하고 있는 것이지. 이곳 출구에는 총 오십여 개의 기관 장치가 있어 벽을 타고 갔다가는 기관 장치에 휩쓸려 유사 속으로 빨려들어 갈 것이네. 또 경공이 뛰어나 답설무흔의 경지에 이르렀다 해도 쉽지 않은 것이 중간에 정해진 순서대로 번호가 새겨진 벽돌을 누르지 않으면 무조건 기관이 작동되네. 말 그대로 허공답보의 경지에다 암호를 알지 못하면 빠져나가는 것은 불가능하지."

자신이 말한 것을 확인시키려 하는 듯 제갈문수는 앞으로 나서며 철봉을 들어 출구의 벽 한 군데를 눌렀고, 순간 사방의 벽에서 날카로운 창이 나오며 입구를 완전히 막아버렸다.

"보았는가?"

"…예."

그의 말대로 벽호공을 사용해서 움직였다면 목숨을 부지하지 못했을 것은 분명한 사실이었기에 오승을 찾기 위해 돌아다니지 않았다면 철창에 찔리거나 유사 속으로 빨려 들어가는 것을 면치 못했을 것이란 생각에 등줄기에선 식은땀이 흘러나왔다.

도저히 빠져나갈 방법이 없다는 생각에 장천으로선 암담함이 밀려왔는데, 그때 제갈문수가 철창을 들어 벽의 한 부분을 깨기 시작했다.

쿠궁!

내력을 다한 철봉에 벽이 무너져 내렸는데 놀랍게도 부서진 벽 뒤로 기관 장치가 있는 것을 볼 수 있었다.

"저것은?"

"유사옥 출구의 기관 장치이네. 설마 내가 빠져나가지도 못할 함정을 만들었겠는가? 나 역시 갇힐 것이라 생각하고 하나의 헛점을 만들어놓았네."

"그럼."

"별것없어, 기관 장치가 있는 벽을 부서뜨리며 해체하면서 통과하면 될 것이네."

그의 말대로 하나씩 차근차근히 해 나간다면 못할 것도 없다는 생각이 든 장천은 제갈문수를 도와 기관 장치를 파훼하기 시작했다.

장천은 제갈문수가 갇혀 있었던 곳에서 다시 십여 개의 철봉을 구해 그것을 벽에 박으며 발판 삼아 천천히 앞으로 나아갔다.

다행히 제갈문수는 이곳의 기관 장치를 거의 모두 파악하고 있었기에 일을 행함에는 문제가 없었지만, 워낙 정교한 장치들로만 이루어져 있어 하나를 파훼하는 데 걸리는 시간이 상당했고, 이 때문에 심신은 점점 지쳐 갈 수밖에 없었다.

그런데 거의 이십여 개의 기관 장치를 파훼했을 때 장천은 멀리서 또 다른 기관 장치의 발동 소리를 들을 수 있었다.

"어르신, 반대 편에서 기관 장치가 발동한 것 같습니다."

"반대 편에?"

장천의 말을 들은 제갈문수는 잠시 생각하는 모습을 보이고는 그를 보며 말했다.

"아무래도 반대 편에서 이곳으로 오려고 하는 사람이 있는 것 같군."

"멸천문의 문도일까요?"

"그들이라면 기관 장치를 발동시키지는 않겠지."

그의 말에 장천은 고개를 끄덕이면서 천천히 숨을 들이마신 후 반대쪽의 출구를 향해 내력을 돋우어 소리를 질렀다.

"거기 누구 있는가!"

누군가 듣는다면 도움이 되지 않을까 생각하여 크게 소리를 지르자 잠시 후 반대쪽 출구에서 익히 알고 있는 사람의 목소리가 들려왔다.

"천이냐! 거기 천이 맞나!"

"데비드?!"

반대 편 출구에서 들린 소리가 데비드의 목소리라 장천은 크게 놀랄 수밖에 없었다. 그렇다면 이 출구의 밖에는 청의단의 사람, 그것으로 장천은 희망에 불탈 수 있었다.

"아는 사람인가?"

"예, 저의 의형제들입니다."

반대쪽에서 데비드들이 일을 도와주자 기관 장치의 파훼는 한층 더 진척될 수 있었고, 거의 이틀이 넘는 작업 끝에 장천들은 유사옥을 빠져나올 수 있었다.

"데비드! 명언아!"

"장천!"

장천들은 서로를 얼싸안으며 기쁨을 마음껏 표현하다 데비드와 명언의 몸에서 내력이 느껴지지 않은 것을 알고는 미간을 찌푸리며 말했다.

"아직 산공독을 풀지 못한 모양이구나."

"아무래도 독을 몰아내기에는 공력이 모자르더군."

"그래도 이 정도면 다행이다. 십향산과 같은 산공독이 아니라 말이야."

"그건 그렇지."

십향산 역시 산공독의 일종이지만 그것은 인간의 근력까지 무기력하게 만들기 때문에 십향산에 중독된 사람은 걷는 것조차 어려웠다.

"그렇게 본다면 멸천문이 우리를 완전히 죽일 생각은 아니었나 보군."

"음… 도대체 무슨 생각을 하는지 알 수가 없어."

이것은 다른 무림인들에게도 마찬가지였으니 무림을 일통하려는 멸천문이지만 조금 이해 안 되는 부분이 많았다.

정무맹의 경우만 해도 무당에 있었을 때 정파의 무인들을 일거에 쓸어버리는 것도 어렵지 않았을 텐데 일부의 사람들만을 보내어 그저 시위 정도로만 끝냈기 때문이다.

"이상해… 이상해……."

장천은 혈비도 무랑의 계획에 대해 곰곰히 생각해 보았지만 역시나 답을 찾을 수 없었다.

지금의 상황만 보더라도 어떻게 보면 이곳을 탈출하라는 것처럼 허술한 모습을 보이고 있었기 때문이다.

물론 유사옥의 기관 장치들이 무섭기는 했으나 그렇다고 완전히 빠져나가지 못할 정도는 아니기 때문이다.

하지만 일단은 산공독에 중독된 사람들을 풀어주는 것이 급선무인지라 장천은 데비드와 동방명언에게 가부좌를 틀게 한 후 그들의 몸에 있는 산공독을 풀기 시작했다.

다행히 멸천문의 산공독은 시간만 있으면 충분히 풀 수 있는 종류라 어렵지 않게 이들의 몸에서 완전히 몰아낼 수 있었다. 또 독을 몰아낸 사람은 다른 이들의 산공독을 몰아내는 식으로 움직이며 거의 삼 일 만에 참회동에 갇혀 있는 사람들의 몸을 원상태로 회복시킬 수 있었다.

참회동에 갇혀 있는 사람들의 숫자는 삼백여 명 정도였기에 이들이 모두 독을 해독한 이상 이곳을 탈출하는 것은 어렵지 않게 생각되었다.

이곳을 탈출하기 위해 참회동의 벽을 오른 사람은 바로 장천이었다.

그 외에는 호리병 모양의 벽을 오를 사람이 없었기 때문이다.

제갈문수의 감옥에서 가져온 철봉을 벽에 박으며 천천히 오르는 장천은 잠시 후 상부까지 오를 수 있었고 고개를 들어보자 다섯 명 정도의 무인이 경비를 서고 있음을 확인할 수 있었다.

"합!"

녀석들의 모습을 보며 장천은 몸을 날려 빠른 속도로 경비를 서는 무사들을 공격했고 무사들은 장천의 빠른 손놀림에 순식간에 혈도를 짚혀 쓰러졌다.

제51장

정무맹의 노도(怒濤)

순식간에 보초들을 모두 쓰러뜨린 장천은 이들 외에 다른 이의 모습이 보이지 않자 급히 승강기를 내려 사람들을 오르게 했다.

"다행히 참회동에는 이들 외에 없는 듯하다."

"생각보다 경비가 허술하군."

동방명언은 경비 무사의 수가 너무 적다는 것에 이상한 생각이 들었다.

아무리 탈출하기 어려운 곳이라 할지라도 이 정도의 숫자만이 감옥을 지킨다는 것은 있을 수가 없는 일이기 때문이다.

'함정인가?'

하지만 언제 자신들이 탈출을 도모할지도 알지 못하는 그들이 함정을 생각하고 있을 리는 없었다.

"일단은 사람들과 함께 밖으로 나가도록 하지."

"그러는 것이 좋을 것 같다."

장천의 나가자는 말에 명언으로선 별다른 방법이 없었기에 밖으로 나갔다.

참회동의 외부로 오 리 정도 떨어진 곳에서 이곳을 지키는 자들이 머무르고 있는 전각이 눈에 뜨였고, 장천은 사람들과 함께 조심스럽게 접근해 갔다.

족히 기백 명은 머무를 수 있을 정도로 큰 전각인지라 숨을 죽이며 조심스럽게 담장으로 접근해 간 장천은 몸을 날려 안을 들여다보았는데, 거대한 전각 내부에는 사람의 모습이 보이지 않았다.

담을 타고 움직이며 전각 이곳저곳을 살펴보았지만 역시나 인기척은 찾을 수 없어 장천은 영문을 알 수가 없었다.

"명언, 그쪽도 아무도 없어?"

장천의 물음에 명언 역시 고개를 끄덕였고 전각 안으로 들어왔던 다른 청의단의 무사들 역시 어느 누구도 사람들의 모습을 보지 못했다.

마치 꿈이라도 꾸고 있는 듯한 장천이었는데 그때 개방 출신의 청의단 무사가 서한을 들고 와서는 말했다.

"단주, 이것을 한번 읽어보십시오."

"이건?"

"전각 안에서 찾아낸 것입니다."

그의 말에 서한을 받은 장천은 안의 내용을 읽어보았고, 그제야 지금의 상황을 이해할 수 있었다.

"그렇군… 이들을 상대하기 위해 이곳의 무사들이 모두 나간 것인가……."

"장천, 무슨 내용이지?"

"이곳 멸천문 참회동의 지부 쪽으로 정무맹의 무사들 수백 명이 오고 있다고 쓰여 있어. 이들 때문에 이곳 무사들 모두가 나간 것 같군."

"음……."

하지만 모두가 나갔다는 것은 무엇인가 석연치 않은 점이 있었다.

이곳이 그들의 거점이라면 적어도 수십 명의 무사들은 남겨놓아야 정상이기 때문이다.

"일단은 이곳의 병기고를 찾도록 하자."

장천의 말에 사람들은 고개를 끄덕이고는 무기고를 찾기 시작했고, 얼마 지나지 않아 지부의 무기고를 찾을 수 있었다.

무기고 내에는 흔히 볼 수 있는 검이나 도 정도만이 있을 뿐이지만 숫자는 꽤 많아 참회동에서 빠져나온 사람들 반 이상이 병기를 가질 수 있을 정도였다.

"이제부턴 어떡하지?"

"일단은 이곳으로 오고 있다는 정무맹 무사들을 도와야 하겠지. 사람들에게 그렇게 알리도록 해."

"알았어."

명언은 장천의 말에 고개를 끄덕이고는 사람들에게 의견을 피력했고, 모두 멸천문에 상당히 이를 갈고 있었던지라 그의 뜻을 흔쾌히 따랐다.

다행히 지부에는 상당량의 식량이 비축되어 있어 참회동에서 나온 이들은 별다른 어려움은 겪지 않았다.

'마치… 우리를 무리없이 탈출시키려 하는 것 같군. 무기에 식량까

지 넉넉히 비축해 있다니 말이야.'

장천의 이러한 생각은 동방명언이나 공공문의 정명, 제갈세가의 제갈문수 등도 공통적으로 생각하고 있는 일이었다.

"정 소협."

"예, 어르신."

제갈문수가 자신을 부르자 정명은 고개를 돌려 정중한 목소리로 대답했다.

"아무래도 무엇인가 이상하지 않은가?"

"그렇습니다만… 아무것도 하지 않는 것보다는 나은 듯합니다."

"그렇기는 하네만… 함정이라고 보기에는 너무 미숙하고 그렇다고 서한에 적혀 있는 내용을 그대로 믿는 것도 무엇인가 이상해… 마치 누군가가 우리에게 도움을 주고 있는 듯하지 않은가?"

그의 말에 정명은 손뼉을 치며 말했다.

"그렇군요! 그렇게 생각하면 앞뒤가 맞는 듯합니다."

"만일 그렇다면 그는 이곳을 담당하는 자여야 할 거야. 아무도 남기지 않고 무사들을 보낸다는 것은 그 정도의 힘이 없으면 불가능하지."

"그렇군요."

"하지만 멸천문, 거기에다 참회동의 지부를 책임질 정도의 인물이 왜 우리를 돕고 있는 것이지? 거기에다 그가 신분을 속이고 있는 인물이라면 의심 살 정도로 이렇게 큰 도움을 주지는 않았을 게야."

제갈문수의 말에 정명 역시 고개를 끄덕였다.

어찌 됐든 누군지 알 수 없는 자의 도움으로 탈출한 사람들은 참회동의 지부에서 벗어났고, 세 시진의 여정 끝에 드디어 멸천문의 무리들을 발견할 수 있었다.

"음……."

참회동을 나온 이들이 발견한 것은 넓게 펼쳐져 있는 평원에서 정무맹과 멸천문의 무사들이 싸우고 있는 모습이었다.

안력을 돋우어 살펴보자 정무맹의 무사들이 숫자에서 크게 밀리는 모습을 보이고 있었고, 참회동의 지부에서 나온 무사들은 이들 정무맹의 무사들을 둘러싸며 포위 공격을 하고 있었다.

이렇게 두면 정무맹의 무사들이 전멸하는 것은 시간문제라 할 수 있었기에 장천은 명언을 보며 말했다.

"우리들이 저 싸움에 나선다면 상황은 크게 역전될 것이다. 명언아, 가자!"

"응!"

장천의 말에 고개를 끄덕인 명언이 사람들에게 손짓하자 그들은 일제히 소리를 지르며 정무맹과 멸천문의 무사들이 싸우고 있는 곳으로 몸을 날렸다.

"와아아!!"

난데없이 산 쪽에서 한무리의 무사들이 소리 지르며 뛰어오자 멸천문의 무사들은 크게 당황할 수밖에 없었다.

그 때문에 이들을 지휘하고 있던 멸천의 무사는 황급히 진세를 바꾸어 이들을 막으려 했다.

하지만 이들의 선두에 선 자는 장천을 비롯하여 모두 정파의 후기지수 중 뛰어난 자들이었기에 변두리 지부의 무사들이 막기에는 역부족이었다.

"홍염장(紅炎掌)!!"

가장 선두에 선 장천은 사정거리에 이르자 몸을 날려 그대로 화의 무공을 끌어올려 홍염장을 시전했고, 뜨거운 양강의 장풍이 일거에 십여 명의 무사들을 불길 속으로 휩쓸어 버렸다.

"끄아악!!"

일장에 적도들 십여 명이 쓰러지자 장천은 다시 좌수에는 소수마공을 끌어올리며 깊숙이 들어가 적들을 휩쓸어 버리기 시작했다.

이곳에 있는 자들 중 장천과 같은 고수를 상대할 수 있는 자가 없었기에 그들의 사기는 더욱더 저하될 수밖에 없었다.

한편 이들을 지켜보는 또 다른 자들이 있었는데, 이들은 모두 하나같이 숫자가 적혀 있는 복면을 하고 있었다.

"하 장로님께서 제때에 저들을 보내신 것 같군."

"예, 문 형님. 이제 우리도 선물을 보내야 하지 않을까요?"

"그러도록 하지."

옆에 있던 복면인의 말에 구 자가 쓰여 있는 복면인은 고개를 끄덕였고, 잠시 후 두 사람의 복면 무사가 수레를 하나 끌고 왔다.

그곳에는 제갈문수를 가두었던 것과 같이 현철을 섞어 만든 쇠창살의 우리가 있었는데, 내부에는 광기 어린 눈으로 침을 흘리며 발광을 하는 자가 장천의 무기였던 냉혈검을 들고 있었다.

얼굴이 일그러져 있는 그는 놀랍게도 만경과 같이 있었던 단살척이라는 자였는데 그는 무슨 이유로 이런 꼴이 되어 있는 것인가?

자신의 역량을 알지 못하고 냉혈검에 손을 가져갈 자는 아니었으니 영문을 알 수 없었다.

"태상문주의 명을 어기니 이런 꼴이 되지… 쯧쯧… 보내라!"

"예."

구 자가 쓰여 있는 복면인의 말에 고개를 끄덕인 다른 무사가 쇠창살의 문을 열자 광인이 되어버린 단살척은 눈 깜짝할 사이에 뛰어나와 그를 향해 맹렬하게 검을 휘둘렀다.

"흥!"

하지만 냉혈검의 냉기에 의해 광인이 된 자에게 쓰러질 복면인이 아니었기에 그가 가볍게 일장을 내뻗자 강렬한 바람이 일렁이며 단살척을 날려 버렸다.

족히 십 장 이상을 내동댕이치듯 나가떨어진 단살척은 본능적으로 자신이 상대할 자가 아니라고 생각하고는 도주했고, 복면인은 더 이상 그를 공격하지 않았다.

단살척은 복면인에게 도망가 멸천문과 정무맹의 사람들이 싸우고 있는 곳으로 향했는데, 광인이 된 그는 살기에 본능적으로 이끌리고 있었던 것이다.

"화룡신도는 어떻게 하면 좋겠습니까?"

"그것은 내가 알아서 하마."

"예."

"너희 두 사람은 큰 형님께 돌아가도록 하라."

"예."

그의 말에 두 사람의 복면인이 포권하며 사라지자 그는 천천히 복면을 벗었다. 드러난 얼굴의 주인은 바로 낭아문의 문규였고, 남아 있던 두 복면인은 그의 사제와 사매였다.

"가자!"

"예."

문규의 말에 두 사람은 동시에 대답하고는 그와 함께 몸을 날렸다. 그들이 향하고 있는 곳은 사람들이 싸우고 있는 곳이 아니라 외곽의 다른 쪽이었다.

한편 싸움은 장천들의 참여로 정무맹에 유리하게 흘러갔기에 한 시진도 되지 않아 정무맹의 승리로 끝나는 듯했다.

멸천문과 싸우고 있던 정무맹의 무사들은 바로 곽무진과 정필과 함께 있었던 백화대와 정무맹의 또 다른 단의 하나인 의검단의 무사들로 곽무진에게 청의단의 소식을 듣고는 그들을 구하기 위해 합류한 사람들이었다.

"무진 형!"

"무사했구나!"

"예!"

"다행이다."

이제 싸움은 거의 막바지로 향해 멸천문의 무사들은 대부분 죽거나 제압당했는데, 그때 한쪽에서 예상치도 못한 일이 벌어졌다.

"으악!"

그곳에는 멸천문과 정무맹의 무인들이 도살당하듯 한 사람에게 쓰러져 가고 있었던 것이다. 이에 장천은 이들을 쓰러뜨리는 무인의 병기를 보고는 크게 놀랄 수밖에 없었다.

"저건?!"

그의 손에 들린 검이 바로 냉혈검이었기 때문이다.

"냉혈검?"

냉혈검을 들고 있는 자는 참회동에 갇히기 전 대적했던 적의 간부 중 한 사람이라 장천은 미간을 찌푸리며 중얼거렸다.

"이런… 냉혈검을 잡았단 말인가… 어리석은 녀석!"

냉혈검, 그것을 견디어낼 수 있는 자가 아니라면 냉기가 골수에 밀려와 광기에 접어들게 되는 마검인지라 장천은 광인인 그자의 무지에 혀를 찰 수밖에 없었다.

검에 눈이 어두워 냉혈살마가 되었다 생각되는 그를 보며 장천은 몸을 날렸다.

사람들의 어깨를 밟으며 녀석에게 몸을 날린 장천이 그대로 일장을 내뻗자 강렬한 열기가 냉혈살마를 향해 밀려들어 갔다.

쿠구궁!!

하지만 장력이 밀려들어 오자 냉혈살마는 검을 들어 장력을 후려쳤다.

자신의 장력을 쳐내자 장천으로선 조금 놀라기는 했지만 냉혈살마가 되면 자신의 선천진기를 사용하기 때문에 내력이 한순간 크게 상승한다는 것을 알고 있기에 부드럽게 움직이며 녀석의 몸까지 밀고 들어갔다.

"합!"

가슴까지 미끄러져 들어간 장천은 녀석의 명치를 향해 일장을 내질렀고, 장천의 십성에 의한 공력의 일장이 냉혈살마의 명치에 적중하며 십여 장 이상 튕겨 나갔다.

하지만 가슴이 부서져 가는 것과 같은 모습에도 냉혈살마는 입에서 피를 흘릴 뿐, 그 움직임은 멈추지 않았다.

'역시 냉혈검의 극성인 화룡신도가 없어 제압하기가 어렵군.'

화룡신도만 가지고 있다면 그것의 열기로 쉽게 처리할 수 있겠지만, 맨손으로 냉혈검의 음기를 제어하며 상대하는 것은 어려웠다.

하지만 일단 사람들의 사이에서 그를 떼어놓는 것에는 성공했다 생각한 장천은 다시 몸을 날려 그를 향해 각공을 시전했다.

"백영각!"

장천이 내지른 일각은 백여 개의 각영을 형성하며 냉혈살마의 사혈을 적중했고, 또다시 그는 뒤로 팅겨져 날아갔지만, 지치는지도 모르고 일어서는 냉혈살마였다.

"크와아!!"

냉혈살마는 장천을 당해내지 못하겠다고 본능적으로 생각했는지 뒤로 돌아 도주하기 시작했으나 냉혈검을 포기할 수 없는 장천은 몸을 날려 그의 앞을 막으며 말했다.

"검을 내려놓지 않고는 보내줄 수 없지!"

도망가려던 그의 앞을 막은 장천은 미소를 지으며 말하곤 녀석의 명치를 향해 일권을 내질렀고, 강한 타격에 또다시 밀려가는 냉혈살마였다.

보통 사람이라면 명이 끊겨도 몇 번은 끊겼을 상황이었건만 냉혈살마는 강시라도 되는 양 계속해서 몸을 일으켰고, 이에 장천조차 질릴 수밖에 없었다.

"역시 온전한 시체를 남겨주는 것은 불가능하겠군."

냉혈살마가 된 광인을 없애기 위해선 화룡신도로 냉혈검의 냉기를 없앤 후 내공으로 그의 뇌까지 밀려온 광기를 없애거나 목을 자르는 수밖에 없었다.

하지만 병기가 없는 장천은 마음을 결정하고는 몸을 일으키는 냉혈살마의 뒤로 가 양쪽 관자놀이를 향해 두 손바닥에 내력을 더해 휘둘렀다.

"음양폭살장(陰陽爆殺掌)!"

음양폭살장, 장천이 화의 무공과 소수마공이라는 양과 음의 상승 무공을 익힌 후 우연히 알게 된 장으로 음과 양의 장력으로 적의 체내를 파괴하는 수법이었다.

그 수법이 워낙 잔혹하여 알고는 있었지만, 단 한 번도 사람을 향해 사용한 적이 없었으나 사람이라 보기에는 어려운 냉혈살마인지라 처음 사용하게 된 것이다.

장천의 음양폭살장에 양쪽의 관자놀이를 적중당한 냉혈살마는 일어서려던 그 움직임이 완전히 멈추어지고 말았다. 잠시 후 온몸의 혈맥이 크게 부풀어 오르는가 싶더니 펑 하는 소리와 함께 머리가 폭발하며 사방에 살점과 피를 뿌렸다.

"헉!"

"끄악!"

이 처참한 모습에 장천과 냉혈살마의 싸움을 지켜보던 사람들은 자신도 모르게 비명을 내지를 정도였다. 한 사람의 머리가 산산이 부서지는 것을 보며 어찌 놀라지 않을 수 있겠는가?

비명과 함께 멸천문과 정무맹의 싸움이 이루어지고 있던 벌판은 잠시 정적으로 감싸여지고 말았다.

"끝이군……."

머리가 완전히 부서진 냉혈살마는 잠시 꿈틀거리는 것을 제외하고는 더 이상 움직이지 않았기에 장천은 천천히 걸음을 옮겨 그의 손에 잡혀 있는 냉혈검을 집어 들었다.

그가 냉혈검을 집어 들자 전의를 상실한 멸천문의 무사들은 자신들의 검을 버리기 시작했다. 냉혈살마의 처참한 죽음을 보며 더 이상 싸울 용기가 나지 않았기 때문이다.

완전한 승리에 기쁨의 함성을 내지를 만도 하지만 정무맹의 무사 역시 장천의 잔인한 손속에 할 말을 잃고 있었고, 이에 장천을 보며 미간을 찌푸릴 수밖에 없었다.

'역시 음양폭살장을 사용하지 말 걸 그랬나?'

하지만 냉혈살마라는, 귀신과도 같은 존재를 상대하기 위해선 음양폭살장이 아니었어도 잔인한 손속은 어쩔 수 없는 것이었다. 그것을 알지 못하는 정파 무사들의 눈을 보며 장천은 그러한 변명과도 같은 말을 하기는 싫었다.

다행히 데비드와 동방명언, 그리고 곽무진은 장천의 이러한 잔인한 손속에도 아랑곳하지 않고 다가와서는 말했다.

"수고했다."

"고마워. 싸움도 이제 끝났으니 멸천문의 포로를 데리고 돌아가는 일만 남았군."

"그래. 하지만 저들의 반응을 보니 한숨이 나오는군."

데비드는 장천을 보고 있는 군웅들의 시선을 보며 기분이 상한 듯 중얼거렸다. 그 역시 저들의 저러한 반응이 마음에 들지 않기 때문이다.

어떻게 죽이든 사람을 죽이는 것은 마찬가지이거늘, 무엇에 저런 눈을 하는지 이해할 수 없었다. 물론 손속이 잔인했던 것은 인정하는 일이었지만 가슴이 부서지고도 살아나 움직이는 자를 무슨 수로 상대한단 말인가?

"명언, 이제 정무맹으로 돌아가자고 전해줘."

"알았어."

장천의 말에 동방명언은 군웅들을 보며 소리쳤고, 그제야 정신을 차린 사람들은 정무맹으로 돌아가기 시작했다.

장천 역시 걸음을 옮기려 했는데 그때 세 명의 무인들이 빠른 경공으로 사람들을 향해 달려오는 것을 볼 수 있었다.

"저들은?"

멀리서 달려오고 있는 이들은 장천도 익히 알고 있는 바로 낭아문의 무인들이었다.

그중 문규는 커다란 보자기와 함께 병기로 생각되는 물건을 비단에 싸서 들고 있었는데, 장천의 앞까지 다가온 문규는 포권을 하며 밝은 표정으로 말했다.

"단주님! 무사하셨군요."

"문 대협 역시 무사하시니 다행입니다."

문규의 말에 장천 역시 반가운 표정으로 포권을 했고, 이에 문규는 손에 들고 있던 보따리를 내밀곤 말했다.

"적과의 대적에서 간신히 빠져나갈 수 있었던 저희들은 그들의 수장이 야밤을 틈타 움직이는 것을 보고 급히 따라갔습니다."

"혼자서요?"

"예, 마치 무엇인가에 쫓기는 것과 같이 달아나는 것을 보고 정보를 알아내지 않을까 하는 생각에 녀석을 제압했는데, 알고 보니 전에 청의단을 무너뜨렸던 멸천 무리의 수장이었던지라 죽은 단원들의 제사를 위해 목을 베어왔습니다."

그 말과 함께 문규가 보따리를 풀자 그곳엔 만경의 목이 들어 있었다.

사람들 중에서는 만경의 얼굴을 본 사람이 많았기 때문에 그들이 자신들을 잡아넣은 멸천문의 우두머리라는 것을 한눈에 알아보았다.

"그리고 이자가 이 물건을 소중히 가지고 가는 것을 보며 풀어보았더니 단주님의 물건이 있더군요."

그 말과 함께 다시 비단으로 싸여진 물건을 풀어헤치자 그곳에 화룡신도가 들어 있어 장천은 크게 기뻐하며 말했다.

"문 대협이 적 수장의 목을 벤 것은 물론 본인의 귀중한 물건까지 찾아주시다니 뭐라 감사의 말씀을 드려야 할지 모르겠습니다."

"청의단의 무사로서 당연한 일이지요."

장천은 문규가 화룡신도를 건네주자 화룡신도를 뽑아 들고는 감격에 젖었다. 냉혈검이나 화룡신도 모두 다시 찾는 것은 힘들 것이라 생각했는데, 그것을 쉽게 찾을 수 있었기 때문이다.

하나, 장천과는 달리 그들을 의심하고 있는 사람이 있었는데 바로 제갈문수였다.

'십대신병 두 개를 하루에 다 찾아? 뭔가 수상한 냄새가 나는데… 음… 그리고 저자도… 어디선가 본 적이 있는 듯해… 어디지?'

한편 문규 역시 누군가 자신을 뚫어지게 노려보는 것을 보며 시선을 돌렸고, 이내 익히 얼굴을 알던 자인지라 속으로 조금 놀랄 수밖에 없었다.

[문 오빠, 저자는!]

[그래… 제갈문수로구나…….]

장민의 말에 문규는 미간을 찌푸렸다. 제갈문수에게 자신의 진면목을 보여준 적이 있었기 때문이다.

물론 그때는 멸천십군이 되리라고는 생각지도 못했던 때였기에 별로 염두에 두지 않았는데, 그가 살아 자신의 앞에 서자 당황할 수밖에 없었다.

[저자를 죽여야 할까요?]

[일단은 지켜보도록 하자. 아직 우리의 얼굴을 생각해 내지 못한 듯하다.]

[예.]

장민의 말에 문규는 고개를 저으며 잠시 지켜보는 것을 선택했다. 지금 그를 죽인다면 장천이 주위에 첩자가 있다는 것을 의식하게 될 것이 분명하기 때문이다.

어쨌든 화룡신도와 만경의 목을 가져온 문규는 장천을 비롯하여 뭇 군웅들에게도 상당히 큰 환영을 받았는데, 이는 냉혈살마를 죽인 장천을 대하던 것과는 너무나 다른 모습이었다.

'이거 섭섭한 걸…….'

이 싸움은 사실 장천 자신이 극성으로 무공을 시전하여 적진을 휩쓸고 다녀 적의 사기를 꺾었기에 피해없이 확실한 승리를 얻은 것이다. 그런데 싸움 후에 나타나 적의 수장 머리를 가져온 이가 모든 영광을 가로채니 섭섭하지 않을 수 있겠는가.

하지만 문규가 자신의 도를 가져온 데다 적장의 목을 베었다는 것도 상당한 공적이기에 뭐라 말을 할 수도 없는 입장이었다.

일단은 정무맹으로 향하는 것에 신경 쓰기로 한 장천이었다.

"허허허, 이거 재밌군. 싸움의 공로자에게는 차가운 눈을 보내고 치열한 싸움을 피하고 기회를 노려 나타난 자에게는 존경의 눈을 보내다니 강호의 치졸함은 예나 지금이나 변하지 않은 것 같구나."

제갈문수는 이런 사람들의 모습을 보며 재밌다는 듯 너털웃음을 지으며 말했고, 공공문 문주 정명 역시 그의 생각과 다르지 않았다.

'단순히 지금 한 번만의 일은 아닐 터⋯ 그렇다면 예전부터 이들은 청의단 단주에게 조금은 좋지 않은 인식을 가져왔다 할 수 있다. 과연 장 대협이 이 일을 어떻게 빠져나갈지 궁금하군.'

정명은 그런 무림인들의 모습을 보며 이 싸움이 정파의 승리로 끝난다면 장천은 지금의 상황을 타개하지 않는 한 토사구팽을 면하기 어려울 것임을 알 수 있었다.

'자칫 실수하면 혈비도 무랑보다 더 귀찮은 존재를 적으로 삼을 수 있다. 정파의 무인들이 자중하기만을 바랄 뿐이지⋯⋯.'

그런 무림인들의 눈을 정명은 우려할 수밖에 없었다. 사실 미래의 일을 생각한다면 그는 혈비도 무랑보다 장천을 더 두렵게 생각하고 있었다.

물론 신검 진인과 천무성자라는 정파의 커다란 별인 두 사람이 있어 아직까지는 그리 문제가 없었지만 두 사람이 죽는다면 막을 수 없는 사태가 될 것은 분명한 일이었다.

참회동의 전투가 있은 후 계속되는 싸움은 정무맹에게 유리하게 흘러갔다.

멸천문과의 싸움에선 십중팔구는 정무맹이 승리를 거두기 시작했고, 이에 한때 무림을 전부 집어삼킬 듯했던 멸천문의 기세는 눈에 띄게 줄어들었다.

강남 일대를 거의 점령하다시피하고 강북의 일부마저 세력권으로 했던 멸천문은 이제 강북의 세력은 완전히 빼앗기고 강남마저 귀주와 호남을 제외하고는 거의 대부분의 지역에서 정무맹과 치열한 접전이 행해지고 있었다.

귀주 멸천문의 본단에서는 급한 전갈이 쉼없이 오가고 있었다.

이미 멸천문에 등을 돌린 문파가 수십이 넘은 상황, 태상문주인 혈비도 무랑의 거처에는 각 대주들이 심각한 표정을 짓고 앉아 있었다.

오랜 시간 회의가 있었던 듯 사람들의 얼굴이 초췌해 보였는데, 얼마 후 상좌에 있던 혈비도 무랑은 손을 내저으며 말했다.

"각 대주들은 이만 물러가도록 하시오."

"하오나!"

아직 아무것도 제대로 도출된 의견이 없는 상태였기에 대주들은 그의 말에도 물러나지 못하고 있었지만, 혈비도 무랑이 살기를 띠자 할 수 없다는 표정으로 전각을 빠져나왔다.

대주들이 모두 사라지자 그늘진 부분에서 한 사람이 천천히 그에게 걸음을 옮겼으니 바로 하 노인이었다.

"오셨습니까?"

"이제 거의 대계가 절정에 이르는 듯하구만."

"그렇습니다."

하 노인의 말에 혈비도 무랑은 고개를 끄덕이며 답하더니 그에게 말했다.

"음귀곡의 아이들은 어떻게 되었습니까?"

"모든 무공을 마무리 짓고 이제 자네의 명령만을 기다리고 있다네."

"모든 준비가 끝났다는 말씀이군요."

"그렇다네. 음귀곡에서 훈련받은 아이들은 모두 비도문의 진정한 제자라고 할 수 있지."

비도문의 제자들, 혈비도 무랑과 하 노인은 지금까지 단 한 번도 외부에 모습을 드러내지 않은 무사들을 보유하고 있었던 것이다.

음귀곡에서 수련하고 있는 아이들은 멸천문에서 끌어들인 자들과는 비교할 수 없었다.

멸천문에 있는 고수들은 혈비도 무랑이 섭외하여 지금까지 비도문에서 얻은 무공 중 일부와 영약을 제공하여 단시간에 무공을 극상승시킨 자들이지만, 음귀곡의 무사들은 달랐다.

오랜 시간 축적된 비도문 무공 중 뛰어난 것만을 선택하여 익히게 하였고, 각종 영약을 복용시켜 내공 역시 뛰어나 이들이 강호에 모습을 드러낸다면 강호는 경악의 소용돌이에서 벗어나지 못할 것이 분명했다.

"이제 어찌할 생각인가?"

"정무맹이 이곳까지 밀고 들어올 때까지 기다려야지요."

"천이는?"

"그때쯤이면 대계의 성공을 가늠하게 될 결과가 나올 것이니 그 이

후에 생각할까 합니다.”

“음……”

과연 혈비도 무랑은 무엇을 생각하고 있는 것일까? 알 수 없는 일이었다.

한편 정무맹은 연전 연승을 거듭하며 귀주에 있는 멸천문의 본문을 제외한다면 가장 크다고 할 수 있는 호남의 지부에서도 승리를 거두었다.

이제 정무맹의 노도와 같은 기세를 무너져 가는 멸천문은 막을 수 없어 보였다.

“와아아!!”

호남성의 지부를 점령한 정무맹의 무인들이 일제히 함성을 지르자 대지는 승리의 함성으로 크게 뒤흔들리는 것 같았다.

이들 중에는 장천과 곽무진을 비롯하여 의형제들도 모두 모여 있었는데, 그들 역시 이 싸움의 승리로 기쁨을 감추지 못했다.

“이제 남은 것은 귀주에 있는 멸천문의 본단뿐이군.”

“응.”

동방명언의 말에 장천은 고개를 끄덕이고는 있었지만 사실 그의 마음은 그리 편하지 않았다. 바로 구궁과 함께 사라진 어머니와 아내, 그리고 요운 사형 때문이었다.

장천이 구궁에 의해 함정에 빠진 후 사라진 지 거의 일 년이 넘어가고 있었지만 아직까지도 이들의 소식은 없었다.

한참 함성을 지르던 곽무진 역시 장천의 표정이 좋지 않음을 보고는 이내 한숨을 내쉬고는 말했다.

"사숙모님과 제수씨 걱정이구나."

"예, 도대체 어디로 사라졌는지… 살아 있다는 소식이라도 있으면 조금 마음이 놓일 텐데 말입니다."

확실히 생사조차 알 수 없다는 것은 그 사람이 죽었다는 것보다 근심이 더욱 크다 할 수 있었기에 이해가 가는 곽무진이었다.

쌍도문의 문주인 장춘삼 역시 이러한 일로 얼굴에서 근심이 가시지 않는 것을 보며 하루 빨리 이 일을 해결해야 한다고 생각하는 그였다.

"장 단주."

"아! 감 단주님."

이들에 대한 생각에 잠겨 있을 때 그의 곁으로 중년의 남자가 너털웃음을 흘리며 걸어오자 장천은 포권을 하며 인사했다.

그는 곤륜제일검 감인이라는 사람으로 현재 정무맹 청룡단의 단주였다. 검술에 뛰어난 그는 자신의 명성이나 직위보다는 무공과 인의를 중요시하는 사람이기에 장천이 정무맹에서 친분을 유지하고 있는 사람 중의 한 사람이었다.

"뭐 하는 겐가. 좀 있으면 다음 싸움을 위한 회의가 있을 텐데 말이야."

"잠시 승리에 취해 있었던 것 같습니다."

그의 말에 미소 지으며 답하자 감인 역시 고개를 끄덕이고 있었다.

"젊은 혈기이니 당연한 것이지. 자, 가세나."

"예."

감 단주의 말에 고개를 끄덕인 장천은 걸음을 옮겼다. 이곳 지부의 건물에 임시로 정한 맹주의 처소에는 이미 다른 단주들이 거의 대부분 모여 있었다.

총 십오 명의 단주들은 모두 엄숙한 모습으로 앉아 있었기에 맹주에게 포권을 하며 인사를 올린 장천은 자리에 앉았다.

"모두 모인 것 같으니 회의를 시작하도록 합시다."

정무맹의 부맹주 신검 진인이 단주들의 모습을 훑어보며 말하자 이들 중 한 사람이 일어나 맹주에게 포권하며 말했다.

그는 이번 싸움에서 선봉을 맡았던 백호단의 단주이자 화산파의 문주인 악인명이었다.

"이번 싸움을 끝으로 이제 남은 것은 귀주 본거지뿐입니다. 이 기세를 이어가 단숨에 본거지를 쓸어버리는 것이 좋을 듯합니다."

악인명의 말에 몇몇 사람들은 고개를 끄덕였지만 청성파의 문주를 비롯하여 대여섯 명의 사람들은 화산파 문주의 의견에 수긍하지 않는 듯했다.

"물론 기세를 이어가는 것도 좋지만, 상대는 혈비도 무랑입니다. 악도들의 본거지를 이곳과 같이 생각해서는 안 된다 생각합니다."

"무슨 말씀이십니까? 개방의 보고에 따르면 멸천문을 따르던 무리들 중 상당수가 등을 돌렸고, 남은 것은 처음에 비해 오분의 일도 남지 않은 숫자뿐입니다. 시간을 준다면 흩어져 있는 이들이 귀주로 모일 것이니 하루빨리 손을 쓰는 것이 좋을 것입니다."

청성파 문주의 말에 무슨 소리냐는 듯이 소리친 악인명은 남아 있는 잔당들이 한곳으로 모이기 전에 이들을 쓸어야 한다고 말하고 있었다.

계속 두 무리의 의견이 대립하자 장 내는 시끄러워지기 시작했는데, 그때 신검 진인이 헛기침을 하며 좌중에 있는 사람들을 조용하게 했다.

"자, 모두 진정하십시오. 화산파 문주님과 청성파 문주님의 의견이 대립하고 있는 것 같은데 다른 의견은 없습니까?"

좌중에서 아무런 말이 없자 신검 진인은 고개를 끄덕이고는 상좌에 앉아 있는 천무성자를 보며 말했다.

"맹주님 생각은 어떠하십니까?"

신검 진인의 물음에 천무성자는 잠시 생각에 잠기는 듯하다 고개를 끄덕이고는 좌중에 있는 사람들을 보며 말했다.

"본인 역시 화산파 문주이신 악 대협과 같은 뜻이오. 물론 상대가 상대인 만큼 신중한 것도 중요하지만, 싸움에서 그 기세를 살리는 것은 어떠한 것보다 중요하니 개방의 보고에도 있는 만큼 적의 기세가 크게 꺾여 있는 지금 단숨에 몰아붙이는 것이 좋을 듯하오."

맹주의 말에 사람들은 고개를 끄덕였고, 천무성자는 자리에서 일어나 힘찬 목소리로 말했다.

"자! 지금의 여세를 몰아 귀주로 진격하도록 합시다. 각 단의 이동은 단주들에게 일임하겠소. 집결지는 귀주의 멸천문 본단! 그곳에서 다시 만나도록 합시다."

"예."

천무성자의 말에 모두 자리에서 일어나 포권하며 대답하곤 각기 자신이 맡고 있는 단을 향해 걸음을 옮겼다.

"장 단주는 잠시 나와 이야기 좀 하세."

"예."

청의단의 무사들이 있는 곳으로 가던 장천은 신검 진인이 자신을 보자고 하자 고개를 끄덕이며 그에게로 걸음을 옮겼다.

모든 단주들이 나간 지금 이곳에는 맹주인 천무성자와 부맹주인 신검 진인만이 남았는데, 장천이 자리에 앉자 신검 진인은 심각한 표정으로 말했다.

"요즘 정무맹 내에 좋지 않은 소문이 돌고 있더구나."

"좋지 않은 소문이요?"

그의 말에 장천은 영문을 알 수가 없어 물어보았고 신검 진인은 고개를 저으며 말했다.

"너의 손속이 잔인한 것이 사파의 무리들과 다를 바 없다 하더구나."

"음……."

"그런 소문이 와전되었는지 개중에는 네가 정무맹을 배신할 것이라는 말까지 흘러나오고 있었다."

"그런, 말도 안 됩니다!"

신검 진인의 말에 장천이 크게 놀라 소리치자 천무성자는 고개를 끄덕이며 말했다.

"물론 네가 그러지 않을 것이라는 걸 잘 알고 있다. 하지만 이러한 소문들이 자칫 크게 번질 수 있다는 것이 문제지."

"휴… 알고 있습니다."

그의 말에 장천이 고개를 숙이며 대답하자 신검 진인은 그에게 충고해 주었다.

"일단은 사람들의 시선을 의식하도록 하거라. 최대한 은인자중하여 사람들의 눈에 띄지 않도록 하는 것이 좋을 것이네."

"알겠습니다."

"청의단 역시 소림의 정운에게 맡기고 넌 이번 싸움에서 물러나도록 하거라."

"예?"

신검 진인의 말에 장천은 크게 놀랄 수밖에 없었다. 이번 싸움에서 빠지라고 하는 것은 그들과의 마지막 일전을 포기하라는 말이나 다름없었기 때문이다.

그로선 자신의 문파와 의형제들이 참여하고 있는 싸움을 포기한다는 것은 생각할 수 없는 것이기에 고개를 저으며 말했다.

"그럴 수는 없습니다."

"휴… 이건 모두 너를 위한 것이다."

"문파의 사형제들과 의형제들이 싸우고 있는데 저 혼자 빠질 수 있겠습니까."

장천이 자신의 뜻을 굽히려 하지 않자 신검 진인은 길게 한숨을 내쉴 수밖에 없었다.

두 사람이 장천을 이 싸움에 제외시키려 하는 것은 이번 싸움에서 공을 세우지 않게 하기 위함이었다.

자신들 역시 오랜 시간 명문 정파에서 살아왔기에 장천이 이번에도 큰 공을 세운다면 시기심에 무슨 짓을 할지 모른다는 생각이 들었다.

그렇기 때문에 두 사람은 이번 싸움에서 단주의 자리에서 물러나게 함과 동시에 싸움에서도 빼 세인들의 시기를 무마시킬 생각이었는데, 장천이 그것을 받아들이지 않고 있기에 답답할 뿐이었다.

한참을 설득해도 장천이 싸움을 포기하려 하지 않자 신검 진인은 길게 한숨을 쉬고는 말했다.

"네 뜻이 그러하다면 싸움에서 빠지란 말은 하지 않으마. 하나, 단주

직은 다른 사람에게 물려주어야 할 것이다."

"알겠습니다."

신검 진인은 이왕이면 공도 세우지 말라 하고 싶었지만, 그렇게 되면 아직 강호의 권모술수를 알지 못하는 아이가 크게 실망하지 않을까 하는 생각에 차마 그 말은 입에 다물 수가 없었다.

이런 이유로 청의단의 단주는 부단주였던 소림의 정운이 맡게 되었지만, 장천은 청의단의 일개 단원으로 남아 멸천문과의 마지막 결전에 참여할 수 있게 되었다.

장천이 청의단의 단주 직에서 파직되자 사람들 사이로 여러가지 소문이 돌았다. 나이가 어리긴 해도 멸천문과의 싸움에서 상당한 공을 세운 그가 파직된 이유가 석연치 않았기 때문이다.

개중에는 명문 문파 사람들의 모함이라든가, 천무성자에게 미움을 받았다라든가, 또 스스로 부족함을 깨달아 물러났다는 등의 소문들도 있었다. 하지만 당사자인 장천이 침묵을 지키니 그저 소문으로만 끝날 뿐이었다.

어찌 됐든 청의단의 일개 단원이 된 장천은 그저 자신과 친분이 있는 이들과 모여 한가한 시간을 보내야 했다.

귀주의 멸천문 본단으로 가며 이야기를 나누고 있던 장천들 중 무진이 문득 이상한 생각이 들었는지 이들을 보며 물었다.

"그건 그렇고 이상하군. 왜 귀주의 멸천문으로 가는데 정무맹의 무사들을 흩어지게 해서 보내는 것이지?"

곽무진의 물음에 동방명언이 고개를 끄덕이며 답했다.

"현재 멸천문은 연이은 패전으로 그 응집력이 상당히 줄어든 상태입니다. 하나로 응집되지 못하고 각기 흩어진 상황이니 맹주님은 정무맹 무단이 흩어져 있는 멸천문의 무리들을 격파하며 귀주로 향하게 한 것 입니다. 또 이렇게 귀주로 가는 각 대로를 정무맹 무사들이 장악하며 움직인다면 멸천문 본단으로 모이려는 적들의 규합을 방해할 수 있습 니다."

"음… 그렇군. 하지만 멸천문의 본단에서 사람들이 나올 수도 있지 않은가?"

"물론 그럴 수 있겠지만 정무맹은 총 열다섯 개의 단으로 이루어져 있습니다. 멸천문이 대여섯 정도는 막을 수 있어도 모두를 막을 수는 없습니다. 그러니 쉽사리 본단을 비우지는 않겠지요."

확실히 동방명언의 말은 일리가 있기는 하지만 사람 일이라는 것이 그리 쉽게 되는 것은 아니었다.

장천이 걱정하는 것은 소수 정예로 이루어진 인물들이 빠르게 흩어 진 정무맹 무사단을 기습하는 것이 아닐까 생각했기 때문이다.

물론 각 단의 숫자는 가장 적은 청의단만 해도 삼백에 가까운 숫자 이기에 열다섯 개의 단이 쉽게 당하지는 않을 것이다.

하지만 혈비도 무랑이 직접 이 일에 나서게 된다면 최소 예닐곱 개 의 단은 전멸을 각오해야 할 것이다.

누가 뭐라 한들 혈비도 무랑이 무림 제일의 고수인 것은 변함이 없 었기 때문이다.

"만약 혈비도 무랑이 직접 나선다면?"

"혈비도 무랑이?"

장천의 말에 사람들은 잠시 생각에 잠겼다. 확실히 동방명언이 말했던 것도 혈비도 무랑이 직접 나선다면 그렇게 확실하다고 볼 수 없었기 때문이었다.

"혈비도 무랑은 혼자의 힘으로 수천의 추적대를 처리한 전적이 있는 사람이다. 그런 자에게 실력있는 수하들까지 존재한다면 흩어져 있는 정무맹의 일개단이야 쉽게 전멸시킬 수 있겠지."

"음……."

그렇게 생각한다면 천무성자와 신검 진인의 이번 계획은 조금 모험이라고 할 수 있었다. 두 사람의 관점은 혈비도 무랑이 아닌 각지에 흩어져 있는 멸천문의 잔당에 초점이 맞추어져 있기 때문이다.

"어쩌면 두 분께서는 하오문과 개방의 넓은 정보망을 통해 혈비도 무랑을 직접 상대하려 하시는 것일 수도 있겠군요."

한참을 생각하던 동방명언이 자신의 생각을 피력하자 다른 이들 역시 가능성이 있는 일인지라 고개를 끄덕였다.

현재 멸천문은 혈비도 무랑이라는 개세의 고수를 제외한다면 전체적인 고수의 숫자에서는 정무맹에 비해 크게 뒤지는 상황이었다.

"신검 진인님과 천무성자님 두 분이라면 혈비도 무랑이라 할지라도 승리를 장담할 수 없겠지."

"두 분은 정파에서 첫째, 둘째를 나눌 수 없는 고수이시니까."

"천아."

"응."

"일단 두 분에게 냉혈검과 화룡신도를 빌려 드리는 것이 어떨까?"

"음… 확실히 두 개의 무기는 원래 그분들의 것이었으니까."

무진의 말에 장천 역시 그리 나쁘지 않다고 생각했다. 무랑이 십대신병의 수좌 탈혼섬광구비도를 지니고 있다면 같은 신병으로 상대할 수밖에 없는 일이었다.

또 두 사람과 친분이 있는 장천으로선 만약의 경우라도 혈비도 무랑에게 그들이 당하는 것은 바라는 것이 아니기에 고개를 끄덕이고는 자리에서 일어났다.

"알았어. 두 분에게 냉혈검과 화룡신도를 건네 드리고 올게."

"잘 생각했다."

무림에서 자신의 애병을 빌려준다는 것은 목숨을 빌려주는 것과 다를 것이 없었지만, 두 사람이라면 그런 것에 아까워할 장천이 아니었다.

마음을 결정한 그는 두 개의 신병을 들고 천무성자와 신검 진인이 있는 곳으로 향했다. 아직 청의단이 멀리 떨어진 것은 아니어서 장천이 두 사람을 찾는 것은 그리 어렵지 않았다.

그렇게 장천은 두 개의 신병을 건넸는데 이에 두 사람은 조금 놀란 표정으로 말했다.

"이것을 우리에게?"

"예. 혈비도 무랑을 상대로 조금 도움이 됐으면 해서 가져왔습니다."

"음… 눈치 채고 있었구나."

장천의 말에 신검 진인은 자신들의 생각을 장천이 눈치 채고 있다는 것에 잠시 침음성을 흘렸다. 그렇게 한참 신병을 바라보던 천무성자는 장천을 보며 고개를 젓고는 말했다.

"이것은 다시 가져가도록 하게."

"하지만……"

그의 말에 장천은 화룡신도로 이름을 떨친 천무성자가 왜 이것을 거부하는지 알 수 없어 망설이고 있었다. 이에 천무성자는 미소 지으며 말했다.

"확실히 소싯적에 오립산 형제가 주었던 이 도로 강호에 이름을 날렸다고는 하지만 이것을 사용하지 않은 것이 벌써 수십 년이다. 지금은 제자 녀석이 환갑 선물로 주었던 검에 더 익숙해졌으니 어찌하겠느냐."

"음……."

천무성자는 장천이 더 권하지 못하게 말을 했고, 신검 진인 역시 냉혈검을 장천에게 돌려주었다.

"나 역시 냉혈검이 좀처럼 손에 익지 않는구나. 또 골수로 스며드는 냉기를 막으려니 신경이 쓰여서 초식조차 제대로 생각해 낼 수 없을 것 같고 말이다."

"그런……."

"하지만 천아, 너의 성의는 고맙게 받겠다. 늘그막에 이렇게 신경 써주는 후배가 있으니 한층 더 힘이 나는구나."

장천은 강제로 권할 수는 없었기에 다시 두 개의 신병을 가지고 돌아올 수밖에 없었는데 왠지 안 좋은 느낌이 드는 것은 어쩔 수 없는 일이었다.

'뭐지? 두 분에게 좋지 않은 일이 생길 것만 같은 생각이…….'

좋지 않은 생각은 좋지 않은 결과를 가져올 수도 있다는 생각에 고개를 저으며 부정하는 장천이지만 불안감은 쉽게 가시지 않았다.

한편 정무맹 십오개 단이 각기 흩어져 멸천문으로 향하고 있다는 보고는 사람들을 긴장시키기에 충분했다.

"태상문주! 이렇게 가만히 앉아 있다가는 집결한 녀석들에게 당할 우려가 있습니다."

당황한 표정이 역력한 간부 한 사람이 상좌에 있는 혈비도 무랑을 보며 말하자 다른 이들 역시 우왕좌왕거리며 태상문주인 혈비도 무랑을 독촉하기 시작했다.

하지만 그런 이들의 말에도 한마디의 말조차 하지 않는 그였으니 일 각여 이들의 이야기를 듣던 혈비도 무랑은 오른손으로 의자를 치며 말했다.

"거기까지."

"예?"

살기가 서려 있는 그의 말에 모든 사람들은 말문이 막히고 말았으며, 그가 손을 들자 주위로 복면을 쓴 무인 네 명이 모습을 드러내었다.

그들의 복면에는 일부터 사까지의 숫자가 새겨져 있었으니 바로 멸천십군 중 네 사람이었다.

"각기 흩어져서 온다면 우리에겐 더욱 유리한 일이 아닌가? 이번 일은 본좌가 직접 나서겠다. 너희들은 이곳을 지키며 내가 오기만을 기다리도록 하라."

"예."

어느 누구도 혈비도 무랑의 말을 거부할 순 없었으니 그저 고개를 끄덕일 뿐이었다.

"이만 물러가라!"

"예."

그의 말에 멸천문의 간부들이 모두 물러나자 방 안에는 혈비도 무랑과 네 명의 멸천십군만이 남았다.

"직접 나서시겠습니까?"

"물론이다. 하지만 멸천문의 패배는 막을 수 없겠지."

"그렇다면?"

"정무맹에 승리의 기쁨을 안겨줄 것이다. 물론 그것이 더욱 큰 좌절로 이어질 테지만 말이야."

혈비도 무랑의 입에는 회심의 미소가 서려 있었는데, 그는 이번을 끝으로 현재의 무림에 대한 완전한 승리를 단정 짓고 있었던 것이다.

"구궁에 대한 소식은 들어왔느냐?"

"개방과 하오문의 본문 첩자들에게 연락하여 알아보았지만 그쪽에서도 찾지 못하고 있는 듯합니다."

쌍도문의 장춘삼과 양우생의 부탁으로 개방과 하오문이 구궁과 함께 그가 납치했던 사람들을 찾고 있다는 것은 예전에 알고 있었던 사실이지만, 아직까지 소식이 없다는 말에 혈비도 무랑은 미간을 찌푸릴 수밖에 없었다.

구궁이 마지막에 가서 자신의 계획을 망쳐 버릴 수도 있다는 생각 때문이었다.

쿵!!

"멍청한 녀석!"

혈비도 무랑은 참지 못하고 손을 내려쳤다. 그 모습에서 구궁의 일로 상당히 화가 나 있음을 알 수 있었다.

하지만 지금 시점에서 구궁에게 온 신경을 쓸 수가 없었기에 이내 고개를 내저은 혈비도 무랑은 멸천일군을 보며 말했다.

"멸천십군 중에 나와 함께 움직일 수 있는 자들은 너희 네 명뿐인가?"

"예. 세 사람은 정무맹에 세 사람은 각기 홍련교와 대사련의 잔당들에게로 가 있습니다."

"확실히 그쪽의 움직임을 살피는 것도 중요하지 멸천대계의 방해 요소가 될 수 있으니 말이야."

"예, 저도 그렇게 생각하여 사람들을 보내었습니다."

"잘했다. 특히 홍련교를 유의 감시하도록 하거라. 만근퇴 우경이란 자는 그리 만만한 자가 아니니 말이다."

"예."

정무맹과 멸천문이 이렇듯 바쁘게 움직이고 있을 때 혈비도 무랑의 예상대로 이들의 싸움을 지켜보며 기회를 노리는 사람들이 있었는데, 이들은 바로 홍련교의 교도들이었다.

불괴대제의 배신으로 태반 이상의 문도들이 멸천문에 붙었다고는 하지만, 그들 대부분이 이미 계속되는 싸움으로 죽임을 당했고, 많은 이들이 사건의 실상을 알고는 멸천문으로 돌아왔기에 삼분의 일 이상의 무인들이 홍련교로 돌아 있는 상태였다.

특히 천마, 불괴대제, 우경이라는 삼 대 거두 중에서 유일하게 교로 돌아온 우경에 의해 빠른 속도로 교가 안정을 찾았기에 현 교주인 염아귀 문성을 중심으로 확실한 규합이 이루어져 갔다. 그리고 불괴대제의 아들인 홍염공자 마운성이 부교주의 역할을 하며 그를 보좌하고 있었다.

물론 처음에는 교를 배신한 불괴대제의 아들이라는 이유로 교의 간부들에게 상당한 눈치를 받았지만, 염아귀 문성의 전폭적인 신임으로 지금은 확실하게 부교주의 자리를 굳히고 있었다.

정무맹과 멸천문이 싸움으로 정신없는 틈을 타 홍련교의 교도들은 각기 흩어져 귀주로 집결하고 있었으니 교주인 염아귀 문성 역시 마운성과 만근퇴 우경과 함께 귀주로 향하고 있었다.

마차 안에서 귀주로 향하고 있는 염아귀 문성은 과연 생각대로 정무맹과 멸천문이 움직여 줄지 걱정이었다.

"태상장로 어르신, 과연 녀석들이 생각대로 움직일까요?"

"글쎄요… 하지만 이번 싸움으로 정무맹 역시 상당한 피해를 입을 것은 분명합니다. 저희들은 그 틈새를 노리는 것이니 계획이 조금 틀어진다 해도 그리 문제될 것은 없습니다."

"알겠습니다."

하지만 문성에게도 걱정이 있었다. 이런 일이 혹시 장천에게 누를 끼치는 것이 아닐까 생각해서였다.

홍련교 교주로서의 책임이 있어 지금 이 시기를 놓칠 수가 없었지만, 개인적으로는 정무맹에 있는 장천을 돕고 싶은 것은 어쩔 수 없었다.

[천이 형을 돕고 싶은 것이구나.]

그때 그의 귀로 전음이 들려왔다. 그것이 마운성이 보낸 것임을 알고 문성은 그에게 전음으로 대답했다.

[응. 하지만 교 내의 사람들도 있으니만큼 마음대로 되지 않아.]

[그럴 테지. 그리고 가장 문제는 내 옆에 있는 만근퇴 우경이잖아.]

[응.]

제52장
천하제일고수

솔직히 두 사람은 정무맹과 멸천문의 일에 끼어들고 싶은 마음이 없었다. 하지만 골수까지 홍련교의 교도인 우경은 멸천문의 개파대전에서 홍련교가 그들에게 유린당했다는 생각을 하며 남아 있던 교의 간부들을 부추겼던 것이다.

장천에게서 화의 무공을 익혔다고는 하지만 무공이 아직 극에 이르지 못한 두 사람으로서는 어쩔 수 없이 표면적으로 홍련교 제일고수라 할 수 있는 우경의 뜻을 따를 수밖에 없었다.

[염화신공(炎火神功)을 극성, 아니, 칠성까지만 익혔어도 우경 정도는 문제없을 텐데…….]

마운성이 안타까운 목소리로 그에게 전음을 날리자 문성은 그의 말에 수긍했다.

염화신공, 그것은 아주 우연히 찾아낸 비급서였다.

홍련교의 교주만이 익힐 수 있는 화의 무공은 그것이 주라고 보기보다 타 무공을 위력 이상으로 끌어올리기 위한 보조적 성격이 강한 무공이었다.

화의 무공을 극성으로 익힌 후 일반적인 육합장법을 시전한다 하더라도 보통의 육합장법의 수 배에 달하는 위력을 만들어낼 수 있었다.

하지만 오랜 역사를 가지고 있는 홍련교에서 교주만이 익힐 수 있는 화의 무공에 그것을 이용한 무공을 만들어내지 않을 리 없었으니 문성과 마운성이 우연히 찾아낸 것이 바로 그것이었다.

두 사람이 찾아낸 비급은 홍련교의 삼대 교주인 홍화신군(紅火神君)이라는 사람에 의해서 만들어진 무공으로 홍화신군은 이 무공으로 당대에 천하제일고수라는 명성까지 얻었다고 할 정도로 뛰어난 무공이었다.

정식 이름은 수라분천염화신공(修羅焚天炎火神功)이라 하는데, 이 염화신공은 각기 권, 각, 검의 세 가지 무공이 있었고, 심법은 화의 무공을 따르고 있었다.

신공상의 권법은 염화강권(炎火强拳)이라 하여 모두 세 초식으로 이루어진 짧은 무공이지만, 양강의 권법 중에서 이것보다 강맹한 위력을 가지고 있는 검법은 없을 것이라 생각될 정도였다.

극성으로 익히게 되면 손에 잡히는 도검은 순식간에 녹여 버릴 수 있을 정도였다.

신공상의 각법은 수라분천각(修羅焚天脚)이라 하며 염화강권에 비해서 그 위력이 떨어지지만 양강의 강맹한 기운을 쾌속하게 시전할 수 있었기에 다수를 상대할 때 유용한 무공이었다. 또 수라분천각에는 특

성상 경신법도 같이 기재되어 있는데, 그 또한 상승의 신법이었다.

신공상의 검법은 화련십검(火蓮十劍)이라 하는데, 모두 열 개의 초식으로 이루어져 있지만 하나하나의 초식이 정교하여 두 사람 모두 아직 일성조차 익히지 못할 정도의 상승 검법이다.

이 검법을 극성에 달할 정도로 익히게 되면 이기어검의 경지에 이를 수 있다 하니 그 검법이 얼마나 심오한가를 말해 주고 있었다.

현재 두 사람의 수준은 문성이 염화강권을 오성까지 익혔지만, 다른 두 가지 무공은 모두 삼성을 넘지 못했고, 마운성이 수라분천각을 육성까지 익혔지만 역시 다른 무공은 삼성을 넘지 못한 상태였다.

물론 문성이 권법에 마운성이 각법에 치중한 까닭도 있었지만, 이 두 가지 무공은 내력 운용상 충돌되는 부분이 있었기에 한 가지를 익히면 다른 한 가지를 익히기 어려웠다.

또 화련십검은 초식 자체가 워낙 심오하고 스승 없이 두 사람의 자력으로 익히고 있어 구결의 해석이 쉽지 않아 진척이 느렸다.

[어쩌면 우리들이 익혔던 화의 무공이 아직 미숙해서 염화신공이 진척이 없는 것인지도 몰라.]

[응. 천이 형이라면 분명 천화는 못해도 조화의 단계에는 이르렀을 텐데… 우린 겨우 발화의 경지에 들었으니 말이야.]

[조화의 단계에만 이른다면 충분히 염화신공을 못해도 십성까지 익힐 수 있다고 생각해.]

[그래……]

전음을 통해 이번에 얻은 염화신공에 대해 이야기를 나누고 있는 두 사람은 이내 우경에게 시달렸던 일은 까맣게 잊어버리고 말았다. 자신들이 익히게 된 무공에 대해 상당한 기대를 가지고 있었기 때문이다.

불괴곡에 염화신공의 비급을 감춘 이는 삼대교주의 증손자였다. 뛰어난 무공을 지니고 차대 교주의 자리까지 물망에 오른 사람이지만, 당시 교주가 자신의 자식을 교주의 좌에 앉히기 위해서 그를 함정에 빠뜨린 것이다.

불괴곡에 갇혀 버린 그는 그곳에서 죽임을 당했지만 마지막으로 비급을 감추어두었기에 문성은 구천신녀를 이장하기 위해 자신이 갇혀 있던 곳을 찾다 우연히 이 비급을 발견하게 된 것이다.

이 무공을 익힌다면 자신들이 홍련교의 패권을 완전하게 손에 넣을 수 있다 생각하는 그들이었으니 조급한 마음이 가득할 수밖에 없었다.

하지만 이러한 것은 우경의 눈에 띄었다. 자신의 옆에 있던 두 사람이 전음으로 이야기를 나누고 있다는 것을 눈치 챈 그였지만, 구태여 그것을 막을 생각은 하지 않았다.

'천마와 불괴대제의 아들이라… 이제 본교도 후대가 이끌어갈 시기가 되었나 보군. 이들이 익히고 있는 무공이 무엇인지 모르지만 기대가 되는군.'

고수인 우경이 이들의 몸에서 지금까지와 전혀 다른 기운이 느껴짐을 모를 리 없었던 것이다. 하나, 우경은 천마나 불괴대제와는 다른 생각을 가지고 있는 인물, 교를 위해서라면 자신의 희생 정도야 우습게 넘길 그런 인물이었다.

그런 우경에게 두 사람의 스승이라 할 수 있는 장천이란 존재는 방해물밖에 되지 않았고, 그 때문에라도 하루빨리 멸천문과 함께 장천을 처리해야 할 사명감을 느끼고 있었다.

한편 정무맹의 무단들은 귀주 멸천문의 본단으로 무리없이 움직이고 있었고, 신검 진인과 천무성자는 개방과 하오문의 정보망을 통해 이들이 나타나기만을 기다렸다.

　그리고 길을 떠난 지 십여 일 정도가 지났을 때 드디어 기다리고 있던 소식이 들어왔다.

　"맹주님!"

　마차 안에서 바둑을 두고 있던 두 사람에게로 한 남자가 황급하게 문을 열고 들어오자 신검 진인은 고개를 돌리며 말했다.

　"무슨 일인가?"

　"혈비도 무랑이 나타났습니다."

　"혈비도 무랑이?"

　"예, 개방에서 들어온 소식에 따르면 본맹의 금조단(金鳥團)이 혈비도 무랑에 의해서 전멸했다고 합니다."

　그의 말에 신검 진인은 고개를 끄덕이고는 천무성자를 보며 말했다.

　"맹주, 이제 우리가 나설 때가 된 것 같습니다."

　"그렇구려."

　신검 진인의 말에 천무성자는 고개를 끄덕이며 자리에서 일어나 마차 밖으로 향했다. 드디어 정파 두 명의 최고수가 천하제일고수를 상대로 일전을 겨루는 첫발을 내디딘 것이다.

　"이제 가보도록 합시다."

　"예."

　두 사람은 서로를 보며 미소 지어 보인 후 몸을 날리자 과연 정파 최

정상의 고수라고 할까, 마치 선학이 날아오르는 듯한 경공술을 보이는 가 싶더니 순식간에 사람들의 눈에서 완전히 사라져 버렸다.

"과연⋯⋯."

"두 분이라면 혈비도 무랑을 없앨 수 있다는 생각이 드는군."

"당연하지 않은가. 정파 최고의 고수이시니 말이야."

사람들은 이들이 사라진 쪽을 보며 앞으로 다가올 싸움을 예측했지 만, 어느 누구도 신검 진인과 천무성자가 패배할 것이라고는 생각하지 않았다.

한편 정무맹의 금조단에 이어 인의단(仁義團)마저 전멸시킨 혈비도 무랑은 잠시 휴식을 가지고 있었는데, 그의 주위로 수백 구가 넘는 시 체가 널려 있는 것이 처참하기 그지없었다.

"이제 그들이 올 때가 된 것 같구나."

"그들이라면 천무성자와 신검 진인을 말씀하시는 것입니까?"

그의 중얼거림에 옆에 있던 멸천일군이 조용히 물어보았고, 혈비도 무랑은 고개를 끄덕이며 답했다.

"비도문의 사람을 제외한다면 무림에서 최고라 해도 과언이 아닌 정 파의 두 영웅이라고나 할까? 이 둘과의 싸움에선 본좌조차 승기를 쉽 사리 점칠 수가 없구나."

"진정으로 혼자 상대하실 생각이십니까?"

"자네들의 도움을 받게 된다면 쉽게 그들을 제압할 수 있을 테지만 역대 비도문의 문주는 한 사람을 상대하든 천을 상대하든 싸움에 있어 서는 타인의 도움을 받은 적이 없었다."

그 말에 멸천일군은 더 이상 말을 하지 않았지만, 이 싸움에서 승리할 수 있을까 걱정이 될 수밖에 없었다.

물론 무공으로만 본다면 충분히 승산은 있었지만, 혈비도 무랑의 몸은 지금 온전한 게 아니기 때문이다.

무리하게 비도문의 무공을 습득한 탓에 이제 몸이 견디어내질 못하고 있었으니 그냥 두어도 기껏해야 이삼 년을 넘기지 못할 것으로 보였기 때문이다.

'안타깝구나… 화영… 자네는 어찌하여 이런 분을 배신할 수 있단 말인가……'

그런 모습에 멸천일군은 안타까움을 느끼며 혈비도 무랑을 배신한 구궁을 생각했다. 만약 그가 옆에 있다면 심신이 모두 지친 태상문주에게 조금이나마 힘이 될 수 있다 생각했기 때문이다.

물론 혈비도 무랑이 구궁을 차갑게 대하고는 있었지만, 세상의 어떠한 부모가 자식을 걱정하지 않고 사랑하지 않겠는가? 다만 문파의 일로 차갑게 대할 수밖에 없는 태상문주라는 것을 잘 알고 있었던 그였다.

"문주님! 저쪽을 보십시오!"

그때 멸천육군이 황급히 한쪽을 보며 소리쳤고, 그쪽에서 두 명의 인영이 빠른 속도로 자신들이 있는 곳으로 다가오는 것을 볼 수 있었다.

백발과 긴 수염을 휘날리며 빠른 경신술로 달려오고 있는 그들의 모습을 본 멸천일군은 비장한 표정을 지었다. 이 둘이 바로 정파를 이끌어가는 두 거두 천무성자와 신검 진인임을 알 수 있었기 때문이다.

'드디어 시작인가……'

드디어 무림제일고수를 가르는 대결이 시작될 것이라는 생각에 멸천일군은 마른침을 꿀꺽 삼켰고, 어느 사이엔가 두 사람은 혈비도 무랑이 있는 곳에 닿아 있었다.

먼 거리를 경신술로 움직였음에도 숨 하나 흐트러지지 않은 모습이라 멸천일군은 탐복하지 않을 수 없었다.

'과연……'

단순히 경신술만 보아도 멸천십군 중 가장 무공이 강한 자신조차 대적할 수 없을 것이라는 생각이 들었기 때문이다.

혈비도 무랑은 자리에 앉아 이 두 사람이 다가오는 것을 지켜보고 있다 자신의 앞으로 우아한 몸짓으로 멈추어 선 둘을 보며 멸천일군에게 말했다.

"두 분에게 의자를 가져다 드려라."

"예."

태상문주의 말에 고개를 끄덕인 그는 다른 이에게 지시하여 의자를 가져오게 하였고, 천무성자와 신검 진인은 혈비도 무랑이 먼 거리를 뛰어온 자신들을 배려하고자 하는 것임을 알 수 있었다.

이대로 겨룰 수도 있지만 두 사람으로선 천하제일고수인 혈비도 무랑과 대화를 나누고 싶은 생각도 있었기에 사양치 않고 자리에 앉았다.

"어서 오십시오."

혈비도 무랑이 포권을 하며 인사하자 천무성자와 신검 진인 역시 포권으로 인사를 받았다.

"무 대협과 이렇게 손속을 겨루게 될지는 몰랐습니다."

"정파의 두 영웅 분과 겨루게 되니 저 역시 영광일 뿐입니다. 하하하."

혈비도 무랑의 말에 신검 진인은 그의 얼굴에서 자신들과 겨루는 것에 대한 불안감을 찾아볼 수 없음에 과연 천하제일고수로 부족함이 없다 생각했다.

그와의 대결을 앞두며 긴장하고 있는 자신들과는 전혀 다른 모습을 보이고 있었기 때문이다.

천무성자는 그런 혈비도 무랑을 보며 한참을 생각에 잠겨 있다 넌지시 물어보았다.

"한 가지 물어볼 것이 있는데 답해줄 수 있겠는가?"

"말해 보십시오."

"…자네와 오립산과의 관계, 그리고 천이와의 관계를 알고 싶다네."

그의 물음에 혈비도 무랑은 잠시 침묵을 지키는 듯하다 천천히 입을 열었다.

"쌍도문의 문주이셨던 분은 바로 저희 문파의 장로님이셨습니다."

"역시… 그랬단 말인가……."

자신들의 의형제 오립산이 혈비도 무랑과 관계가 있음은 이미 두 사람 역시 알고 있는 사실이지만 장로의 신분이었다는 것에 만감이 교차했다.

"하지만 걱정하지 마십시오. 저와는 달리 오 장로님은 지금 제가 행하고 있는 멸천대계에 반대하셨던 분이니까요."

"멸천대계를 반대했다고?"

"예."

자신의 의형제였던 오립산이 멸천대계를 반대했던 인물이라는 것에 안심이 되긴 했지만 과연 그 멸천대계라는 것이 무엇인지 궁금할 수밖에 없었다.

"멸천대계라는 것이 무엇인지 알 수 있겠는가?"

신검 진인의 말에 혈비도 무랑은 미소 지으며 말했다.

"멸천대계, 그것은 무림의 역사에 종지부를 찍는 것입니다."

"무림의 역사?"

"과거의 타락한 무림의 존재를 말끔히 청소하고 이제 새로운 무림을 만들어갈 것입니다. 새로운 지주가 될 비도문의 깃발 아래 말입니다. 그리고 그 토대를 이루는 데 가장 중요한 것이 바로 멸천대계이지요."

비도문이란 이름을 처음 들어보는 두 사람이었다.

그도 그럴 것이 비도문은 역대로 단 한 사람의 전인만이 중원에 이름을 드러낼 수 있었기에 자연히 그 이름이 알려지지 않은 것이다.

하지만 그 비도문이 무엇이고를 떠나 혈비도 무랑이 세운 멸천대계라는 것이 무엇인지 알 수 있었던 두 사람은 놀란 표정으로 물었다.

"설마! 멸천문이 정무맹에 밀리고 있는 것 역시 계획된 일이란 말인가?"

"정, 사, 마 중 타락한 무리는 어느 하나도 남겨두지 않을 생각이었으니 당연한 것이 아니겠소이까?"

멸천대계, 그것은 단순히 핍박받고 있는 중소 문파들을 위해서 무림을 개혁하려는 것이 아니었다.

혈비도 무랑, 그는 무림 그 자체를 완전히 말살하고 비도문이라는 이름으로 새로운 무림을 만들 생각이었던 것이다.

확실히 멸천문이라는 존재로 인하여 무림은 피폐하게 변해 있었다. 정무맹이 승기를 잡고 있다고는 하지만, 그 숫자는 과거 정, 사, 마가 대립하던 시절에 비한다면 반 이하로 줄어 있는 것이 사실이었다.

"그렇다면……."

"오늘 두 분께서는 이곳에서 뼈를 묻으셔야 할 것입니다. 그리고 두 구심점을 잃은 정파들은 불온한 무리들을 발본색원한답시고 무차별한 살상을 행하겠지요. 그렇게 썩어 빠진 무리들이 자중지란으로 무너질 때 본문의 진정한 무사들이 나설 것입니다."

그 말에 신검 진인과 천무성자는 절망감이 밀려왔다. 그의 말대로 자신들이 이곳에서 죽는다면 구심점을 잃은 정파에 제동을 걸 수 있는 인물은 존재하지 않았다.

그리고 예전에도 그랬던 것처럼 승리에 취한 명문정파의 무인들은 자신들의 아성에 도전한 작은 문파들에게 무자비한 살상을 행할 것이 분명했다.

물론 아직 마교의 무리들이 남아 있다고는 하지만, 승리에 취한 명문정파의 무리들이 마교와 충돌한다면 사태는 커지면 커졌지 작아질 리 없었다.

그리고 그렇게 피폐해진 무림에 혈비도 무량의 문도들이 나서게 되면 그의 말대로 무림은 비도문의 깃발 아래 평정될 것이 분명했다.

"하지만 그리 걱정하실 것은 없습니다. 두 분이 이곳에서 저를 없애신다면 모든 계획은 수포로 돌아가는 것이니까요."

"음……."

마치 자신을 없애고 계획을 막아보라는 것처럼 이야기하는 그를 보며 천무성자는 더욱 긴장할 수밖에 없었다.

신검 진인은 더 이상 말할 필요도 없다는 듯 허리에 차고 있는 검을 뽑아 들고는 말했다.

"맹주."

"알겠네."

그의 말에 천무성자 역시 허리에서 도를 뽑아 들었고, 드디어 천하 제일고수 혈비도 무랑과의 싸움이 시작되었다.

두 사람이 병장기를 빼어 들고 자신을 노려보자 혈비도 무랑 역시 자리에서 일어나 품에서 두 개의 비도를 들어 양손에 쥐었다.

지금까지 단 한 번도 적을 상대하며 두 손에 비도를 먼저 쥔 적이 없다는 것을 감안한다면 그 역시 상대를 높게 평가하고 있는 것이었다.

선공을 취한 사람은 신검 진인, 그는 선학과 같은 몸짓으로 날아오르는가 싶더니 마치 깃털이 떨어지는 것과 같은 부드러운 몸놀림으로 혈비도 무랑을 향해 쇄도해 들어가며 일검을 내질렀다.

"태극검(太極劍) 유반불허(有反不虛)!"

신검 진인이 태극검을 시전하자 그의 검은 부드럽게 그의 미간을 향해 밀려갔는데, 혈비도 무랑은 고개를 숙여 그 검을 피하곤 비도를 내던지려 했다. 하지만 신검 진인의 검은 느린 속도로 그의 움직임을 따라 움직였기에 공격하려던 것을 멈추고 좌수에 들린 비도로 그의 검을 막았다.

하지만 검은 또다시 부드럽게 움직이며 미간을 향해 밀려왔으니 그 움직임이 종잡을 수 없었다.

"연환비도 이연격!!"

쉽게 검을 피하지 못하자 무랑은 공격이 최선의 방어라 생각하며 두 손에 들린 비도를 내던졌고, 손을 벗어난 비도는 그대로 신검 진인을 향해 뻗어나갔다.

"합!"

자신의 미간과 명치를 향해 밀려오는 비도를 보며 급히 몸을 회전하면서 피할 수 있었지만, 비도는 방향을 선회해 다시 밀려들어 왔고, 신검 진인은 급히 검을 내질러 두 개의 비도를 내칠 수 있었다.

하지만 그 탓에 무랑은 완전히 그의 검에서 벗어났고, 품에서 세 개의 비도를 꺼내어 다시 신검 진인을 향해 집어 던졌다.

크게 곡선을 그리는가 싶더니 비도는 또다시 신검 진인을 향해 밀려들어 갔는데, 그 방향이 서로 상반되어 있는 데다 한 치의 오차도 없이 똑같은 속도로 밀려오고 있었기에 그는 급히 몸을 날려 날아오는 비도를 피하려 했다.

하지만 또다시 방향을 선회하여 비도는 신검 진인을 노리며 날아왔는데, 이 수법은 마치 이기어검과 같았다.

"합!"

위기의 순간 천무성자가 몸을 날려 비도 두 개를 쳐내자 신검 진인은 간신히 위기를 벗어날 수 있었고, 다시 검을 돌려 마지막 남은 비도를 쳐낼 수 있었다

"과연!"

이미 자신의 비도가 빗나갈 것을 예상하고 있었는지 미소를 지으며 말하는 혈비도 무랑이었다. 지금까지의 싸움은 단순히 전초전에 지나지 않았던 것이다.

사실 혈비도 무랑은 비도술을 제외하고도 십팔반무예에 모두 능한데, 그런 그가 근접전에서도 비도술만을 사용했다는 것은 아직 무공을

드러내지 않았다는 것을 말하고 있는 것이다.

물론 신검 진인이나 천무성자 역시 모든 힘을 발휘하지 않은 게 사실이지만, 지금까지 서로가 삼성 정도의 힘을 사용했음을 감안하면 이들과 무랑과의 차이를 알 수 있었다.

이런 것을 모두 알고 있는 신검 진인과 천무성자는 서로 눈빛을 교환하며 합격으로 혈비도 무랑을 상대하자는 뜻을 나누었다.

두 사람 모두 정파에서 존경받는 명숙이자 내로라하는 고수인지라 무림에서의 명예를 생각한다 하더라도 두 명이서 힘을 합쳐 사람을 상대한다는 것이 망설여졌지만, 무림을 위해선 이 방법을 취할 수밖에 없다 생각했다.

혼자의 힘으로 이 거대한 존재를 이길 수 없음을 잘 알고 있었기 때문이다.

"이제 조금 싸울만 하겠군요."

천무성자와 신검 진인이 힘을 합쳐 자신을 상대하려 하자 무랑은 품에서 푸르스름한 빛을 뿜고 있는 비도를 뽑아 들었다. 바로 십대신병의 하나이자 역대 혈비도 무랑이 사용한 탈혼섬광구비도였다.

이 신병이 혈비도 무랑의 손에 잡히자 장천이 사용했을 때와는 전혀 다른 기도를 뿜고 있었기에 두 사람은 강한 압박을 느낄 수밖에 없었다.

"탈, 탈혼 섬광… 구비도인가……."

"예, 이 비도에는 수백 명이 넘는 무림 명숙의 피가 묻어 있습니다. 거기에 당신 두 사람의 피가 더해지겠군요."

"어림없는 소리!"

그의 말에 신검 진인은 더 이상 참지 못하고 몸을 날려 일검을 날렸다. 순간 무랑의 눈에는 검은 보였지만 그의 몸은 사라진 듯 보였다.

"과연 신검합일(身劍合一)의 경지로군요!"

몸과 검이 하나가 된 경지, 검을 다루는 이가 이 경지에 이른다면 진정한 검술의 경지에 올랐다 말했으니 과연 무당의 명숙이라 할 수 있는 신검 진인이라 할 수 있었다.

"점첨상쇄(占尖相殺)!"

하지만 신검합일의 공격에도 전혀 두려워하지 않은 그는 손에 든 비도를 가볍게 내질렀고, 비도의 끝은 정확히 신검 진인이 검을 튕겨냈다.

"큭!"

그 순간 강한 내력이 신검 진인의 몸으로 격한 파도와 같이 밀려들었기에 신검 진인은 신음을 내지를 수밖에 없었고, 잠시 후 검은 서서히 금이 가는가 싶더니 파쇄음과 함께 사방으로 파편이 폭발하듯 퍼져나갔다.

카가강!!

다행히 무수히 날아오는 파편은 천무성자가 도강으로 내쳐 신검 진인이 상처 입는 것은 면했으나 이미 일 점의 충돌로 인하여 약간의 내상을 입고 만 신검 진인이었다.

이 일합으로 잠시 서로를 바라보던 세 사람은 또다시 접전을 벌였고, 공격을 시작한 사람은 혈비도 무랑이었다.

좌수에 들고 있던 비도를 우수로 넘기는 동시에 천무성자를 향해 일장을 날리자 파공음을 내며 장풍이 그를 향해 뻗어나갔다.

강한 기운이 날카로운 기운을 내며 밀려들어 오자 천무성자는 혼원일기공을 끌어올려 몸을 보호한 후 장풍을 향해 일도를 날렸다.

콰과광!!

그의 도에서 뻗어 나온 강한 도강은 그대로 혈비도 무랑이 날렸던 장풍을 가르며 뻗어나갔으나 도강이 닿는 곳에는 그가 존재하지 않았다.

"위?!"

놀란 신검 진인이 위를 쳐다보자 태양의 눈부심 속에서 혈비도 무랑이 신형을 드러냈고, 태양의 섬광과 함께 무랑은 빠른 속도로 무엇인가가 두 사람을 향해 밀려들어 왔다.

그것은 혈비도 무랑이 날린 탈혼섬광구비도 두 자루였고, 이에 신검 진인과 천무성자는 막는 것을 포기하고 유운신법과 행운유수의 경신법으로 몸을 피해야 했다.

하지만 혈비도 무랑의 비도술이 곡선을 가르며 그들을 뒤쫓듯 날아오자 신검 진인은 몸을 날려 혈비도 무랑을 향해 달려들었다.

"진산장(震山掌)!"

상대가 이기어검의 수법으로 자신을 공격해 온다면 검을 피하기보다는 근접전을 벌이는 것이 효과적이라 생각한 신검 진인은 제운종으로 땅을 박차고 뛰어올라 그를 향해 일장을 날렸던 것이다.

무당의 무공이라 생각할 수 없을 정도로 강맹한 기운을 가지는 진산장은 허공을 깨뜨릴 듯한 소리와 함께 뻗어나갔고, 이에 혈비도 무랑은 급히 좌수를 들어 자신을 향해 날아오는 진산장을 막을 생각으로 일장을 뻗었다.

그런데 놀랍게도 무랑이 내뻗은 일장은 신검 진인과 같은 무당의 진산장, 두 사람의 진산장이 허공에서 충돌하면서 강한 기류가 사방으로 폭풍우치듯 몰아쳤다.

"진산장?"

무랑이 똑같은 진산장으로 자신의 장력을 밀어내자 신검 진인으로선 놀랄 수밖에 없었다.

한편 무랑은 상대의 장력을 똑같은 수법으로 밀어냈으나 긴장을 풀지 않았다. 옆으로 천무성자가 공격해 들어왔기 때문이다.

"복마삼도(伏魔三刀)!!"

강한 도강이 일렁이며 천무성자의 도는 그대로 허리를 베어버릴 듯이 밀려들어 왔던 것이다. 허공으로 몸을 띄운 상태라 상대의 도법을 피할 수 없는 순간이었다.

채재쟁!!

도강을 이루며 휘둘렀으나 어느새 혈비도 무랑의 비도가 날아와 검날을 밀어내고 있었기에 천무성자의 도는 크게 방향이 바뀌고 말았다.

이거어검의 수법만으로도 놀라운 것이거늘, 그것을 정교하게 움직여 상대의 도격을 막다니, 그것은 거의 신기에 가까운 실력이라고밖에 할 수 없었기에 천무성자는 그가 인간인지조차 믿을 수 없을 정도였다.

'무신(武神)이라 불러야 하는가……'

고금을 통틀어 무신이란 이름으로 불린 이는 다섯 손가락에 들 정도로 자신이 초절의 무공을 지녔다 해도 스스로 무신이라는 이름을 자칭한 이는 드물었다.

천하제일고수라 할지라도 무신이라는 이름은 그만큼 무게를 지니고 있는 단어였으나 천무성자는 혈비도 무랑이라면 무신이라는 칭호에 손색이 없다는 생각이 들었던 것이다.

비도로 천무성자의 도를 밀어내 버린 무랑은 몸을 회전하며 그를 향해 일각을 내질렀고, 당황한 모습을 감추지 못한 천무성자는 그대로 가슴팍에 일각을 허용하고는 뒤로 피를 뿜으며 튕겨져 날아갔다.

"크윽!"

천무성자가 피를 흘리며 나가떨어지자 신검 진인은 허공에 발을 튕겨 제운종을 다시 한 번 시전해 몸을 날렸다.

"태극혜검!"

신검 진인의 검은 무랑의 비도에 부러졌는데, 어떻게 태극혜검을 시전할 수 있었을까? 그것은 놀랍게도 신검 진인이 그 경지에 이른 자가 드물다는 무형검을 시전했기 때문이었다.

"과연 신검 진인이구려!"

하지만 초절의 경지인 무형검의 경지에도 전혀 당황하지 않는 그였으니 신검 진인이 무형검의 경지를 보여준 것에 보답이라도 하는 듯 아무것도 들지 않은 좌수를 가볍게 쥐자 그의 손에도 작은 무형검이 형성됐다.

"설마!"

일검을 내지르며 태극혜검을 날리던 신검 진인은 설마 하는 생각을 했지만 이내 그 생각은 현실로 드러났다. 무랑이 손에 들려 있는 무형검을 그대로 신검 진인에게 날려 버린 것이다.

"무형비도!!"

무형도는 단순히 내력만으로 이루어질 수 있는 것이 아니었다. 그만큼의 내공과 함께 깨달음이 존재하며 그것을 견디기 위한 몸도 필요한 것이다.

즉, 공(功), 각(覺), 신(神) 이 세 가지 모두 득도의 경지에 이르러야 가능한 경지로, 그 위력이 떨어진다 하더라도 무형검 자체를 이루었다면 그자는 즉시 검에 한해서 최고에 이르렀다 할 수 있었다.

하지만 이런 무형검은 손을 떠난 후에는 어쩔 수 없이 흩어질 수밖에 없었는데, 무인의 공력 또한 자연의 기운인지라 인의적으로 그것을 하나로 뭉치는 것은 불가능하다 전해지고 있었다.

신검 진인 역시 무형검의 경지에 이르러 이것을 이기어검의 수법으로 사용할 수 없을까 하는 생각에 많은 노력을 해보았지만, 불가능하다는 것으로 결론지었으니 손에서 벗어남과 동시에 무형검이 흩어지기 때문이었다.

하지만 자신이 상대하고 있는 무랑은 무형검의 경지에 이른 것도 모자라 그것을 비도의 수법으로 사용하니 신검 진인으로선 경악하지 않을 수 없었다.

카가가광… 쾅!

무랑이 시전한 무형비도를 막기 위해 신검 진인은 급히 태극혜검을 사용하여 그 검을 튕겨내려 했다. 하지만 무랑의 경지는 신검 진인보다 한 수 위였는지 무형비도는 그의 무형검에 충돌하자 고막을 찢어버릴 듯한 고음을 내는가 싶더니 신검 진인의 무형검 공력을 산산이 부수어 버렸다.

"크윽!!"

하지만 무랑의 무형비도의 기운은 그대로 살아 있었기에 신검 진인은 무형비도에 어깨를 관통당하고는 피를 흘리며 나가떨어져 둔탁한 소리와 함께 대지와 충돌하고 말았다.

천무성자와 신검 진인 두 사람 모두 제대로 무랑과 대적하지도 못한 채 부상을 입으며 땅에 쓰러지는 꼴이 되었으니 무랑은 공중에 몸을 띄운 채 두 사람을 보며 아쉽다는 표정으로 고개를 내저으며 말했다.

"안타깝군요. 솔직히 전 두 분이 장천에게 화룡신도와 냉혈검을 받아올 것이라 생각했기에 조금 긴장하고 있었는데, 이건 차라리 소림의 각무 대사 한 분과 겨루었을 때가 상대하기 더 어려웠던 것 같습니다."

"크윽!!"

무랑의 말에 두 사람은 내장이 찢겨지는 고통을 참으며 자리에서 일어나 다시 자세를 잡았다.

신검 진인은 이대로 무랑이란 자를 쓰러뜨릴 수 없다고 생각하곤 최후의 방법을 선택할 수밖에 없었다.

'역시 이 수밖에 없는가……'

현재 천무성자의 상태는 내상으로 인하여 서 있는 것조차 힘든 상태, 신검 진인은 그를 보며 마음의 결정을 내렸다.

그는 과연 무엇을 결심한 것일까? 그의 두 눈에는 강한 기운이 흐르고 있었고, 무랑 역시 심상치 않은 기운을 느끼고는 등줄기에서 식은땀이 흘러내렸다.

'설마?'

무랑은 신검 진인의 비장한 모습에서 한 가지 생각이 들었는데, 그와 같은 고수가 그 수법을 사용한다면 자신 역시 쉽게 막아내지 못할 것임을 알고 있었기 때문이다.

"동귀어진(同歸於盡)?"

천무성자는 그의 눈을 보며 자신도 모르게 중얼거렸고 신검 진인은 천무성자에게 미소를 지으며 말했다.

"이미 이곳으로 올 때부터 결심한 일입니다."

그 말을 끝으로 신검 진인은 온몸에 내력을 끌어올리기 시작했는데 그것은 평범한 수준이 아니었다.

신검 진인의 내력을 아는 천무성자로선 그것이 십이성을 넘어선 힘이라는 것을 느낄 수 있었다. 그것은 사람이 살아가는 데 필요한 기운인 선천진기마저 격발시키지 않고는 가능하지 않은 힘이었다.

무림의 기술 중에서는 이러한 선천진기를 격발하여 한순간 자신의 힘을 수 배 이상으로 만드는 기술이 있었다.

그러나 선천진기를 격발하게 되면 자신의 생명의 기운을 태우는 것과 같으니 그것은 동귀어진의 수법으로밖에 사용할 수 없음은 당연했다. 무당의 신검 진인은 바로 이 수법을 사용하고 있는 것이다.

혈비도 무랑은 마른침을 삼키며 그의 모습을 지켜보았다. 신검 진인의 몸에서 느껴지는 기운에 감히 발을 앞으로 내디딜 수가 없기 때문이었다.

"선천개문(先天開門) 천기발현(天氣發現)."

선천진기를 격발한 신검 진인이 두 눈을 크게 뜨며 소리치자 그의 몸에선 지금까지와 전혀 다른 기운이 폭풍우치듯 터져 나오기 시작했다.

그의 몸에서 느껴지는 기운은 무랑조차도 생각하지 못할 정도로 엄청난 기운이었기에 등줄기에 흐르는 식은땀은 그의 옷을 흠뻑 적시고 있었다.

"합!"

잠시의 정적이었을까? 신검 진인은 기합과 함께 몸을 날렸고 혈비도 무랑 역시 손에 들어온 탈혼섬광구비도를 잡아 그를 향해 집어던졌다.

"섬광비도(閃光飛刀) 불광멸악(佛光滅惡)!"

그가 자신을 향해 쇄도해 들어오는 것을 보며 무랑은 지금까지 장천 이외에는 어느 누구에게도 보여주지 않았던 섬광비도 불광멸악의 초식을 시전했다.

비도문의 무학 중 하나로 그 위력이 가장 강맹하다 할 수 있는 불광멸악은 과거 장천에게 보여주었던 위력과는 전혀 다른 모습이었다.

찬란한 황금 빛이 태양의 빛마저 압도하듯 일대를 뒤덮어가며 시간은 마치 멈추어진 듯한 착각마저 일으켰고, 불광멸악의 초식으로 시전된 비도는 지겨울 정도의 느린 속도로 천천히 신검 진인을 향해 밀려 들어 갔다.

너무나 느린 속도에 비도가 공중에서 멈춘 것이 아닐까 하는 착각마저 들 정도였는데, 이 두 사람의 대결을 지켜보고 있던 천무성자는 온몸에서 소름이 돋고 있었다.

무신과 무신의 대결이라고 할까? 선천진기를 격발한 신검 진인의 모습은 자신이 무신이라 생각했던 무랑과, 아니, 기운으로만 보면 그를 압도하고 있었다.

불광멸악의 초식으로 신검 진인의 몸 역시 멈추어진 듯한 모습을 보이고 있으나 천무성자의 눈에는 그의 뒤로 수많은 잔상이 비추어지고 있었다.

이것은 빠른 속도로 움직였을 때 눈이 그것을 따르지 못하고 잔상이 만들어지는 것인데, 멈추어진 듯 느린 모습으로 보이지만 실제로 신검 진인은 인간이 상상도 못할 빠른 속도의 움직임을 말해 주고 있는 것이었다.

혈비도 무량의 불광멸악의 초식은 실제로 시간을 느리게 움직이는 것이 아니었다.

불광멸악의 초식에서 비도가 황금 빛을 발휘하게 되니, 그것은 마치 섭혼공과 마찬가지로 인간의 정신을 현혹하게 하는 것이다.

지극히 빠른 속도임에도 불구하고 비도는 마치 멈추어진 것과 같은 착각을 느끼게 만들었다. 상대는 느릿하게 날아오는 비도를 보며 몸을 피하려 하지만 그것은 불광멸악의 빛에 의한 머리 속의 착각일 뿐이기에 실제로 빠른 속도로 움직였음에도 자신의 몸이 움직이지 않은 착각을 일으키게 된다. 이것으로 인해 당황하여 심신이 흐트러져 자신의 능력을 모두 발휘할 수 없게 되는 것이다.

비도문의 수많은 역사상 이 섬광비도 불광멸악의 초식을 피한 이는 단 한 명도 존재하지 않았기에 비도문에서는 상대해 내지 못할 적을 만났거나 다음 대 문주에게 전수할 때를 제외하곤 불광멸악의 사용을 극히 제한하고 있었다.

실제로 불광멸악의 비도의 속도는 비도술 중 가장 빠르다는 섬광비도술의 초식 중에서 가장 쾌속한 것으로 만근의 쇳덩이도 쉽게 뚫어 버릴 정도의 위력을 지니고 있었다.

천무성자로서는 마치 수 시진이 지난 것만 같았을 때 비도는 드디어 무량을 향해 쇄도해 들어가는 신검 진인을 향해 밀려들어 갔다.

하지만 보통 사람들이라면 자신의 몸이 움직이지 않는다는 생각에 당황하여 어찌할 바를 몰랐을 것임에도 신검 진인은 이미 손으로 무형 검을 만들어 비도를 향해 뻗고 있었으니 무랑의 비도는 천천히 그의 무형검과 충돌해 들어가고 있었다.

그 순간 천무성자는 고막이 찢어지는 듯한 고통을 느껴야 했다. 실제로는 거대한 굉음이었지만 너무나 느리게 흐르는 시간이 그것을 낮은 저음으로 느끼게 하고 있었고, 그 굉음이 천무성자의 고막을 자극하고 있는 것이다.

급히 내력을 끌어올려 몸을 보호하기는 했으나 이미 그 소리는 천무성자의 귀를 찢어버린 후였기에 그의 귀에선 서서히 피가 흘러내리고 있었다.

신검 진인의 무형검은 무랑이 시전한 불광멸악의 비도를 내찔렀으나 충돌로 인하여 강렬한 빛에 눈을 뜨지 못할 정도로 만들었다.

굉음이 들린 다음 순간 천무성자는 느리게만 보였던 두 사람의 싸움이 섬광과 같이 스쳐 지나가는 것을 보게 되었다.

비도가 신검 진인과 충돌하기까지의 시간이 수 시진이 넘게 느껴졌다면 무형검과 탈혼섬광구비도가 충돌한 후의 움직임은 마치 찰나와 같았다.

마치 꿈을 꾸고 있었던 것과 같은 일전, 천무성자는 한참 후에야 자신의 귀에서 피가 흘러내리고 있음을 알 수 있었다.

'이것이 실로 인간의 싸움이란 말인가…….'

신검 진인과 무랑은 서로를 바라보며 동작은 멈추었는데, 잠시 후 신검 진인이 천천히 입을 열었다.

"신병이 아니었다면 이 일검은 성공했을 것임을… 이것이 하늘의 뜻인가……."

그 말과 함께 신검 진인의 몸은 천천히 뒤로 쓰러졌고 그의 가슴에는 혈비도 무랑이 던졌던 비도가 박혀 있었다.

"신검 아우!"

그 모습을 보며 천무성자는 놀란 목소리로 쓰러진 신검 진인을 보며 뛰어갔다.

이에 무랑은 아무 말 없이 자신의 혈을 점하고 있었다. 이 일전으로 그 역시 왼쪽 어깨에 상처를 입은 듯 시뻘건 피가 쉼없이 흘러나오고 있었기 때문이다.

천무성자는 신검 진인을 안아 들었다. 혈비도 무랑이 자신을 공격할 수 있음에도 아랑곳하지 않는 듯했다.

혈비도 무랑은 잠시간 아무 미동도 하지 않다가 천천히 손을 들어 신검 진인의 가슴에 박혀 있는 비도를 격공섭물의 수법으로 자신의 손에 가져갔고, 그 순간 신검 진인의 가슴에서는 시뻘건 피가 분수처럼 솟아올랐다.

비도는 정확히 신검 진인의 심장에 박혔던 것이다.

하지만 무쇠라도 관통할 정도의 위력을 가진 비도가 단순히 그 몸에 박힌 것만으로 끝난 것은 신검 진인의 무형검에 의해 그 위력이 크게 감소했음을 말하는 것이었다.

무형검에 십분의 위력이 더 있었다면 혈비도 무랑의 비도는 신검 진인의 호신강기에 튕겨 나갔을 것이다.

무랑 역시 이 싸움의 승리가 실로 종이 한 장 차이였음을 알기에 상대를 격동시키는 말은 하지 않았다.

지금 이 순간 상대에 대한 모욕은 자신에게 하는 것과 같았기 때문이다.

왼쪽 어깨는 무형검에 의해 심하게 상처를 입었는지 허연 뼈가 드러나 보일 정도였고 이에 무랑은 천무성자를 보며 말했다.

"이 싸움은 본인의 패배라고밖에 할 수 없군요. 하나, 이대로 당신을 살려둘 수 없으니 안타까울 뿐입니다."

무랑의 말에 천무성자는 고개를 끄덕이곤 자리에서 일어나며 말했다.

"본인 역시 도제와 같은 수법을 쓸 것인데 감당할 수 있겠는가?"

"음……."

그 말에 혈비도 무랑은 침음성을 내고 말았다. 지금 상황에서 천무성자가 신검 진인과 같이 동귀어진의 수법을 사용한다면 감당할 방법이 없었기 때문이다.

한참을 그렇게 천무성자를 노려보던 무랑은 잠시 후 크게 대소를 터뜨리며 말했다.

"하하하하!! 과연 천무성자 어르신이구려. 좋소, 그대의 목숨을 살려주겠소. 하나, 내 계획을 밝힌다 해도 무림의 멸망을 막을 수 있을지는 알 수 없을 것이오. 당신이 그것을 알린다면 이번 멸천문과의 대전에서 무리수를 쓰더라도 강호 명문정파의 명숙들을 모조리 해치울 것이니 말이오."

"큭……."

그 말에 천무성자는 정무맹의 사람들에게 혈비도 무랑의 계획을 알리는 것을 포기할 수밖에 없었다. 그것이 알려진다면 무랑의 계획은 실패할지 몰라도 무림의 대혼란은 피할 수 없었기 때문이다.

"그대의 계획을 정무맹에 알리는 일은 없을 것이오."

"후후후, 천무성자의 말씀이시니 믿어야겠지요."

그 말과 함께 무랑이 복면의 무리들과 함께 사라지자 천무성자는 길게 한숨을 내쉬었다.

그렇게 한참을 생각에 빠졌던 천무성자는 신검 진인의 시체와 함께 멸천문으로 향했는데, 이번 일전으로 그는 자신의 힘으로 혈비도 무랑을 상대하지 못함을 알고는 신검 진인과는 조금 다른 방법을 택하기로 했다.

천무성자는 자신이 천하제일고수는 될 수 없으나 천하제일고수가 될 이는 알고 있었기에 그에게 모든 것을 걸 결심을 한 것이다.

한편 멸천문으로는 이제 하나둘씩 정무맹의 무단들이 모여들기 시작했고, 그들은 거대한 멸천문의 본단을 앞에 두고 있었다.

귀주의 관에서는 이러한 무림인들의 움직임에 동분서주할 수밖에 없었으나 이미 구파일방에서는 멸천문과의 싸움을 관에 알린 후였기에 관이 직접 이들의 사이에 끼여드는 일은 없었다.

장천 역시 청의단의 일원으로 이곳에 와 있었는데, 현재 일개 단원의 자리에 있는지라 뭇 무인들의 질시 역시 사라져 조금은 마음 편안한 시간을 보낼 수 있었다.

장천이 단주의 직에서 물러나자 그의 의형제들도 간부의 자리에서 물러나 평단원이 되는 것을 선택했기에 유일하게 청의단에서 직책을 맡은 이는 곽무진뿐이었다.

장천이 물러났다고 쌍도문의 모든 이가 직책을 내놓는다는 것은 현 싸움을 외면하는 일밖에 되지 않기 때문에 곽무진이 그 일을 맡은 것이다.

멸천문과의 대전에 앞서 막사에서 무공서를 읽으며 소일거리를 보내고 있었던 장천이었는데 막사 안으로 데비드가 술병과 잔을 들고는 들어왔다.

"뭐야? 또 무서를 보는 거냐?"

"응, 단주 직을 놓으니 할 일도 없잖아."

"휴… 이런 천이는 답답해 다시 돌아갈란다."

"어이! 그럼 술이라도 놓고 가!"

"하하하!"

돌아가려는 데비드를 보며 황급히 잡는 장천이었으니 이제 나이를 먹었는지 술 맛을 알아 이런 자리를 쉽게 놓치지 않는 그였다.

장천의 만류에 대소를 터뜨리던 데비드는 그의 앞에 술잔을 내려놓았고 장천은 읽고 있던 무서를 재빨리 옆으로 치워놓은 후 술 한 모금을 입에 적시며 감탄사를 터뜨렸다.

"카아! 술 맛 좋다."

"당연하지, 장장 여섯 시진을 뛰어다니고서야 간신히 구한 소흥주라고!"

"과연! 수고했어."

데비드의 말에 장천은 고개를 끄덕이며 만족한 표정을 지었고, 잔에 술을 따라 단숨에 들이키던 데비드는 무엇이 생각났는지 그를 보며 말했다.

"그나저나 소문 들었어?"

"소문?"

"혈비도 무랑이 손을 써서 멸천문 본단으로 오고 있던 정무맹의 무단을 공격한 모양이야."

"정말?"

"그래, 개방 거지들의 말을 들어보면 두 개 무단이 전멸했다고 하더라고."

"음… 예측하기는 했지만……."

이미 그러한 문제에 대한 것은 사전에 이야기해 왔기 때문에 안타까운 표정을 지은 장천은 그를 보며 말했다.

"그렇다면 이미 두 분과 혈비도 무랑이 마주쳤을 수도 있겠군."

"그래, 아직 맹주님이 도착하시지 않은 것을 본다면 그럴 확률이 높겠지."

데이비드 역시 혈비도 무랑과 천무성자, 신검 진인이 충돌했을 것이라 짐작하고 있었다. 그런 이유로 과연 그 싸움의 승자가 누구일까 궁금할 수밖에 없었다.

소림의 각무가 혈비도 무랑에게 죽임을 당한 후 정파 이대 고수로 군림하는 신검 진인과 천무성자가 천하제일 고수인 혈비도 무랑과 싸우는 것에 흥미가 없다면 그는 무림인이 아닐 것이다.

장천은 냉혈검과 화룡신도를 건네주지 못한 것에 아직 안타까움이 남아 있었다.

확실히 마지막 선천진기를 폭발시키며 혈비도 무랑을 죽이려 했던 신검 진인에게 장천의 냉혈검이 있었다면 그 승패는 알 수 없는 일이

기도 했다.

무형검이 전설의 경지라고는 했지만, 십대신병의 하나인 냉혈검과 비교한다면 확실히 차이가 나기 때문이다.

"휴… 두 분께 별일없었으면 좋겠는데……."

"우리는 그저 기다릴 수밖에 없으니 마음을 편히 가지라고."

"응."

데비드의 말에 장천은 고개를 끄덕이고는 그가 따라준 술로 입술을 적셨다. 한참 술자리가 무르익을 무렵 막사 밖이 소란스러워지기 시작했다.

"응? 뭐지?"

"글쎄?"

갑자기 소란스러워지자 혹시나 멸천문의 문도들이 급습한 것이 아닐까 하며 밖으로 나갔는데 정무맹의 무인들이 한쪽으로 황급히 뛰어가는 것을 볼 수 있었다.

"어이!"

데비드는 그중 한 사람의 팔을 잡아끌어 지금 일어난 일을 물어보았다.

"뭔데 이렇게 바쁘게 뛰어가는 거야?"

"천무성자님께서 돌아오셨네."

"천무성자님께서?"

데비드와 장천은 천무성자가 돌아왔다는 말에 놀라 그들이 뛰어가고 있는 쪽으로 향했다. 잠시 후 많은 사람들이 모여 있는 것을 볼 수 있었다.

"데비드! 먼저 가볼게!"

"응?"

장천은 데비드에게 소리치고는 발을 굴러 크게 하늘로 치솟아오르곤 사람들 위를 지나며 천무성자가 있는 곳으로 향했다.

수백 명의 사람들이 둘러싸고 있는 곳에는 구파일방의 수뇌와 함께 정무맹의 핵심 인물들이 멍한 표정으로 서 있었는데, 그 앞에는 맹주인 천무성자가 있었다.

"천무성자님!"

"천이구나."

장천이 천천히 땅으로 착지해 천무성자에게 달려가서 포권을 하자 그는 고개를 돌려서는 그의 인사를 받았다.

하지만 그 눈빛이 전에 헤어졌을 때와는 다른 모습이라 장천은 뭔가 이상하다는 생각을 하며 이내 정무맹의 명숙들이 지켜보고 있는 것을 보았다.

그리고 말을 할 수 없는 충격이 밀려왔다. 그곳에 천무성자와 함께 혈비도 무랑을 상대하기 위해 나섰던 신검 진인의 주검이 보였기 때문이다.

"시… 신검 진인 어르신……."

그것을 보며 장천은 천무성자와 신검 진인이 힘을 합하여 혈비도 무랑을 상대로 싸웠으나 패배했음을 알 수 있었다.

설마 두 분이 혈비도 무랑에게 패배할 것이라고는 생각지도 못한 장천은 온몸에 힘이 빠질 수밖에 없었다. 신검 진인의 관 옆에는 불혹을 넘어선 그의 제자들이 통곡하며 슬퍼하고 있는 것을 볼 수 있었기 때문이다.

"사부! 흑흑흑……."

무림에서 사부의 존재는 아버지와 같았으니 그들의 서러운 통곡에 지켜보고 있던 뭇 군웅들 사이에서도 눈물을 보이는 이가 적지 않았다.

인의를 중시하는 무림의 인물로서 신검 진인, 천무성자는 많은 이들의 존경을 받고 있던 인물이었고, 그에게 도움을 받은 이도 적지 않으니 당연한 일이었다.

장천 역시 신검 진인에게서 무공과 냉혈검의 도움을 받았고, 정무맹에서도 자신에게 많은 조력을 아끼지 않았던 사람이었기에 정이 많이 들었던지라 주검을 앞에 두자 눈물을 흘리고 말았다.

신검 진인의 시신을 앞에 두고 장내는 숙연한 분위기로 가득했고 이에 천무성자는 이들의 모습을 보며 뭐라 말을 하지 못하고 그저 안타까운 표정으로 하늘을 올려다보고 있을 뿐이었다.

"멸천문의 악도 녀석들, 모조리 산산조각으로 찢어버리겠다!"

분을 참지 못한 무당의 무인들이 소리치자 군웅들은 노성을 터뜨리기 시작했다. 신검 진인의 죽음은 그들에게 상당한 분노를 자아내게 하고 있었던 것이다.

모여 있는 군웅들의 살기가 일대를 휘어감고 있었기에 장천은 역시 그들에 대한 분노를 느끼고 있었는데, 왠지 모를 불안감도 같이 느껴지고 있었던 것이다.

이들의 분노가 잘못된 것과 같은 느낌이 들었기 때문이다.

"이런 좋지 않군, 좋지 않아."

그때 장천의 곁으로 동방명언과 함께 제갈문수와 공공문의 문주 정명이 다가왔다. 제갈문수는 혀를 차면서 군웅들을 보며 중얼거렸다.

"어르신, 그것은 무슨 말씀이십니까?"

장천은 제갈문수를 보며 물어볼 수밖에 없었고, 이에 그는 혀를 차며 말했다.

"군웅들이 지나치게 흥분해 있기 때문이네. 물론 이러한 것이 멸천문과의 싸움에서 도움이 될 수도 있겠지만, 만일 함정이 존재한다면 광분한 나머지 올바른 대처를 하지 못할 것이네."

확실히 무림인들에게 흥분은 좋지 않은 일이었다. 부동심을 흩뜨리며 눈을 어둡게 하기 때문이었다.

"하지만 지금의 상태라면 도움이 될 듯합니다. 현재 멸천문의 상태로는 어르신께서 생각하시는 함정 같은 것을 생각할 겨를이 없을 테니 말입니다. 무랑이 직접 나설 정도라면 그 정도로 사태가 급박하다는 것 아닙니까?"

"상대가 상대인 만큼 최악의 상황을 생각하지 않으면 안 될 것일세."

동방명언의 말에 제갈문수는 고개를 저으며 말했다. 확실히 혈비도 무랑이라는 존재는 결코 쉽게 보아서는 안 되는 존재였다. 멸천문이라는 존재는 혈비도 무랑이 있음으로 존재할 수 있는 것이기 때문이다.

이 싸움에서 그가 빠져나간다고 한다면 언제 제이, 제삼의 멸천문이 탄생할지 모르는 일이었다.

이들의 이야기를 들으며 장천은 이제 머지않아 다가올 최후의 싸움에 대해 두려움을 느낄 수밖에 없었다. 그때 그의 뒤로 누군가가 다가왔다.

"천무성자님."

고개를 돌린 장천은 그가 천무성자인 것을 알 수 있었는데, 그는 장천을 보며 비장한 표정을 짓고 말했다.

"천아… 내 너에게 하나 부탁하고 싶은 것이 있는데 그것을 들어주지 않겠느냐?"

"부탁이요?"

"그래, 들어주겠느냐?"

갑자기 자신에게 부탁해 오는 그를 보며 장천은 영문을 알 수 없었지만, 천무성자와 같은 사람이 무리한 부탁을 하지는 않을 것이라 고개를 끄덕이며 답했다.

"제가 할 수 있다면 해보겠습니다."

"고맙다… 나를 따라오거라."

장천이 자신의 부탁을 들어주겠다고 하자 고맙다는 말과 함께 몸을 날렸고, 장천은 그의 뒤를 따라갔다.

"응?"

제갈문수들과 이야기를 나누고 있던 동방명언은 천무성자와 장천이 경공술을 시전하며 어디론가 향하자 무엇인가가 있다 생각하고는 몸을 날렸다.

천무성자의 표정에서 무엇인가가 있음을 눈치 챘기 때문이다.

장천과 천무성자가 도착한 곳은 근처의 숲이었고, 안으로 한참인가를 들어가던 천무성자는 남들의 시선이 닿지 않는 곳에 도착하자 걸음을 멈추었다.

"왜 이곳으로?"

장천은 이곳에 무엇이 있어 천무성자가 자신을 이곳으로 데리고 왔는지 알 수 없어 주위를 돌아보았지만, 역시나 평범한 숲일 뿐 특이할 만한 것은 아무것도 없었다.

"가부좌를 틀고 자리에 앉도록 하거라."

"예?"

천무성자의 말에 그로선 영문을 알 수 없었지만, 맹주이기도 한 그의 말이기에 따르지 않을 수 없어 가부좌를 틀고 자리에 앉았다.

장천이 가부좌를 틀자 천무성자는 그의 뒤에 앉아 잠시 숨을 고르는가 싶더니 그를 보며 말했다.

"운기조식을 하거라."

"예?"

쌍도문의 정통적인 운기조식의 방법은 해가 뜰 때와 해가 질 때 두 번 하기 때문에 장천은 이미 운기조식을 끝낸 후였다.

하나, 시키는 대로 할 수밖에 없었기에 천천히 숨을 고른 후 운기조식을 시전하자 천무성자는 그의 등에 두 손을 가져다 대고는 말했다.

"이제부터는 절대 입을 열지 말게나."

"예? 헉!'

그의 말에 장천은 알 수 없는 불안감이 느껴졌고, 잠시 후 등을 통해 뜨거운 기운이 밀려오기 시작했다.

강렬한 기운의 힘은 운기조식을 취하고 있는 장천의 혈도를 따라 맹렬하게 용솟음치듯 밀려들어 왔고, 장천은 금세 그것이 무엇인지 알아채고는 크게 놀랄 수밖에 없었다.

'설마!'

온몸을 휘감아가는 뜨거운 열기에 장천은 이내 천무성자가 자신의 내력을 주입하고 있음을 알아챈 것이다.

무림에서는 자신의 내력을 상대에게 밀어 넣어주는 방법이 있었으니 이러한 것은 상대의 내력을 흡수하는 흡성대법보다 훨씬 더 많은 내력을 얻을 수 있었다.

자신의 힘을 밀어 넣어줌으로써 상대의 내공을 단시간에 상승시키는 수법이나, 그것을 시전한 자는 그만큼의 내력을 손실당하게 된다.

또 내공이 정순하지 않다면 오히려 이러한 방법은 독이 되어 두 사람 모두 생명을 잃을 수도 있었기에 이러한 방법은 좀처럼 사용하지 않는 것이 보통이었다.

하지만 도가의 정순한 내공을 익히고 있는 천무성자는 아무런 해없이 장천에게 자신의 내력을 밀어 넣어줄 수 있었다.

천무성자는 무림의 마지막 희망을 장천이라 생각하고 그에게 자신의 수십 년간 쌓아온 내공을 밀어 넣어주고 있었던 것이다.

천무성자의 이런 모습에 장천은 크게 놀라 몸을 움직이려 했지만, 그 순간 기혈이 들끓어오르며 주화입마의 위기가 닥쳐오자 다시 자세를 바로할 수밖에 없었다.

이렇게 움직였다가는 자신은 물론 천무성자의 몸까지 위험하기 때문이었다.

'도대체 왜……'

천무성자와 신검 진인이 혈비도 무랑에게 패배하고 돌아왔다는 것은 알고 있었지만, 그가 자신에게 내력을 불어넣어 주는 이유를 알 도리가 없는 장천이었다.

[이제부터 내가 말해 주는 심결에 따라 내력을 움직이도록 하게.]

그 말과 함께 천무성자는 그에게 심결을 전음으로 전해주기 시작하자 장천은 그것에 따라 몸의 내력을 움직이기 시작했다.

그런데 다음 순간 장천의 몸을 돌고 있던 진기가 단전으로 맹렬하게 움직이며 뭉쳐지기 시작하자 크게 놀랄 수밖에 없었다.

지금까지 수많은 심결과 함께 영약을 섭취함으로써 상당한 내력을 소유하고 있었던 그였지만, 지금과 같은 기운을 느낀 적은 없었기 때문이다.

천무성자가 자신의 내력을 주입하며 장천에게 말한 심결은 바로 금단선공(金丹禪功)이었다.

한때 강호를 누비고 다녔던 천무성자 양세기가 공동에 칩거하게 된 것이 바로 이 금단선공 때문인데, 이 금단선공을 극성으로 익히게 되면 단전으로 내단이 자리 잡게 되고 이것이 금단이 되면 도가의 염원인 신선이 될 수 있었다.

장천은 심결을 따르자 단전에서 구슬이 만들어지고 있는 듯한 느낌이 들었다.

'설마… 이것이……?'

장천은 한눈에 내단이 뭉쳐지고 있음을 파악할 수 있었다. 내단은 내공을 오랫동안 익히게 되어 무형이 유형이 되는 경지에 달할 때 생기는 것으로 이 경지에 이르면 만독불침은 물론 금강불괴의 경지까지 이른다 전해지고 있었다.

도가에서는 이러한 내단을 형성하기 위해 지금도 수없이 많은 도인들이 수련하고 있지만, 지금껏 이러한 경지에 이른 이는 고금을 통틀어 열 손가락을 넘지 않았다.

하지만 지금 이 순간 장천의 단전에서는 무형의 진기가 하나로 뭉쳐져 유형화되고 있었으니 그는 경이로움에 정신을 차릴 수가 없을 정도였다.

두 시진 정도의 시간이 지나자 장천의 몸에서 맹렬하게 단전으로 움직이던 진기의 흐름도 서서히 약해져 가기 시작했고, 등에서 밀려오던 천무성자의 기운이 점차 약화되어 가기 시작했다.

"천무성자님!"

등에서 밀려오던 내력이 거의 사라지자 장천은 자리에서 일어나 소리쳤고, 천무성자는 힘없는 표정으로 미소 지으며 옆으로 쓰러지고 말았다.

그의 모습에 장천은 급히 천무성자를 부축했지만, 이미 그의 몸은 과거의 그것이 아니었다. 무인의 단단한 뼈는 이제 무골성충과 같은 것이 되어버렸고, 피부 역시 탄력이 없이 가죽만 남은 것처럼 보였다.

"어째서 저에게……."

장천으로선 천무성자가 자신에게 모든 내공을 밀어 넣어준 것을 이해할 수가 없었다. 이런 장천을 보며 천무성자는 힘없는 미소만 보일 뿐이었다.

뭐라도 한마디해 주기를 바라고 있는 장천이었지만, 천무성자의 입은 더 이상 열리지 않았고, 잠시 후 오랜 동안 무림에 인의와 협행으로 명성을 누렸던 천무성자는 그대로 숨을 거두고 말았다.

"천무성자님……."

장천은 천무성자의 시신을 안으며 허탈감에 빠질 수밖에 없었다.

자신에게 모든 내력을 밀어 넣어주고 숨을 거둔 천무성자, 그는 무엇 때문에 이런 방법을 취한 것인가?

천무성자는 그저 부탁을 들어달라는 말만 했을 뿐, 그에게 어떠한 요구도 하지 않았다.

멸천문을 무림에서 몰아내라는 말도, 혈비도 무랑을 쓰러뜨려 달라는 말도 없었다.

그저 미소만을 보이며 그렇게 세상을 떠나고 만 것이다.

만약 그가 멸천문을 없애라고 유언을 남겼다면 장천은 죽는 한이 있어도 멸천문을 무림에서 축출하려 했을 것이다. 혈비도 무랑을 없애라 했다면 목숨을 걸고서라도 그를 죽이기 위해 싸움을 했을 것이다.

하지만 무엇 하나 제대로 된 말도 없이 천무성자가 세상을 하직하자 그는 무엇을 해야 할지 알 수가 없었다.

마치 보이지 않는 쇠사슬이 자신을 동여매고 있는 듯 압박감이 밀려왔다.

천무성자가 죽어가면서 남긴 뜻은 무엇인가.

천무성자에게서 얻은 것은 엄청나지만, 장천은 그것을 어찌해야 갚을 수 있을지 알 수가 없었다.

한편 천무성자의 시신을 안고 멍한 표정을 짓고 있는 장천을 지켜보고 있는 사람이 있었으니 바로 그의 의형제인 동방명언이었다.

'천무성자… 그는 장천에게 뭔가를 걸었던 것 같군. 그렇지 않다면 저렇게 장천을 잡고 늘어지진 않았을 테니 말이야.'

방금 전 천무성자가 장천에게 내력을 모두 전해주고 아무 말 없이 세상을 떠난 것은 어찌 보면 교묘한 간계라 할 수 있었다.

장천은 그의 사형인 광무자와 아버지인 장춘삼에게 무인으로서 가지는 소양을 전수받은 인물이다.

광무자는 명호대로 무공에 미친 인물, 무인으로서의 정신이 투철한 사람이었다. 그리고 장춘삼은 강호에서 인의 대협이라고도 불릴 정도의 인물이었다.

두 사람에게 무인으로서의 소양을 배운 장천은 정파의 무인으로서 한 번 입은 은혜는 반드시 갚아야 된다는 생각이 어린 시절부터 머리 속에 박혀 있었다.

이런 장천에게 천무성자는 단지 하나의 부탁이 있다는 말을 하고는 그에게 은혜를 입게 하고 죽은 것이다.

이에 장천은 큰 은혜를 입은 만큼 반드시 그것을 갚아야 하나, 그것이 어떠한 것인지 알 도리가 없다는 것이다.

천무성자가 마지막으로 부탁한 것은 무엇일까? 멸천문의 완전한 멸문? 천무성자의 의제라 할 수 있는 신검 진인을 죽인 혈비도 무랑에 대한 복수? 아니면 그의 생전의 도량으로 미루어본다면 크게는 무림의 평화까지 생각할 수 있는 것이다.

장천은 이것들 중 하나만을 이룬다 할지라도 이것이 과연 천무성자가 부탁했던 일일까 고민하게 될 것이다.

물론 다른 이라면 이 중 하나만 이루고 그의 생전의 뜻을 이루었다 생각하며 물러설 수도 있겠지만, 동방명언이 알고 있는 장천은 조금 방정됨이 있어도 책임감은 누구보다 큰 인물이라 하나를 이루었다고 물러설 인물이 아니었다.

천무성자, 그는 하나의 은혜를 입힘으로써 장천을 완전히 정무맹에

묶어버린 것이다.

또 동방명언은 다른 것에 대한 가능성도 짚고 있었는데, 그것은 바로 장천의 배신이었다. 동방명언은 장천이 혈비도 무랑과 깊은 연관이 있음을 알고 있었다.

그것이 확실하게 무엇인지는 모르고 있었지만, 자신의 무공마저 장천에게 전수해 줄 정도라면 결코 간단한 인연이 아니었다.

'장천은… 어쩌면 혈비도 무랑 사문의 후계자일 수도 있다. 그렇다고 생각한다면 천무성자의 이번 일은 그의 발목을 잡아버리는 것이 되겠지.'

천무성자 역시 장천이 혈비도 무랑과 깊은 관련이 있다는 것을 알고 있었을 때 후대에 천하제일고수가 되어도 이상할 것이 없는 장천을 완전히 정무맹에게 묶어두려 했다는 가정도 세울 수 있는 것이다.

자신 하나가 죽음으로써 만약에 일어날 수 있는 모든 것에 완전하게 방비할 수 있으니 천무성자의 죽음은 계략이라 불러도 이상할 것이 없었다.

하지만 동방명언은 그것이 마음대로 될까 하는 생각도 했다. 사람 일이라는 것은 알 수가 없기 때문이었다.

만약 장천이 이도 저도 택하지 못하는 경우가 생긴다면 어찌하겠는가? 그렇게 되면 가볍게는 무림에 은거를 하거나 심할 경우는 자결을 할 수도 있는 일이었다.

자신의 모든 무공을 전해주었던 장천이 적으로 돌아서는 것을 막기 위해서라면 혈비도 무랑은 어떠한 방법이라도 쓸 수 있는 인물이다.

물론 그것 역시 확실하게 알 수 없기는 했지만, 전혀 예상하지도 못한 곳에서 일을 방해할지 모르는 일이다.

동방명언은 만약 천무성자가 자신이었다면 죽음보다 다른 수를 택했을 것이라는 생각을 할 수밖에 없었다.

적어도 살아 있다면 틀어진 계획을 수정할 수 있는 기회가 주어질 수 있기 때문이다.

'그나저나 일이 상당히 재밌게 됐군. 어쩌면 본교가 이 싸움에서 유일하게 자유로운 세력이 될 수도 있겠는걸.'

동방명언 그가 쌍도문의 인원으로 정무맹을 돕고 있다고는 하지만, 그의 가문은 홍련교의 명문가, 의형제의 일보다 교의 일을 더 중요하게 생각하는 인물이 바로 명언이었다.

〈8권 끝〉